계단
위의
여자

DIE FRAU AUF DER TREPPE
by Bernhard Schlink

Copyright © 2014 by Diogenes Verlag AG Zürich
All rights reserved.
Korean Translation Copyright © 2016 by Sigongsa Co., Ltd.
This Korean translation edition is published by arrangement with Diogenes
Verlag AG Zurich through Shinwon Agency.

베른하르트 슐링크

배수아 옮김

계단
위의
여자

Bernhard
Schlink
Die Frau auf
der Treppe

시공사

차 례

1부

Bernhard
Schlink
Die Frau auf
der Treppe

1

당신도 언젠가 그 그림을 보게 될 것이다. 오랫동안 행방을 알 수 없다가 갑자기 불쑥 나타난 그림이니 미술관마다 서로 나서서 전시하려고 할 테니까. 카를 슈빈트는 지금 이 시대에 의심의 여지 없이 전 세계에서 최고로 유명하고 최고로 비싼 화가가 아닌가. 그의 일흔 살 생일날에는 무슨 신문을 펼쳐도, 텔레비전의 무슨 채널을 돌려도 어김없이 그의 얼굴이 나타나곤 했다. 물론 나는 한참을 쳐다본 다음에야 그 노인이 내가 아는 젊은 얼굴과 동일인이라는 것을 알아차렸지만 말이다.

하지만 그 그림은 보자마자 즉시 알아차렸다. 내가 아트 갤러리의 마지막 홀로 들어서자 거기 그림이 걸려 있었다. 군트라흐의 집 살롱으로 걸어 들어가 그림을 처음으로 마주했던 그날과 마찬가지로, 그림은 변함없이 내 마음에 감동을 주었다.

한 여자가 계단을 내려온다. 그녀의 오른발은 계단의 가장 아래 칸에 닿았고 왼발은 아직 위쪽에 있지만, 다음 걸음을 막 떼기 직전이다. 여자는 벌거벗었다. 그녀의 몸은 핏기 없이 창백하고 음부의 털과 머리카락은 금발이며, 불빛을 받은 머리카락은 광채로 반짝인다. 창백하고, 금발인 나체의 여인은, 회녹색 배경 속으로 스며들며 사라지는 계단과 벽을 등진 채, 무게감이 없이 가볍게 부유하는 몸짓으로 관람자를 향하고 있다. 반면에 그녀의 긴 다리와 둥글고 풍만한 엉덩이, 탱탱한 젖가슴에서는 관능적인 중량이 느껴진다.

나는 천천히 그림을 향해 다가갔다. 나는 당황하고 있었는데, 그건 그림을 처음 본 그날도 마찬가지였다. 그날 내가 그림 앞에서 당황했던 것은, 바로 하루 전에 청바지와 탑을 입고 내 사무실에서 나와 마주 보고 앉아 있던 그 여자가, 그림 속에서 나체로 내게 다가왔기 때문이다. 지금 내가 당황한 것은, 그림이 당시의 일을 기억나게 했기 때문이다. 당시 내가 행했던, 하지만 그 이후에 곧장 기억에서 몰아내버렸던 일을.

그림 옆에는 〈계단 위의 여자〉라는 제목과 함께, 이것이 대여전시품이라는 안내판이 있었다. 나는 큐레이터를 찾아가서, 이것을 아트갤러리에 대여한 사람이 누구냐고 물었다. 큐레이터는 알려줄 수 없다고 대답했다. 그래서 나

는, 이 그림 속의 여자와 그림의 원래 소유권자를 내가 알
고 있으며, 그림의 소유권 분쟁에 대한 예고를 해야 할지
도 모른다고 말했다. 큐레이터는 이마에 주름을 만들며 살
짝 고민을 하는 듯했지만, 그래도 역시 자신은 그림을 대
여해준 사람이 누구인지 말할 수 없노라고 대답했다.

2

프랑크푸르트로 돌아가는 비행기는 목요일 오후로 예약을 해두었다. 시드니에서의 교섭이 수요일 오전에 끝났으므로 출발 티켓을 수요일 오후로 앞당길 수도 있었다. 하지만 나는 그러는 대신 그날 오후를 보타닉가든에서 보내기로 했다.

나는 보타닉가든에서 점심을 먹고 풀밭에 누워 시간을 보내다가, 저녁에는 오페라하우스에서 〈카르멘〉을 관람할 생각이었다. 내가 좋아하는 시드니 보타닉가든은 북쪽으로는 대성당, 남쪽으로는 오페라하우스와 접해 있으며, 내부에 아트갤러리와 음악원이 있고 보타닉가든 안 언덕 위에서는 만(灣)이 한눈에 내려다보인다. 보타닉가든에는 야자수 정원과 장미 정원, 허브 정원이 있고 연못과 정자, 조각상들, 고목들이 서 있는 많은 잔디밭이 있으며, 할아버지 할머니와 함께 다니는 어린아이들, 개를 산책시키는 고독한 남녀들, 피크닉을 나온 무리, 연인들, 책 읽는 사람, 잠자는 사람을 볼 수 있다. 보타닉가든 중앙에 있는 레스토랑의 로지아에 있으면, 시간이 그대로 멈추어버린다. 오래된 쇠기둥들, 철제 난간, 큰 박쥐들이 매달려 있는 나무들이 보이고, 분수에는 알록달록한 깃털과 구부러진 부리를 가진 새들이 앉아 있다.

음식을 주문한 나는 동료 변호사에게 전화를 걸었다. 그는 오스트레일리아 측에서 기업합병을 준비했었고 나는 독일 측에서 일을 했다. 기업합병 일이 대개 그렇듯이, 그와 나는 파트너인 동시에 적이기도 했다. 하지만 우리는 나이도 같았고, 둘 다 아직 미국이나 영국에 넘어가지 않고 남아 있는 대형 법률회사의 시니어에다 둘 다 홀아비라는 공통점이 있었다. 우리는 서로를 좋아했다. 나는 그에게, 그의 법률회사가 거래하는 사립탐정사무소를 물었고 그는 알려주었다.

"우리가 도와줄 수 있는 문제인가?"

"그건 아닐세. 그냥 좀 개운치 않은 것이 있어서 한번 알아보려고 하는 것뿐이야."

나는 사립탐정에게 전화했다. 뉴 사우스 웨일즈 아트갤러리에 있는 카를 슈빈트의 그림이 누구 소유인지, 이레네 군트라흐인지, 아니면 예전 성이 군트라흐인 이레네인지, 그리고 이런 이름을 가진 여자가 오스트레일리아에 살고 있는지 알아봐 달라고 했다. 탐정사무소 소장은 며칠 내로 결과를 얻을 수 있도록 애써보겠다고 했다. 나는 그가 만약 내일 아침까지 대답을 준다면 특별 사례금을 지불하겠다고 제안했다. 그는 웃었다. 오늘 안에 아트갤러리 측에서 뭔가 정보를 얻어내거나, 그렇지 않으면 며칠은 걸릴 거라고, 특별 사례금은 거기에 따라서 받거나, 아니면 확실히 못 받는 거라고, 어쨌든 연락 주겠노라고 했다.

음식이 나왔다. 음식과 함께 포도주 한 병을 주문했는데, 원래는 다 마실 생각이 아니었지만 다 마시고 말았다. 간혹 큰 박쥐들이 전부 동시에 잠에서 깨어나, 날개를 퍼덕거리며 가지를 벗어나 나무 주변을 어지럽게 날아다니다가, 다시 가지에 매달려 날개로 온몸을 감쌌다. 간혹 분수가의 알록달록한 새들 중 한 마리가 외마디 비명을 토했다. 간혹 어린아이 하나가 커다랗게 소리를 지르거나 개가 짖었고, 건너편 일본인 단체의 대화는 새들의 무리가 일제히 재잘대는 것처럼 들렸다. 간혹 모든 것이 침묵하고 매미들의 울음소리만이 들려오는 순간도 있었다.

음악원 아래편 언덕으로 간 나는 풀밭에 누웠다. 양복을 입은 채로. 그러면 나중에 구겨진 옷을 입고 아마도 여기저기 얼룩도 묻은 채로 다녀야 한다는 사실은, 평소라면 생각할 수조차 없는 일이겠지만 지금은 신경 쓰이지 않았다. 뿐만 아니라 독일에서 나를 기다리고 있을 일도, 마찬가지로 전혀 신경 쓰이지 않았다. 나는 포기 못 할 것이 없었다. 사람들이 나를 포기하지 못할 이유도 없었다. 나를 앞서가는 모든 것들에게, 나는 대체가능한 존재였다. 아직 내 뒤를 따라오는 자들이나 나를 대체불가능하게 여길 뿐이었다.

3

사실 나는 변호사가 되고 싶은 생각이 없었다. 원래는 판
사가 되려고 했다. 그에 적합한 시험 성적을 거두었고, 판
사를 더 뽑는다는 것도 알고 있었다. 나를 필요로 하는 자
리로 갈 만반의 자격을 갖춘 상태로, 나는 형식적인 채용
면접을 보기 위해 법무부로 갔다. 어느 날 오후였다.

　인사 담당관은 선량한 눈을 한 노신사였다. "당신은 열
일곱에 김나지움을 졸업했고, 스물한 살에 1차시험을, 스
물세 살에 2차시험을 통과했군요. 이처럼 젊고, 게다가 보
기 드물게 우수한 지원자는 아직까지 한 번도 보지 못했습
니다."

　나는 뛰어난 시험 성적과 젊은 나이 때문에 속으로 으쓱
한 기분이 들었다. 하지만 그래도 겸손한 인상을 줄 필요
가 있었다. "남보다 이른 나이에 학교에 들어갔고, 개학 시

기 변경이 있었던 덕분입니다. 한번은 연초에서 가을로 바뀌었다가, 다시 가을에서 연초로 바뀌었죠. 그래서 반년씩 두 번을 벌게 된 셈이죠."

그는 고개를 끄덕였다. "반년씩 두 번의 혜택이라. 게다가 반년의 이득이 또 있었네요. 1차시험을 마친 후에 기다릴 필요 없이 곧바로 사법관 시보가 되었으니. 당신은 엄청난 시간을 손쉽게 얻은 셈이로군요."

"그게 무슨 말씀이신지…….."

"이해가 안 됩니까?" 그는 온화한 눈길로 나를 바라보았다. "당장 다음 달부터 일을 시작한다면, 당신은 앞으로 42년 동안 남을 심판하는 일을 하게 됩니다. 당신은 저 높은 판사석에 앉아 있고, 다른 사람들은 아래쪽에 있지요. 당신은 그들의 말을 듣고, 그들과 대화하고, 그들에게 한 번쯤은 미소를 보여주기도 할 겁니다. 하지만 마지막에는 위에서 아래를 굽어보며 판결을 하달하는 거죠. 누가 옳고 누가 그른지. 누가 신체의 자유를 빼앗기고 누가 보존할 건지 말입니다. 정말로 당신은 42년 동안 그렇게 위에 앉아 있고 싶습니까? 42년 동안 그렇게 판단하는 위치에 있기를 원하나요? 그것이 정말로 당신에게 좋을 거라고 생각하십니까?"

나는 뭐라고 대답을 해야 할지 몰랐다. 그렇다, 나는 판사가 되어 위에 앉아 남들의 일을 공정하게 판가름하고 공정한 결론을 내려주는 일이 마음에 들었다. 그런 일이라면

42년을 못할 이유가 무엇인가?

그는 앞에 놓인 서류를 덮었다. "그래도 당신이 정말로 원한다면, 당연히 우리는 당신을 채용합니다. 하지만 내가 오늘 이 자리에서 채용하는 건 아닙니다. 다음 주에 다시 오세요. 내 후임자가 당신을 채용할 겁니다. 아니면 1년 반이 지난 다음, 당신이 공짜로 얻은 시간을 모두 갚은 다음에 오시든지요. 아니 한 5년쯤 뒤에, 변호사나 법률자문, 혹은 범죄조사관 등으로 일하면서 법의 세계를 아래에서 충분히 지켜본 다음에 오시는 편이 나을 수도 있겠군요."

그가 자리에서 일어섰다. 나도 따라서 일어섰지만 말문이 막히고 어리둥절한 채로, 옷장에서 외투를 꺼내 팔에 걸치는 그를 바라보고만 있었다. 나는 그와 함께 사무실을 나서서 복도를 따라 걸었고, 계단을 내려가 마침내 법무부 건물 밖으로 나왔다.

"공기 속에서 여름이 느껴지십니까? 이제 오래지 않아서 낮이면 더워질 것이고 저녁에도 푸근할 겁니다. 무더운 소나기도 내리겠지요." 그가 미소를 지었다. "그러면 안녕히 가십시오."

나는 기분이 상했다. 나를 거절한단 말인가? 좋아, 그렇다면 나도 당신들을 거절하겠다. 내가 변호사가 된 것은 그때 그 노신사의 충고를 받아들여서가 아니라 그가 미웠기 때문이다. 나는 프랑크푸르트로 갔고, 변호사 다섯 명이 일하는 카르힝어 쿤체 법률사무소에 들어갔다. 변호사

업무와 병행하며 박사논문을 썼고, 3년 뒤에는 회사의 파트너 자리에 올랐다. 나는 프랑크푸르트 법률회사의 가장 젊은 파트너였고 그 사실이 자랑스러웠다. 카르힝어 씨와 쿤체 씨는 김나지움과 대학을 함께 마친 친구 사이였는데, 쿤체 씨는 아내도 자식도 없었고 카르힝어 씨는 라인 지방 출신의 쾌활한 아내와 내 또래의 아들이 하나 있었다. 그의 아들은 언젠가 법률회사에 들어오게 될 터였지만 당시에는 학업 때문에 고생하고 있었고, 내가 그의 시험 준비를 도와주었다. 다행히도 우리는 서로 무난하게 잘 지냈고, 그 상태는 지금도 변함이 없다. 나와 마찬가지로 회사의 시니어인 그는 자신에게 결핍된 법률적 능력을 사회적 수완으로 보충했다. 중요한 사건들을 조달해왔던 것이다. 지금 우리 법률회사가 열일곱 명의 젊은 파트너들과 서른여덟 명의 직원으로 성장한 데는 그의 공 또한 크다고 할 수 있다.

4

초반에 나에게 떨어지는 일감은 카르힝어 씨나 쿤체 씨가 흥미 없어 하는 사건들이었다. 한 화가가 의뢰를 받아서 그림을 완성하고 지불도 끝났는데, 나중에 의뢰자와 분쟁이 생겼다. 이미 경험이 많은 사무실의 매니저는, 카르힝어 씨나 쿤체 씨에게 물어보지도 않고 그 사건을 바로 내게 넘겼다.

카를 슈빈트는 혼자가 아니었다. 30대 초반쯤인 그는 20대 초반으로 보이는 한 여자와 함께 왔다. 1968년 여름에 딱 어울리는 덥수룩한 머리칼에 앞가슴에 에이프런이 달린 멜빵바지 차림인 그에 비하면, 흠 하나 없이 완벽한 그녀는 차라리 낯선 외국인처럼 보였다. 그녀는 침착하게 행동했고, 대담하게 나를 훑어보았으며, 화가가 흥분하면 그의 팔에 손을 얹고 달랬다.

"그는 내가 사진을 찍는 걸 허락하지 않아요."

"그게 무슨……"

"내 포트폴리오가 망가졌거든요. 그래서 대부분의 그림들을 다시 촬영해야만 해요. 그림을 사 간 사람들이 누구인지는 압니다. 구입자들에게 전화를 걸면, 그들은 와서 그림을 찍으라고 기꺼이 승낙하죠. 알아요. 내가 찾아가면 다들 반가워합니다. 그런데 그는 거부하는 거예요."

"왜죠?"

"이유를 말해주지도 않아요. 내가 전화를 걸면, 그는 그냥 끊어버리죠. 그래서 편지를 썼는데 답장도 없습니다." 그는 고개를 쳐들었다가 깊이 숙였고, 손가락을 쫙 펼쳤다가 주먹을 움켜쥐곤 했다. 그는 손이 컸고, 손뿐만이 아니라 신체 다른 부위도, 몸집, 얼굴, 눈, 코, 입 등도 마찬가지로 컸다. "나는 내 그림들에 무척 집착합니다. 그림을 팔아야 한다는 사실이 견디기 힘들어요."

나는 그에게, 자신의 그림을 복제하려는 화가에게는 그림에 대한 접근권이 법적으로 인정된다고 설명했다. "화가의 의도가 합당한 것이며, 소유주의 합당한 이익에 대립하지만 않는다면 말입니다. 그림의 소유주가 당신의 희망을 거부할 만한 무슨 특별한 이유가 있나요?"

턱을 앞으로 내민 화가는, 입술을 꾹 다문 채 고개를 저었다. 나는 여자 쪽을 쳐다보았으나 그녀는 미소 띤 얼굴로 어깨를 으쓱했을 뿐이다. 화가는 내게 그림의 소유주

이름과 주소를 말해주었다. 페터 군트라흐, 타우누스 언덕 최고급 주택지에 살고 있었다.

"그런데 포트폴리오는 어쩌다가 망가진 겁니까? 뭐 중요한 건 아니지만, 그래도 그에게 이유를 설명하려면……"

그러자 화가는 다시금 내 말을 끊었고, 나는 기분이 매우 언짢아졌다. 당시의 나는 내가 원하는 내 방식대로 일을 관철시키지 못하면 늘 기분이 언짢아지곤 했다. "자동차 사고였습니다. 포트폴리오가 자동차와 함께 불타버렸죠."

"그런 일이……"

"난 다친 데는 없었어요. 그런데 이레네는," 화가는 여자의 다리에 손을 올리며 말했다. "차에 끼이고 말았죠. 그래서 화상을 입었습니다."

"그것참……"

화가는 서둘러 손을 저었다. "심각한 건 아니에요. 오래전에 다 아물었고요."

5

나는 군트라흐에게 편지를 썼고, 그는 즉시 답장을 보내왔다. 뭔가 오해가 있었다는 설명이었다. 화가가 집에 와서 그림을 촬영하는 것은 당연히 아무 문제가 없다고. 나는 그의 답장을 슈빈트에게 넘겨주었고, 그로써 일이 마무리된 것으로 알았다.

하지만 일주일 뒤에 슈빈트가 다시 찾아왔다. 그는 화가 나서 제정신이 아니었다.

"군트라흐 씨가 당신에게 그림을 보여주지 않았나요?"

"그림이 손상되었어요. 오른쪽 다리가, 라이터 불을 위에 갖다 댄 것처럼 보이더라고요."

"그가 그랬나요?"

"맞아요, 군트라흐가. 그냥 어쩌다 보니 일어난 일이라더군요. 하지만 그건 어쩌다 일어날 수 있는 일이 아닙니

다. 분명 의도적인 거예요. 나는 한눈에 알아볼 수 있다고
요."

"그래서 이제 어쩌시려고요?"

"내가 뭘 어쩔 거냐고요?" 이번에도 화가와 동행한 여자
는 이번에도 역시 그의 팔에 손을 얹었다. 하지만 화가는
커다랗게 고함을 질러댔다. "내가 뭘 어쩔 거냐고요? 그건
내 그림입니다. 나는 그걸 팔아야만 했고, 그래서 지금 그
자의 집에 걸려 있긴 하지만 그건 원래 내 그림이라고요.
나는 그 그림을 복원하고 말 겁니다."

"그림을 복원하겠다고 소유주에게 제안을 했나요?"

"그렇게 하도록 두질 않는 거예요. 그 정도로 사소한 손
상은 자기에게 아무런 문제가 아니라면서요. 나를 자기 집
에 들이고 싶지 않다는군요. 그림을 집 밖으로 내가는 것
도 안 된답니다."

나는 이들의 사연이 조금 그로테스크하게 느껴졌지만,
두 사람은 매우 진지하게 나를 빤히 바라보았으므로, 그래
서 나도 역시 진지하게, 이 상황의 해결이 법적으로는 결
코 간단하지 않다고 설명했다. 일단 손상이 확인되어야 하
고, 손상이 원저작자의 이익을 침해해야만 하는데, 이 경
우도 더 규모가 큰 인적 집단이 손상된 작품을 눈으로 보게
되는 경우에만 원저작자의 이익이 보호될 수 있으므로, 현
재 소유주의 개인 공간에서만 작품을 볼 수 있다면, 소유
주는 자신이 하고 싶은 대로 작품을 건드릴 수 있다는 것

을. "내가 군트라흐에게 다시 한 번 편지를 써보지요. 그에게 이러저런 법적인 문제점들을 알려두겠습니다. 하지만 우리가 이 문제를 법정까지 갖고 가야 한다면, 솔직히 그리 희망적인 건 아니에요. 그런데 그게 도대체 어떤 그림인 거죠?"

"계단을 내려오는 여자 그림입니다." 화가는 내 사무실을 둘러보았다. "사이즈가 큰 그림이지요. 저 문 보이시죠? 저 문보다 좀 더 큽니다."

"특정한 여자를 그린 건가요?"

"그림 속 여자는……" 화가의 말투가 반항적으로 변했다. "군트라흐의 전 부인입니다."

6

이번에도 역시 군트라흐는 즉시 답장을 보내왔다. 또다시
오해가 발생하여 참으로 유감이라고 했다. 화가가 그림을
복원해준다면 자신은 당연히 반대하지 않는다, 손상된 미
술 작품을 화가 자신이 직접 손을 대서 복원하겠다면, 그보
다 더 나은 방법이 어디 있겠는가, 그림을 집 밖으로 내갈
수는 없다, 그랬다가는 그림에 걸린 보험의 효력이 사라져
버릴 것이다. 그러니 자신이 원하는 시간에 화가가 그의 집
으로 와야 한다. 나는 편지를 다시 화가에게 전달했다.

　어느새 호기심이 생긴 나는 서점으로 가서 화가 카를 슈
빈트에 관한 자료를 찾아보았다. 몇 년 전에 프랑크푸르트
미술협회가 전시회를 개최하면서 발간한 도록이 전부였
다. 나는 미술에 대해서 전혀 알지 못하므로 거기 나온 그
림들이 좋은지 나쁜지 판단할 수가 없었다. 파도와 하늘,

구름, 꽃을 그린 그림들이었다. 색채는 아름다웠지만 그 형체들은 모두 내가 안경을 쓰지 않고 바라볼 때의 세상처럼 불명확했다. 친숙한 사물들이지만 황홀하고 낯설게 보였다. 도록에는 슈빈트가 전시회를 열었던 화랑들 이름과 그가 수상한 상들이 나와 있었다. 보아하니 실패한 예술가는 아니었고, 그렇다고 확실히 자리를 잡은 예술가도 아닌, 아마도 앞으로 전망이 기대되는 그런 예술가인 듯했다. 도록의 뒤표지에서 그가 나를 바라보고 있었다. 그는 입고 있는 양복에 비해서 너무 컸고, 앉아 있는 의자에 비해서 너무 컸고, 도록의 뒤표지에 비해서 너무 컸다.

한 주일도 지나지 않아 그는 다시 나타났다. 이번에도 역시 여자와 함께였다. 그는 정말로 컸다. 처음으로 사무실로 왔을 때 내가 느꼈던 것보다 훨씬 더 컸다. 나는 1미터 90이고, 호리호리하며, 당시나 지금이나 몸매가 좋은 편이다. 그는 키가 나보다 큰 건 아니었지만 덩치가 좋고 뼈대가 굵어서, 그의 곁에 있으면 나조차도 스스로 작다는 느낌이 들 정도였다.

"그 작자가 또 같은 짓을 저질렀어요."

나는 무슨 일인지 충분히 짐작할 수 있었으나 의뢰인을 앞서 나가고 싶지는 않았다. "무슨 일을 저질렀단 말인가요?"

"군트라흐가 그림을 또 손상했단 말입니다. 나는 이틀 동안 다리 부분을 복원했어요. 그리고 사흘째 되는 날 복원을 완성할 참이었는데, 왼쪽 가슴에서 산 얼룩을 발견했지 뭡니까. 물감이 녹아서 흘러내리고 부풀어 오르는가 하면 거품까지 일어요. 그 자리를 다 긁어내고 초벌칠을 해서 다시 그려야 한단 말입니다."

"그는 뭐라고 하던가요?"

"내가 범인이라더군요. 내 그림 도구들 중에서 악취 나는 액체가 든 병을 보았는데, 그림의 얼룩에서 나는 악취랑 똑같다는 거예요. 그러니 내가 그림의 복원 비용을 대야 한다고, 하지만 내 손으로 복원해서는 안 된다고 주장하고 있습니다. 더 이상 나를 신뢰할 수가 없다는 거죠." 그는 어쩔 줄 모르는 눈으로 나를 보았다. "이제 어쩌면 좋죠? 나는 다른 사람이 내 그림에 손대는 걸 참을 수가 없어요."

"그러니까 당신은, 새로운 손상 부위도 복원할 용의가 있다는 말이죠?" 도대체 이 사건을 어떻게 판단해야 할지, 나는 점점 더 혼란스럽기만 했다.

"부위라니요? 그건 부위가 아닙니다. 왼쪽 가슴이란 말입니다!" 그러면서 화가는, 곁에 앉아 있는 여자의 왼쪽 가슴을 움켜쥐었다.

나는 깜짝 놀라서 어쩔 줄을 몰랐다. 하지만 그녀는 웃음을 터트렸다. 부끄러운 것도 아니고, 당혹스러운 것도 아니고, 단지 재미있어 죽겠다는 듯이, 입이 약간 비스듬하게 기울어지면서 뺨에 보조개가 패었다. 나는 금발인 그녀에

28

게서 밝은 웃음소리가 나올 줄 알았다. 하지만 그녀의 웃음
은 그녀의 목소리와 마찬가지로 저음이며 살짝 쉬어 있고
어두웠다. 그녀는 마치 서투르고 맹렬한 어린아이를 달래
듯이, "카를" 하고 상냥하게 이름을 불렀을 뿐이다.

"나는 그림을 수정해주겠다고 그에게 제안했습니다. 심
지어는 그에게, 원한다면 판매 금액의 두 배를 주고 그림
을 되사겠다고까지 했어요. 하지만 그는 거절했습니다. 두
번 다시 나를 만나고 싶지 않다고, 그렇게 말했단 말입니
다."

7

이번에 나는 군트라흐에게 전화를 걸었다. 그는 친절했고, 자신도 이 일이 안타깝다고 했다. "어쩌다가 그와 같은 화가에게 이런 불행한 사고가 일어났는지, 나도 납득하기 힘듭니다. 하지만 그가 이 일로 괴로워하고 있다는 것, 그림의 원래 아름다움을 되찾아주고 싶어 한다는 것에는 의문의 여지가 없겠죠. 나 또한 그걸 원하는 바입니다. 그림의 복원에 그보다 더 적합한 사람이 과연 누가 있겠습니까. 나는 그를 비난하지도 않았고, 신뢰를 거두지도 않았습니다. 그는 정말로 특별하게 민감합니다." 그는 웃었다. "적어도 당신이나 나 같은 사람에 비하면 말이지요. 하지만 그는 예술가니까 그것이 당연할지도 모르겠네요."

이 말을 전해 들은 슈빈트는 안도하면서도 걱정이 되는 눈치였다. "복원이 잘 되었으면 정말 좋겠는데."

그 후로 3주 동안 나는 그로부터 아무런 소식을 듣지 못했다. 3주 동안 그는 왼쪽 가슴을 새로 그리고 있었다. 그가 마지막 작업을 위해 군트라흐의 집을 찾아간 날, 밤 사이에 그림이 쓰러져 그가 붓과 물감을 올려놓은 작은 철제 테이블을 치는 바람에 찢어져서 균열이 생겨 있었다.

군트라흐는 화가 머리끝까지 나서 나에게 전화를 했다. "처음에는 산을 떨어뜨리더니 이번에는 또 이런 일을 벌이다니. 그가 위대한 예술가일 수는 있겠지만 참을 수 없게 경솔한 인간인 것도 사실입니다. 그에게 그림을 또다시 복원하라고 억지로 시키지는 못하겠어요. 하지만 내게도 약간의 영향력은 있습니다. 그림의 복원이 끝날 때까지 다른 일감을 받지 못하도록 힘을 쓸 정도는 됩니다."

그런 위협은 불필요한 것이었다. 바로 그날 법률회사로 찾아온 슈빈트는, 몇 주일이 걸리더라도 그림을 복원할 의사가 있었으니까. 그러나 그는 좌절에 빠져 있었다. "이 일이 끝나도, 그가 또다시 무슨 짓을 벌인다면 어떻게 하죠?

"그러니까 슈빈트 씨 생각에는……"

"그야 물론이죠. 그가 벌인 짓입니다. 세상에 어떤 화가가 그림이 쓰러져버릴 정도로 불안하게 벽에 세워둔단 말입니까? 그런 일은 없어요. 분명 그가 넘어뜨린 겁니다. 균열 부분은 그가 칼로 찢은 거고요. 테이블 가장자리는 뭉툭해서 그림에 그렇게 날카로운 자국은 절대 낼 수 없거든요." 그는 쓸쓸하게 웃었다. "찢어진 자리가 어딘지 아십니까? 바로 여기예요." 이번에 그는, 동행한 여자의 몸 대신에 자신의 배와 성기 부분을 손으로 가리키면서 말했다.

"그가 왜 그런 짓을 하는 걸까요?"

"증오 때문이죠. 그는 자기 아내의 그림을 증오합니다. 자신을 떠난 아내를 증오하는 거죠. 그리고 나도 증오합니다."

"그가 왜 슈빈트 씨를……"

"내가 자기를 버리고 당신을 선택했다고 해서 당신을 증오하는 거야." 그녀가 슈빈트를 향해 고개를 저었다. "그림을 증오하지는 않아. 그림은 그에게 별 의미가 없어. 당신을 만나기 위해, 그래서 그림을 자꾸 훼손하는 거라고."

"나와 대화를 해서 풀 생각은 않고, 대신 그림을 망가뜨린다고? 무슨 사람이 그래?" 군트라흐에 대한 분노와 경멸로 부르르 떨며, 그는 자리에서 벌떡 일어섰다. 하지만 곧 다시 털썩 주저앉아서, 어깨를 축 늘어뜨렸다.

나는 방금 들은 대화에서 이들 사이의 관계를 추측해보려고 했다. 처음에 여자가 화가의 모델을 섰다가 둘 사이에 불이 붙었단 말인가? 그래서 늙은 남편에게서 젊은 남자로 갈아탄 것일까? 이혼을 하면서 늙은 남편으로부터 쥐어짤 수 있는 건 모조리 쥐어짰기 때문에 앙심을 사고 있는 것일까?

하지만 내가 해결할 사안은 그녀가 아니라 슈빈트였다. "그러지 말고 군트라흐 씨와 그림을 그냥 잊는 것이 어떨까요. 법적으로는 그가 당신에게 무슨 짓을 할 방법이 없습니다. 영향력 운운하는 그의 협박은 나라면 심각하게 받아들이지 않겠어요. 그러지 말고 마음은 좀 아프겠지만 그림을 똑같이 모사하세요. 아니면 그림을 아예 다시 그리는 방법도 있습니다. 화가에게 이런 제안을 한다고 마음이 상하지 않았으면 좋겠네요."

"마음이 상하는 제안은 아닙니다. 하지만 난 그림을 모사할 수는 없어요. 어쩌면……" 가만히 앉아 있는 그의 얼굴 표정이 완전히 바뀌었다. 조금 전까지 가득하던 절망도, 분노도, 경멸도 모두 사라지고, 오직 어린아이 같은 천진한 표정을 띤 채, 커다란 얼굴과 커다란 손을 가진 커다란 남자는 확신에 찬 눈빛으로 우리 둘을 응시했다. "아마도 처음 다리에 생긴 그을린 자국은 정말로 우연한 사고였을 수도 있어요. 훼손된 그림을 본 순간, 군트라흐는 그림이 싫어졌을 겁니다. 그림이 싫어지자 과거의 기억까지도 자신에게서 멀어진다는 것을 깨달았겠죠. 기억이 없으면 훨씬 더 편하게 살 수 있을 테니까. 그래서 다음번에는 일부러 그림에 상처를 낸 겁니다. 그런데 복원된 그림의 아름다움을 두 눈으로 보게 되자, 다시금 그림을 사랑하게 된 거예요."

"군트라흐 씨는 예술품에 따라 기분이 좌우되는 유형은 아닌 듯한데요." 나는 그녀를 향해 질문의 시선을 던졌다. 하지만 그녀는 아무 말도 없었다. 고개를 끄덕이지도 않았고 머리를 흔들지도 않았고, 단지 의아해하는, 하지만 사랑이 가득 담긴 눈길로 슈빈트를 가만히 바라볼 뿐이었다. 그가 어린아이 같은 억지를 부리더라도 마냥 행복하다는 듯이. 나는 다시 한 번 더 슈빈트를 설득해보려고 했다. "군트라흐 씨에게 너무 말려들면 안 됩니다. 그가 자꾸 반복해서 그림을 훼손하면 어쩝니까. 그러다 보면 당신 그림을 그릴 시간도 없어지겠어요."

그가 슬픈 얼굴로 나를 쳐다보았다. "지난 반년 동안 나는 그림을 한 점도 못 그렸습니다."

8

슈빈트가 그림을 복원하는 데는 한두 달이 걸릴 것이다.
그런 다음에는 반드시 내 사무실에 다시 나타날 거라고,
그렇게 나는 확신했다. 하지만 여름이 다 지나도록 그는
오지 않았다. 시월에 나는 커다란 소송 건을 맡게 되었고,
더 이상 슈빈트의 일을 생각할 겨를이 없었다.

　그러던 어느 날 아침, 사무실 매니저가 나에게 이레네 군
트라흐가 찾아왔다고 알렸다. 그녀는 재킷에 탑과 청바지
차림이었다. 처음에는 가을치고는 너무 가벼운 옷차림이
아닌가 생각했는데, 창밖을 내다보자 아침 안개가 걷히고
푸른 하늘이 드러났으며 밤나무 잎새가 황금빛 햇살 속에
서 영롱하게 반짝이고 있었다.

　그녀는 내게 손을 내밀어 인사를 한 후 자리에 앉았다.
"카를의 부탁을 받고 왔어요. 변호사님에게 직접 감사의

말을 전하고 싶지만, 지금은 작업에 열중하느라 다른 일은 아무것도 돌아볼 수 없는 시기라서요. 지난 몇 달 동안 군트라흐는 미국에 있어서 방해가 되지 않았죠. 그 사이 카를은 그림을 복원했을 뿐 아니라 새로운 작품도 그리기 시작했어요." 이렇게 말한 그녀는 웃었다. "아마 변호사님은 그를 알아보기 힘들 거예요. 내 그림 때문에 생긴 걱정거리가 사라지자 완전히 다른 사람이 되었으니까요."

"그거 기쁜 소식이군요."

그녀는 자리에서 일어서는 대신 앉은 채로 다리를 포겠다. "청구서는 내게 보내주세요. 가를은 돈이 없으니 그에게 보내더라도 어차피 나에게 돌아올 거예요." 내가 이상하다고 생각하기도 전에 내 얼굴에 떠오른 의아한 표정을 먼저 읽어낸 그녀가 설명했다. "군트라흐의 돈은 아니랍니다. 내 돈이에요." 그녀는 미소 지으며 말했다. "우리 이야기를 알고 나서 어떤 생각이 들었나요? 부유하고 나이든 남자가 젊은 화가에게 자신의 젊은 아내를 그리도록 시켰는데 둘이 눈이 맞아서 활활 불타올랐다고. 뻔하디 뻔한 클리셰예요, 그렇죠?" 그녀는 계속해서 미소 지었다. "우리는 클리셰를 사랑해요. 왜냐하면 그것이 맞으니까. 비록……. 그런데 군트라흐가 벌써 나이 든 남자인가요? 카를을 아직도 젊은 화가라고 해도 되나요?" 그녀는 소리 내어 웃었다. 그러자 나는 다시금 금발 머리와 창백한 피부, 연한 눈빛을 가진 여인의 어둡고 낮은 웃음소리가 기이하게 느껴졌다. 그녀는 웃으면서 윙크를 했다. "게다가 간혹은 이런 생각도 들어요. 나 또한 과연 아직도 젊은 여자일까 하는."

나도 따라서 웃었다. "당신이 젊지 않다면 말이 안 되죠."

그녀는 돌연 진지해졌다. "젊다는 것은 모든 것이 다시 회복되리라는 느낌이에요. 틀어지고 어긋나버린 모든 것이, 우리가 놓쳐버린 모든 것이, 우리가 저지른 모든 잘못이. 더 이상 그런 감정이 없다면, 한 번 일어나버린 일과 한 번 경험한 일이 다시는 돌이킬 수 없는 것이 된다면, 그러면 우리는 늙은 거예요. 그런데 나는 더 이상 그런 감정을 갖고 있지 않답니다."

"그렇다면 나는 한 번도 젊은 적이 없었겠네요. 난 네 살 때 어머니가 돌아가셨답니다. 그것이 어떻게 다시 회복될 수 있을까요? 할머니가 어머니를 다시 낳을 수도 없는 일이니 말입니다."

그녀는 밝고 연한 눈빛으로 나를 빤히 지켜보았다. "변호사님은 단 한 번도 사랑을 해보지 않았군요. 그렇죠? 아마도 변호사님이 젊어지기 위해서는 나이가 더 들어야 할 것 같네요. 한 여인의 안에서 모든 것을 발견하고, 모든 것을 재발견하려면 말이에요. 변호사님이 잃어버린 어머니를, 그리워하던 누이를, 꿈속에서 그리던 딸을 말이죠." 그녀의 얼굴에 다시 미소가 떠올랐다. "우리가 정말로 사랑에 빠지면, 우리는 그 모두랍니다." 그녀는 일어섰다. "우리가 다시 만나게 될까요? 난 안 그랬으면 해요. 제발, 이 말을 오해하지는 마세요. 우리가 다시 만나게 되면 그때는 이 균형이 산산조각 나버릴 테니까. 신은 우리의 행복을 질투하기 때문에 어떻게든 행복을 파괴한다는 것을 알고 계시나요?"

9

그녀가 한 말들은 무의미한 수다일 뿐이고, 그녀는 단지 수다스러운 여자일 뿐이라고, 그렇게 나는 무시하고 싶었다. 군트라흐의 돈이든 그녀 자신의 돈이든, 그녀는 충분히 많은 것을 소유한 듯했고 돈을 벌기 위해 일을 할 필요도 없어 보였다. 한마디로 무위도식자인 것이다. 하지만 그녀를 무시하는 것은 불가능했다. 그녀는 내 머릿속에서 자리를 차지했다. 포개고 앉은 다리와 타이트하게 달라붙는 청바지, 타이트하게 달라붙는 탑, 연한 눈빛과 어두운 웃음소리로, 태연하고, 도발적으로, 내면의 혼란을 야기하면서. 우리가 마주 보고 앉아 있는 동안, 이미 내 안에서 혼란이 발생하고 있었다. 그리고 다음 날 군트라흐의 집으로 가서 그 그림을 본 순간, 내 혼란은 절정에 이르렀다.

내게 다가와서 인사를 건네는 군트라흐를 보자, 뭔가 잘

못됐어, 이런 생각이 떠올랐다. 그는 늙은 남자가 아니었다. 나이는 마흔 살 정도였고, 몸매는 호리호리했으며, 완전히 새까만 머리카락에 회색 구레나룻, 에너지 넘치는 동작과 에너지 넘치는 말투. "와주셔서 감사합니다. 변호사님의 의뢰인과 나는 그동안 갈등이 많았습니다만, 우리는 그보다는 서로를 훨씬 더 쉽게 이해할 것 같군요."

원래 나는 타우누스에 있는 군트라흐의 집으로 올 생각이 전혀 없었다. 그가 내게 뭔가를 부탁하려면 직접 내 사무실로 오는 것이 맞는다고 고집했으리라. 하지만 군트라흐는 사무실 매니저에게 전화를 걸었고, 매니저는 내가 살 것이라고 약속을 잡아버렸던 것이다. "군트라흐와의 약속을 취소하라고요? 변호사님은 아직 세상을 잘 모르시는 것 같네요." 매니저는 나에게 군트라흐의 사업체와 재산과 영향력에 대해서 설명했다. 그래서 나는 갔다. 집사가 나를 맞았고, 나는 자존심을 억누르며 대기실에서 기다려야만 했다.

군트라흐가 나타나 내 팔을 잡았는데 그것도 묘하게 마음이 상했다. 그는 나를 살롱으로 이끌었다. 오른쪽으로 나 있는 유리창들 너머로 평원이 내다보였고 왼쪽 벽면은 책장들로 채워졌다. 그리고 정면의 흰 벽에 그 그림이 걸려 있었다. 나는 그 자리에 그대로 멈추어 섰다. 도저히 한 걸음도 움직일 수가 없었다. 군트라흐는 내 팔을 놓았다. 당신은 단 한 번도 사랑을 해보지 않았군요…… 우리가 정

40

말로 사랑에 빠지면…… 신은 우리의 행복을 질투하기 때문에…… 바로 전날 그녀가 했던 모든 말들은, 지금 나체로 계단을 내려오는 이 여인의 언약이었다.

"맞습니다." 군트라흐가 입을 열었다. "정말 아름다운 그림이죠. 하지만 무슨 저주라도 붙어 있는 것 같습니다. 다리에, 가슴에, 그리고 음부에, 순서대로 손상이 생기니 말이죠." 그는 머리를 절레절레 흔들었다. "이젠 더 이상 문제가 생기지는 않겠죠? 이상하게 자꾸만 불안한 생각이 듭니다. 안 그런가요?"

"나는……"

"또 손상이 생긴다면 어떻게 해야 하나요? 별 수 없이 그때마다 슈빈트를 집 안에 들여야 하는 겁니까? 나는 그러고 싶지 않습니다. 그도 복원에만 매달려 있기보다는 자기 그림을 새로 그리는 것이 더 중요하지 않을까요? 그런데 무조건 복원을 해야 한다는군요. 안 할 수가 없다는 겁니다. 게다가 법이 그러라고 하니 나는 그자를 집에 오게 할 수밖에 없는 거죠. 어쩔 수 없이 그렇게 해야겠지요?"

그는 나를 쳐다보았다. 우호적이면서, 동시에 비웃듯이. 자신의 변호사가 따로 있는 군트라흐는 슈빈트의 법적인 위치가 미약하다는 것을 잘 알 것이다. 하지만 또한, 안 그런 척 행동하는 것이 내 역할이라는 것도 그는 알고 있다. 나는 의뢰인을 배반할 수 없기 때문이다. 그렇다고 해서 내가 군트라흐에게, 내 의뢰인을 가지고 놀다니 그건 비열

하다고, 그런 말을 할 수는 없었다. 그래서 나는 고개를 끄덕이기만 했다.

"슈빈트는 그림을 되사고 싶어 하더군요. 이 그림이 나에게 있는 이상 아무래도 불안을 떨치기는 힘들 겁니다. 그림도 불안하고, 그도 불안하고. 모든 사물은 자신의 자리가 있는 법이지요. 그렇지 않습니까? 자신에게 맞는 자리가 아니라면 어디에 있더라도 불안할 수밖에 없죠. 그림도 불안하고, 사람도 불안하고."

"내 의뢰인뿐만이 아니라 군트라흐 씨 당신의 안정에도 도움이 된다면, 그러면 그가 그림을 되사는 것도 나쁘지 않을 듯합니다."

"슈빈트도 바로 그렇게 말하더군요. 하지만 그 당시에는 그림보다 그 말이 더 불안했죠. 이걸 보십시오, 여자가 계단을 내려오는 모습을. 정신을 집중하여, 태연하고, 침착한 것 같죠? 그녀가 완전히 아래로 내려왔을 때, 그녀의 평화는 끝나버렸어요. 그녀가 도달한 곳이 그녀에게 적합한 장소가 아니었기 때문이죠."

"내가 보기에 당신 부인은 그렇지 않았던 것 같은데요……."

"내 말을 끊지 말아요!" 내가 대담하게도 반론을 제기하는 바람에 화가 난 그는 한동안 숨을 고르면서 자신을 억제하려고 애를 썼다. "겉으로 보이는 인상은 착각일 뿐입니다. 이 그림만 해도, 그런 저주가 붙어 있는데도 겉으로는 참으로 아름답잖아요? 중요한 점은 내 아내의 겉모습 인상이 아니라, 그녀가 마음의 평화를 잃었다는 사실, 그리고 그 평화를 다시 찾게 된다는 것이죠."

나는 그가 설명을 계속하기를 기다렸다. 하지만 그는 그 자리에서 서서 그림을 바라볼 뿐이었다. "무슨 말인지 이해가 안 됩니다만……."

그는 내게로 시선을 돌렸다. "내일 슈빈트가 여기 옵니다. 말하자면 나는, 복원된 그림을 인수하게 되는 거죠. 내일까지 이 그림에 무슨 일이 일어난다면, 슈빈트가 당신에게 달려간다면, 그가 내 아내 없이 혼자서 간다면, 그리고 당신에게, 뭔가 심상치 않은 기이한 일을 준비해달라고 부탁한다면, 그러면 그의 말대로 하세요. 그 기이함이 우리를 파괴하게 될 것이라도 말입니다. 간혹은 그런 일이 옳기도 하니까요. 따지고 보면 우리가 사는 시대가 원래 기이하지 않습니까? 그리고 경우에 따라서는, 소송도 아니고 법 집행도 아니지만 정말로 중요한 그런 일도 있는 법이죠."

나는 그의 말을 이해할 수 없었다. 하지만 이번에는 이해할 수 없다는 말조차도 아예 꺼내지 않기로 했다. 그는 나를 바라보면서 소리 내어 웃더니, 내 팔을 잡고 대기실로 데리고 갔다. "기분 나쁘게 듣지는 마세요. 법률가들이란 대개 약간은 평범하기 마련이라서요. 하지만 나는 평범하지 않은 도발에 응하는 사람을 즉시 알아보는 편이랍니다."

10

집으로 돌아오는 길에, 나는 이레네 군트라흐를 사랑하게
되었음을 알았다.

비록 한 번도 사랑에 빠진 경험이 없기는 하지만, 그래도
알 수 있었다. 학교 다닐 때 수학 선생님을 좋아했다. 생기
넘치는 눈동자와 맑은 목소리, 짧은 치마를 입고 다니는
자그마한 여인이었다. 어느 날 나는 그녀의 자전거 짐바구
니에 붉은 장미 한 송이를 몰래 꽂아두었다. 그다음에는
같은 학급의 여학생이었다. 항상 나도 모르게 시선이 그녀
를 향하게 되었고, 시내에 나갈 때면 언제나 그녀와 마주
치기를 바랐다. 그러면 학교에서는 감히 할 수 없었던 일,
그녀에게 말을 걸고, 그리고 그녀가 내게 다정하게 대답하
는 상황을 꿈꾸곤 했다. 하루 종일 그녀 외에 다른 생각은
전혀 하지 못하는 날도 있었다. 지금 그녀는 무엇을 하고

있을까, 그녀의 눈길을 끌려면, 마음을 끌려면 어떻게 해야 할까, 우리가 정말로 사귀게 된다면, 과연 어떤 기분일까. 그러다가 아주 어렵고 중요한 수학 시험이 다가왔고, 나는 공부에 집중해야 했으므로 시험이 끝날 때까지는 그녀를 생각하지 않기로 결심했다. 하지만 시험이 끝나자 그녀라는 마력도 사라져버렸다. 내가 대학을 다니던 시절 법학과에는 여학생이 거의 없었고, 다른 학과 여학생은 만날 일이 없었다. 방학 때 돈을 벌기 위해 부품창고에서 일을 했는데, 그곳의 근무자는 지게차 운전수와 나 같은 대학생 아르바이트를 제외하면 전부 여자들뿐이었다. 남자에 대한 음담패설을 늘어놓는가 하면 우리에게 드러내놓고 외설적인 추파를 던지는 바람에 나는 어떻게 대응해야 할지 몰라 몹시 당황하곤 했다. 그 여자들 중 한 명이 내 마음에 들었다. 다른 여자들보다 훨씬 조용하고, 젊고, 검은 머리칼에 정감 어린 눈동자를 한 여자였다. 그곳에서의 마지막 날, 나는 창고 정문 앞에서 그녀를 기다렸다. 밖으로 나온 그녀는 똑바로 걸어 길 건너편 나무에 기대서 있는 한 젊은 이에게로 다가갔다.

아마도 어머니나 누이가 있었다면, 그들에게서 여자나 사랑에 관해서 배울 기회가 있었으리라. 어머니가 죽은 후 아버지는 나를 조부모님에게 맡겼다. 대개의 조부모들이 그렇듯이 그들도 나를 온갖 어리광을 받아주며 응석받이로 키웠겠지만, 나를 성장시키기 위해 정성 들여 양육을 한 것 같지는 않다. 조부모님은 이미 자신들의 네 아이를 양육했고, 그것으로 그들의 의무는 종료되었기 때문이다. 내 양육에 정성을 기울인다고 해서 그들이 얻을 수 있는 직접적인 성과는 없을 것이므로, 조부모님은 그 일을 형식적인 차원에서, 간결하게 해치웠다. 그렇다고 해서 뭔가를 부족하게 베풀었다는 말은 아니다. 나는 피아노 레슨을 받았고 테니스를 배웠으며 댄스 수업에 참석했고 운전 교습도 받았다. 그러나 조부모님은 항상, 그들이 해줄 수 있는 일은 여기까지라는 것, 더 이상은 나를 신경 쓰지 않고 조용히 살고 싶다는 희망을 숨기지 않았다.

사랑에 빠진다는 것을 나는 늘 이렇게 상상해왔다. 한 여자를 알게 된다, 서로 끌린다, 만난다, 점점 더 끌린다, 더 자주 만난다, 더 가까워진다, 그러다 마침내 사랑에 빠진다. 몇 년 후 아내를 만나 결혼한 것도 바로 이런 수순이었다. 아내는 사법관 시보로 법률회사에 들어왔는데 쾌활하고 성실했다. 내가 초대하는 저녁식사와 오페라 관람, 박물관 방문 등을 모두 받아들였다. 처음에는 일주일에 한 번 정도 만나다가 나중에는 더 자주 만났다. 우리는 점점 더 가까워졌고 그녀가 2차시험에 합격한 후에 결혼했다. 아내가 죽은 지도 10년이 지났다. 아이들이 성장한 다음에 아내는 지자체 정부에 참여했고 시의원이 되었다. 두 번째로 시의원에 당선된 지 며칠 후에 자동차 사고가 났다. 지금까지도 내가 이유를 알 수 없는 것은, 도대체 왜 아내가 이른 오후에 벌써 혈중 알코올 농도 1.6퍼밀 상태로 시골길을 달리다가 나무를 들이받았을까 하는 점이다. 경찰은 아내가 알코올의존증이었는지 내게 물었다. 내 아내가 알코올에 의존할 일이 뭐가 있었겠는가?

이레네 군트라흐를 향한 엄청난 갈망이 나를 사로잡았다. 그런 감정은 이전에 단 한 번도 경험해보지 못했고, 다행히 이후로도 두 번 다시는 찾아오지 않았다. 나는 프랑크푸르트로 돌아가는 중에, 차를 세우고 내려서 넋이 나간 듯한 마음을 가다듬어야만 했다. 그것은 내가 한 번도 꿈꾸어보지 못했던 행복인 것이 틀림없었다. 오직 한 여인만 필요하고, 그녀의 곁에서, 그녀의 목소리, 그녀의 나신만 있으면 되는 행복. 그녀는 자신의 낡은 삶의 계단에서 아직 완전히 다 내려온 것은 아니었다. 새로운 삶을 향한 최후의 한 발자국이 남아 있는 것이다. 그 새로운 삶이 나와 함께하는 것이라면! 매일 아침 그녀가 그런 모습으로 내 삶으로, 내 품으로 걸어 들어와준다면!

11

수요일 저녁에 탐정사무소 소장으로부터 전화가 없었으므로, 나는 목요일 아침에 그에게 전화를 걸었다. 처음 한두 번은 벨이 울려도 아무도 받지 않다가, 열 시가 넘어서야 통화가 된 비서가 소장의 휴대폰으로 연결을 시켜주었다. 나는 잘 나가는 탐정이라면 중앙콜센터가 있고 24시간, 아니면 최소한 이른 아침부터 모든 회선이 통화 중일 거라고 예상을 했었다.

"내가 며칠 걸릴 거라고 말했잖아요."

"난 오늘 독일로 돌아간단 말입니다."

"전화번호를 알고 있으니 상관없어요. 아니면 이메일 주소를 주시겠습니까? 뭔가 정보를 얻으면 즉시 연락을 드리지요."

"그럼 내가 다시 여기까지 와야 한단 말입니까?"

그러자 그가 웃었다. "그거야 선생 좋으실 대로 하는 거죠."

그의 웃음은 편안했다. 배가 나오고 대머리인 초로의 신사를 연상하게 하는 웃음이었다. 그럼 내가 다시 여기까지와야 한단 말입니까. 이 무슨 한심한 질문이란 말인가. 나는 그에게 내 이메일 주소를 가르쳐주고 전화를 끊었다. 일어서서 창가로 다가간 나는 항구 풍경을, 콘크리트 돛을 활짝 펼친 오페라하우스를, 크고 작은 배들이 오가는 만을, 그리고 만이 끝나는 지점에 초록빛으로 길쭉하게 뻗어 있는 땅과 그 뒤편에 펼쳐지는 아득한 대양을 바라보았다. 햇살이 환했다. 아침식사는 건너뛰고 보타닉가든으로 가서 이른 점심을 먹은 후 풀밭에 누워 있어도 될 것이다. 호텔에서 멀지 않은 곳에 가죽 제품과 가방을 파는 상점을 보았는데, 거기서 배낭을 하나 사고 서점에서 책을 한 권 고른 후 포도주 상점에서 붉은 포도주도 한 병 산 다음 풀밭에 누워 책을 읽으면서 포도주를 마시다가 나른하게 잠이 들고, 그리고 깨어날 수도 있었다.

나는 오후에 예약이 된 비행기를 생각했다. 비행기를 타면 집에 도착하는 것은 내일 아침이 될 것이다. 열쇠로 문을 열고, 짐을 풀고, 샤워를 하고, 가운 차림으로 우편물을 살피고, 면도를 하고, 옷을 입고, 사무실로 가서, 직원들의 인사를 받는다. 운전수와 나누게 될 대화가 머리에 떠올랐다. 그는 여행이 즐거웠느냐고 물을 것이고, 나는 그동안 프랑크푸르트에 특별한 일은 없었는지 물을 것이다. 그리고 내 비서가 책상 위에 가져다 놓을 꽃도 생각했다.

나는 귀향에 딸려오는 온갖 상투적인 절차들을 생각했고, 그러자 슬퍼졌다. 그것들은 내가 오랜 세월동안 충실하게 따라오던 절차들이고, 세월이란 것은 이미 그런 충실한 절차 자체가 되어버렸다. 소송에서 소송으로, 의뢰인에서 의뢰인으로, 계약에서 계약으로. 특히 기업합병과 기업인수에 자신이 있었던 나는 그 분야의 의뢰나 계약을 많이 맡아서 했다. 지난 시간 동안 나는 일을 하면서 어떤 점을 염두에 두어야 하는지, 어떤 점을 질문해야 하는지를 똑똑히 배웠다. 그래서 항상 같은 점을 염두에 두었고 같은 점을 질문해왔다. 문제가 생길 경우란 상대편이 술수를 쓰려고 할 때뿐이다. 그러나 나는 어느새 술수까지도 모두 꿰뚫고 있었다.

나는 프랑크푸르트의 여행사 대표에게 전화를 걸었다. 사무실에 있을 시간은 한참 지난 뒤지만 그의 집으로 전화를 한 것이다. 그는 내 티켓을 다른 날짜로 변경할 수 있다고 했다. 원하는 귀국일이 언제인지? 아직 정확히 모른다고? 그러면 일단 2주일 뒤로 해놓겠다. 날짜는 언제든지 앞당기거나 뒤로 연기하는 것이 가능하다. 그는 좋은 여행이 되기를 바란다고 말했다.

나는 어제 입었던 양복을, 구겨진 데다 풀물과 흙으로 얼룩이 진 그대로 다시 입었다. 비행을 연기하기로 한 내 결정이 갑자기 두려워졌다. 일하면서, 집에 가면서, 문을 열면서, 그 밖의 자유시간에 반복해왔던 상투적인 절차들이 내 삶을 지탱해주는 유일한 의미인 것만 같았다. 그런 절차 없이 어떻게 살아간단 말인가? 지금이라도 당장 다시 전화할까? 하지만 나는 티켓의 변경을 취소하지 않았다.

12

보타닉가든에서 시간을 보내려면 아트갤러리를 들르지 않을 수 없다. 그래서 나는 다시금 그림 앞에 섰고, 그림 속의 여자는 또다시 나를 혼란스럽게 만들었다. 그녀가 나체이기 때문은 아니었고, 그녀가 그때의 기억을 되살리기 때문도 아니었다. 내가 혼란스러웠던 것은 그림 속의 여자가 내가 당시에 만났던, 그리고 당시에 보았던 여자가 아니기 때문이다. 그렇다면 내가 본 것은 무엇이란 말인가?

그림 속의 여자가 계단을 내려오는 것은 피아노를 치기 위해서도 차를 마시기 위해서도 아니고, 환희에 찬 애인이 아래에서 기다리기 때문도 아니었다. 그녀는 고개를 살짝 숙인 채 내리깐 시선으로 계단을 내려오고 있는데, 그건 마치 강요당해 어쩔 수 없이 하는 행동 같았으며, 하지만 그런 운명에 순응하겠다는 태도로 보였다. 그녀는 저항을 해보았지만, 그녀를 장악한 누군가의 힘이 너무도 막강했기 때문에 곧 저항을 포기하고 만 듯했다. 그래서 이제 그녀가 할 수 있는 일이란 오직 온순하고 고혹적으로 몸을 내맡김으로써 자비를 구하는 것뿐이라는 듯이. 이제 그녀는 일방적으로 집어삼켜질 것을 각오해야 한다. 혹은 그녀 스스로 그걸 원하는 건 아닐까? 다른 누구에게도, 심지어 그녀 자신에게도 차마 고백하지 못한 채로?

나는 미술관에서 아랍이나 터키의 하렘에 있는 백인 여자 노예를 그린 19세기 회화를 본 적이 있다. 기둥과 대리석, 쿠션, 부채, 나체의 여인들, 관능적인 포즈와 속을 헤아리기 어려운 눈빛. 키치로군, 하고 생각했다. 나를 향해서, 계단을 내려오는 이 여자도, 그러면 키치란 말인가? 나는 알 수 없다. 폭력과 유혹, 저항과 내맡김이 서로 혼재하며 나를 혼란스럽게 했다. 나는 단 한 번도 그런 영역에서 여자들을 만나오지 않았다. 그것은 내가 알던 이레네 군트라흐와도 맞지 않는 세계였다. 아니면 내가 처음부터 잘못 생각하고 있었던 것일까?

더 이상 그 문제에 깊이 빠져들고 싶지 않았다. 다행히도 내게는 책과 붉은 포도주가 있었다. 나는 소설은 읽지 않고 역사에 관한 책을 즐겨 읽는다. 실제로 일어난 일은 인간이 머릿속에서 상상한 일과는 다른 법이다. 우리가 역사에서 배우는 것은 실제로부터 얻는 가르침으로, 종종 천재적일 때도 있지만 대부분 정신 나간 헛소리가 꾸며낸 망상 종류와는 다르다. 소설이 역사보다 다채롭다고 주장하는 사람은 상상력을 제대로 발휘해서 머릿속의 그림을 그려낼 능력이 없는 것이다. 카이사르는 아들처럼 사랑한 브루투스의 단검에 찔려 죽는다. 백인들의 질병에 감염된 아즈텍인들은 전쟁을 시작하기도 전에 몰살당한다. 나폴레옹의 러시아 원정에 동행했던 여자와 아이들은, 군대가 베레지나 강을 건너 후퇴할 때 눈 속에서 밟혀 죽거나 얼음 같은 강물 속으로 내던져졌다. 비극과 희극, 행운과 불운, 사랑과 증오, 기쁨과 슬픔, 역사에는 이 모든 것이 있다. 소설도 이보다 더 많이 보여주지는 못한다.

나는 오스트레일리아의 역사를 읽었다. 사슬에 묶인 죄수들, 개척자들, 토지개발회사, 금채굴자와 중국인들. 원주민인 아보리진은 처음에 낯선 질병에 감염되었고 대량학살을 당했으며, 나중에는 아이들을 빼앗겼다. 의도는 선했을지 몰라도 그 일을 당한 부모와 아이들에게는 너무도 큰 고통이었다. 내 아내는 자주 말하곤 했다. 선함의 반대는 악이 아니라 선한 의도라고. 맞는 말일 것이다. 그러나 악의 반대는 악한 의도가 아니다. 그것은 분명 선함이다.

13

군트라흐가 예언한 대로, 바로 다음 날 슈빈트가 내 사무
실로 찾아왔다. 군트라흐의 집에서 곧장 오는 길인 그는
한참 동안이나 머리를 푹 수그리고 두 손을 맞잡은 채 내
책상 앞 의자에 앉아 있기만 했다. 그가 너무도 오랫동안
침묵을 지키므로 내 인내심은 한계에 도달했다. 그러다가
말을 시작한 뒤에도 그는 고개를 들지 않았다.

"그 집에 가보니 그림이 벽에 걸려 있었습니다. 나는 내
가 작업한 부분을 그에게 보여주었지요. 그는 확인하고 칭
찬을 했어요. 그리고 접는 주머니칼을 꺼내서, 칼날을 탁
펼치고는, 그림 위를 죽 그어버리더니, 주머니칼을 다시
접고, 주머니 속에 넣는 거예요. 그를 저지할 수도 있었을
겁니다. 그는 조금도 서두르지 않고 아주 침착하게 그 일
을 해치웠으니까요. 하지만 얼마나 충격이 컸는지, 난 꼼

작도 못하고 완전히 굳어 있었어요. 그는 미소까지 띤 채로 이렇게 말하는 겁니다. '당신이라면 이것도 금방 원상복구 할 수 있겠네요.' 그 말은 맞습니다. 칼자국은 계단 위에 조그맣게 났을 뿐이니까요. '일단 진정하시죠. 당신이 이 그림을 다시 얻는다면, 나도 원래의 내 것을 다시 얻는 겁니다. 당신 변호사에게 가봐요. 가서 계약을 체결해달라고 해요.' 그래서 난 물었어요. '계약이라니 무슨 계약 말인가요?' 그러자 그가 이렇게 대답했죠. '뭐든지 확실하게 해야 하니까요.'"

그는 고개를 들고 나를 보았다. "변호사님 헤줄 수 있겠습니까? 내가 그림을 돌려받고 그가 이레네를 돌려받는 계약 말입니다."

나는 아무런 대답도 하지 않았다. 하지만 그는 내 표정에 나타난 충격을 읽었다.

"나는 그림을 돌려받아야겠어요. 반드시 그래야 합니다. 자꾸만 그림을 훼손하는 걸 두 눈으로 지켜보면서 어떻게 군트라흐에게 그대로 맡겨놓겠습니까? 훼손을 넘어서 아예 완전히 망가뜨려버릴 수도 있지 않겠어요? 애초에 그림을 그에게 팔지 말았어야 하는 겁니다. 이레네와 처음 관계를 시작했을 때, 돈을 그에게 다 돌려주고 그림을 들고 와버려야 했던 거예요. 정말 멍청했지요. 세상에, 말도 안 되게 멍청한 짓을 한 거죠. 이제 확실히 알겠어요. 그림의 운명을 내가 스스로 결정할 수 있는 경우에만 그림을 그려야 한다는 것을요. 내 손으로 직접 찢어버린 그림도 참 많습니다. 진짜 그림이 아니었으니까요. 하지만 이 그림은 진짜예요. 언젠가 이것은 루브르나 메트로폴리탄, 아니면 에르미타주 미술관에 걸릴 겁니다. 내 말을 못 믿는군요. 그래요, 변호사님 생각이 맞을 겁니다. 내가 필요한 건 그냥 돈이고, 그림을 베를린이나 뮌헨이나 쾰른에만 팔 수 있어도 난 행복하겠지요. 하지만, 그러면 내 다른 그림이 메트로폴리탄 미술관에 걸릴 겁니다. 언젠가는 뉴욕에서 내 걸작품들의 전시회가 열릴 것이고, 그때 베를린은 그 그림을 뉴욕 전시회에 대여해주게 될 겁니다." 그는 점점 더 흥분해서 말을 이어갔고, 머리를 쳐들었다가 숙였으며, 손가락을 좍 폈다가 주먹을 쥐기를 반복했다. 그러다 갑자기 큰 소리로 웃음을 터트렸다. "아마 전시회 오프닝에 나도 참석하게 될 겁니다. 그리고 그 그림을 보면서 변호사님을 기억하게 되겠지요." 그는 머리를 흔들면서 계속 껄껄 웃었다.

하지만 그것도 잠시, 그는 다시 흥분한 어조로 돌아왔다. "하지만 베를린이 그 그림을 뉴욕 전시회에 보내려면 먼저 내 동의를 구해야 할 겁니다. 나는 이제 앞으로 그림에 대한 결정권을 나에게 유보한다는 조건 없이는 그림을 한 장도 팔지 않을 거예요. 누구에게 팔 건지, 누구에게 대여할 건지 이런 문제에 대한 권한 말이죠. 구매자들이 이 조건에 응하지 않을 거라고 생각하겠죠? 아닙니다. 그들은 내 그림을 갖겠다고 서로 물어뜯고 싸울 겁니다. 그리고 내가 요구하는 조건은 뭐든지 다 받아들일 거예요. 내 말을 믿지 못하는군요. 지금 내가 당신의 수첩 귀퉁이에 그려주는 조그마한 스케치 하나가 언젠가 당신을 부자로 만들어줄 수도 있다는 것을 도저히 못 믿을 겁니다. 그래서 변호사 비용도 나보다는 차라리 이레네에게 받는 편이 더 좋은 거겠죠. 당신 눈에는 내가 재능도 끈기도 별로 없고, 성격도 괴팍해서 미술 시장에서 성공하기는 애초에 틀린 인간으로 보일 테니까." 내가 뭐라고 반박을 하려했지만 그는 손을 내저으면서 자기 말을 계속했다. "저자가 추상화가라면 차라리 나을 텐데, 당신이 이렇게 생각하는 것이 훤히 보입니다. 아니면 아예 워홀처럼 수프 깡통이나 콜라 병이나 메릴린 먼로를 그린다면. 그러면 당신 마음에는 더 들겠지요. 그렇다고 인정하셔도 됩니다. 이 사무실에는 옛날 동판화를 걸어두었고 집에는 워홀의 '괴테'나 '베토벤'이 걸려 있겠죠. 자신이 교양인이라는 걸 사람들에게 드러내고 싶으니까요. 교양인이긴 하지만 고리타분하지는 않다고, 그래서 모든 종류의 현대미술에 열려 있는 사람이라고. 안 그런가요?"

그의 어조에는 경멸이 담겨 있었고 눈빛은 적의로 이글거렸다. 나는 우리 집에 걸려 있는 그림들이 무엇이고 왜 그런 그림을 골랐는지 설명하려고 했다. 하지만 곧, 그가 해명 따위를 듣고자 하는 것이 아님을 깨달았다. 그는 자기 마음대로 나를 판단하고 싶은 것뿐이었다. "당신에게는 그림이 여자 친구보다 더 중요하단 말입니까?"

"변호사님은 아무것도 몰라요. 내 그림이 어떤 의미인지 당신이 상상이나 할 수 있겠습니까? 여자가 무엇인지 알고 있기나 합니까? 알 리가 없지요. 그림이나 여자나. 어쩌면 그녀는 전남편에게 돌아가기를 원할지도 몰라요. 전남편이 제공하는 안락한 삶으로 말입니다. 시중드는 사람들과 여행과 승마와 테니스, 그리고 돈이 풍족한 세계로요. 혹시 생각해본 적이 있나요? 돈이 다 떨어지고 내 그림도 팔리지 않는다면, 그때 그녀는 과연 어떻게 할까요? 웨이트리스 일자리라도 구할까요? 청소부라도 될까요? 아니면 공장에라도 들어갈까요? 하지만 이런 것들이 변호사님과 무슨 상관이나 있을까요?"

"계약을 체결하도록 해야겠습니다. 비상식적인 계약이긴 하지만요. 그런데 그런 일들이 나와 무슨 상관이냐고 물으셨나요?"

"일단 하나하나 천천히 합시다. 이레네 군트라흐는 성인 여자예요. 변호사님이 계약서에 뭐라고 쓰던지 나와 군트라흐가 뭐라고 쓰던지 상관없이, 그녀는 자기 입장을 스스로 결정할 수가 있습니다. 우리 관계는 끝이라고 내가 말하고, 다시 자신에게 와야 한다고 그녀 전남편이 말합니다. 그러면 그녀는 전남편에게 꺼지라고 하고, 나에게는 내 말을 못 믿겠다고 할지도 모르죠. 그러니 비상식적이니 뭐니, 이런 생각은 미리 할 필요가 없어요. 남자 두 명이 고약한 구렁텅이에 빠진 겁니다. 그래서 어떻게든 해결해 보려고 발버둥치는 거예요. 성공할지 안 할지는 오직 여자 손에 달린 거죠. 뭐 흔한 얘기 아닙니까."

마지막까지 말하고 나자 그는 차분해졌다. 냉혹하고 무서운 결정을 내린 후 감정을 억제한 그는 일어서면서 말했다. "어떤 방식으로 하더라도 나는 모두 동의합니다. 구체적으로 언제 어디서 어떻게 무엇을 할 것인지 전부 군트라흐가 결정하라고 하세요. 내게 연락할 방법은 알고 있을 테고요."

14

만약 요즘에 그런 어이없는 부탁을 해오는 의뢰인이 있다면, 나는 길게 끌지 않고 바로 나가는 문을 가리킬 것이다. 하지만 당시에는 무슨 말을 어떻게 해야 할지 몰랐고, 그래서 사무실을 나가는 슈빈트의 뒷모습을 말없이 바라보고만 있었다.

법률회사의 두 시니어에게 이 일을 알려야 할까? 하지만 내가 회사에서 높은 평판을 얻은 건, 지금까지 결코 조언을 구하지 않고 혼자서 모든 문제를 처리했기 때문이었다. 나는 그 밑에서 사법관 시보로 일했으며 유독 가깝게 지냈던 판사를 떠올렸다. 하지만 내 물음에 대해서 그가 뭐라고 할지는 불을 보듯 뻔한 일이었다.

전화벨이 울렸다. 직원이 군트라흐의 전화라고 알렸다. 군트라흐는 혹시 사립탐정이라도 채용한 게 아닐까, 슈빈트의 뒤를 따라다니면서 그가 법률회사에 출입하는 것을 실시간으로 보고 받는 건 아닐까.

"지금쯤 계약서 문구 작성을 고민 중일 듯하군요. 당신의 일에 참견할 마음은 없지만, 그래도 약간의 반전을 위해 한 가지 방법을 생각해보았어요. 제일 좋은 방법은 역시 슈빈트가 이레네와 함께 우리 집에 오는 겁니다. 셋이서 잠시 얘기를 하다가, 슈빈트가 그림을 차로 가져가는 거죠. 다시 와서 이레네를 데려가겠다고 하면서요. 하지만 그림을 차에 실은 다음 그대로 가버립니다. 그다음에 나는 이레네에게 슈빈트가 그림과 그녀를 맞바꿨다고 털어놓는 거예요. 그러면 그녀는 즉시 깨달을 겁니다. 자신이 누구의 여자인지를요."

"만약 그녀가 깨닫지 못한다면요?"

그가 웃는 소리가 들렸다. "그건 내가 걱정하면 됩니다. 나는 그녀를 잘 알아요. 그녀가 나를 떠나던 당시에 우리 사이에는 문제가 좀 있었죠. 그래서 그녀는 진정한 사랑의 대상이 내가 아니라 슈빈트라고 생각했을 거예요. 하지만 그림과 교환되고 나면 진실을 깨달을 겁니다." 나는 아무 말도 하지 않았다. "여보세요? 당신은 내 말을 안 믿는군요. 그녀가 마음을 바꾸지 않으면 어떻게 하나 그 걱정뿐인가 본데, 그럴 필요 없습니다. 나는 그녀를 사슬에 묶거나 지하실에 감금하거나 하지 않아요. 만약 그녀가 택시를 불러달라고 하면 택시를 불러줄 겁니다." 그의 말투는 명

령조가 되었다. "그러니 계약서나 작성을 하세요. 슈빈트와 내가 서명하는 걸로. 당신은 우리가 만나도록 주선하면 됩니다." 그는 전화를 끊었다.

사슬에 묶고 지하실에 감금한다고? 아니야, 그건 아니겠지. 하지만 그녀를 어딘가로 유괴한다면? 시골 별장이나 아니면 에게 해에 있는 자기 소유의 섬으로 데려간다면? 그녀는 마취를 당했다가 그의 요트 안이나 제트기 안에서 깨어나겠지. 그러면 아무리 고약한 일을 당해도 싫은 내색을 못하는 그녀는, 군트라흐와 제2의 신혼여행을 떠난다고, 그런 엽서를 내게 써 보내지나 않을까? 나는 그들의 대화와, 언쟁과, 마취를 상상해보았다. 군트라흐는 그걸 혼자서 다 처리할까? 아니면 군트라흐가 클로르포름에 적신 헝겊으로 그녀의 입을 막는 동안 집사가 그녀를 꼭 붙들고 있을까? 그렇게 둘은 함께 그녀를 차로 옮기겠지? 운전은 군트라흐가 직접 할까? 그런데 갑자기 이야기의 다른 결말이 떠올랐다. 슈빈트가 군트라흐를 속여 넘긴다면 어떻게 될까? 그녀에게 내막을 미리 다 이야기하고, 그림을 되찾기 위해 그녀의 도움이 필요하다고, 일이 끝나면 함께 달아나자고 약속한 거라면? 군트라흐가 그걸 당하고만 있지는 않겠지. 사람을 동원해서 둘을 찾아내어 슈빈트에게 보복하고 그녀를 납치해버릴 거야. 아니면 그녀에게 너무 화가 난 나머지 납치하는 대신에 그녀에게도 벌을 가할지 몰라. 때리거나, 강간하거나, 아니면 신체를 훼손할 수도 있

을까? 아니야, 슈빈트는 자기가 군트라흐를 속이지 못한
다는 걸 알아. 그러니 교환할 수밖에 없어.

15

군트라흐는 겨우 몇 년 전에야 은퇴를 했고, 사업의 경영을 딸에게 넘겼다. 천부적인 기업가인 그는 동유럽, 아메리카, 중국으로 사업을 확장하여 큰 성공을 거두었다. 콜과 슈뢰더에게 독일 통일 후 경제 문제에 대한 자문 역할을 했으며, 만약 자신이 원하기만 했다면, 독일산업연맹 회장 자리에 오를 수도 있었으리라. 우리는 사업상 종종 마주칠 경우가 있었다. 그와 슈빈트 간의 거래를 성사시켜주면 나를 생각해주겠다는 그의 약속은 무산되었다.

그렇다, 나는 그들의 요청에 의해서 그와 슈빈트의 거래를 주선했다. 계약서를 작성하고 그 안에 군트라흐의 제안대로 양도에 관한 내용을 넣었으며, 군트라흐와 슈빈트 모두의 서명을 받았다. 양도는 일요일 17시에 있을 예정이었다.

나는 이레네 군트라흐에게 별도로 경고를 해주기로 결심했다. 그녀를 법률회사로 불러야 할까? 그러자면 혼자서 오라고 해야 한다. 그런데도 슈빈트가 함께 온다면? 아니면 혼자서 오라는 내 요청을 수상하게 생각한 그녀가 아예 나타나지를 않는다면? 나는 그녀와 슈빈트가 사는 집을 알고 있었다. 나는 하루 휴가를 내서, 그들이 세 들어 사는 낡은 건물 입구가 잘 보이는 장소에 자동차를 대고 기다렸다. 오래 지나지 않아 아홉 시쯤에 그녀가 건물 밖으로 나와 길을 걸어갔고, 나는 건너편 인도에서 그녀를 뒤따랐다. 우리는 도심으로 들어가는 지하철을 탔다. 사람들이 내리는 혼란한 틈을 타서 충분히 우연일 수 있는 마주침이 일어났다.

"여기서 당신을 보다니 정말로 반갑네요. 그나저나 그림 일에 약간 변화가 생겨서 알려드리려던 참인데요. 잠시 시간을 낼 수 있나요?"

그녀는 놀랐던가? 여전히 태연하고 침착하게, 미소 짓는 얼굴로 그녀는 말했다. "난 강 건너로 가야 해요. 함께 가시겠어요?"

우리는 나란히 구시가지를 지나 다리를 건너며 도시의 변화한 모습에 대해서, 눈앞에 닥친 선거와 아름다운 가을에 대해서 이야기를 나누었다. 강물 위에는 아직도 아침 안개가 고여 있었지만 나뭇잎들은 햇살을 받아 오색으로 영롱하게 반짝였다. 나는 그녀가 법률회사에 왔던 그날도 눈부시게 빛나는 햇살을 받아 나뭇잎들이 이렇게 아름답게 반짝였음을 그녀에게 상기시켜주었다.

우리는 벤치에 앉았다. 나는 군트라흐의 집을 찾아간 이야기, 슈빈트가 사무실로 왔던 이야기를 그녀에게 들려주었다. 계약서를 작성했으며 슈빈트와 군트라흐가 서명을 마쳤다는 것도 말했다. 그리고 그녀가 말을 듣지 않을 경우 군트라흐가 무슨 짓을 할지 몰라 두렵다는 생각도 밝혔다. 내 이야기를 그녀가 어떻게 받아들였는지는 모른다. 나는 그녀의 얼굴을 바라보지 않았다. 나는 강물을, 도시 위의 허공을, 점점 옅어지다가 여러 갈래로 흩어지며 사라져가는 안개를 바라보았다. 내가 이야기를 시작할 때 도시는 안개에 감싸여 있었으나 이야기를 마쳤을 때는 천지에 햇살이 넘쳤다.

마침내 내가 그녀를 응시하자, 눈물이 가득 고인 그녀의 눈동자가 보였다. 나는 얼른 시선을 돌렸다. "괜찮아요." 그녀가 울음 흔적이 없는 목소리로 말했다. "그냥 조금 눈물이 흐른 것뿐이에요. 그런데 왜 계약서까지 작성을 해야 하나요? 그게 무슨 의미가 있다고."

"아마도 군트라흐는 이 협약을 정식으로 만들어 모종의 구속력을 갖게 하려는 것 같습니다. 법적인 효력까지는 아니더라도요. 옛날이었다면 슈빈트에게 결투 신청이라도 했겠죠."

"그러면 변호사님은? 이 계약이 변호사님에게 어떤 이

득을 주나요?"

"내가 이 계약서를 만들지 않았다면 군트라흐는 다른 변호사를 찾아갔을 겁니다. 그렇게 되었다면 나는 그와 슈빈트가 당신을 놓고 어떤 일을 계획하는지, 알 길이 없었겠죠."

"그런데 당신은 변호사인데 이렇게 해도 괜찮은 건가요? 두 남자 중 한 명의 일을 대행해주다가, 그다음에는 다른 남자의 계약을 체결해주고, 게다가 이제는 나에게 와서 그걸 다 털어놓는 셈이잖아요?"

"그런 건 상관 안합니다."

그녀는 고개를 끄덕였다. "알겠어요. 일요일이란 말이죠……. 아니에요, 남편은 요트나 제트기가 없어요. 개인 소유의 섬도 없고요. 하지만 시골 별장은 하나 있죠. 그가 정말로 나를 마취시켜서 그리로 끌고 가려 할까요? 잘 모르겠군요."

"남편이라고 하셨나요? 그렇다면 이혼한 게 아니란 말입니까?"

"그는 이혼을 원하지 않아요. 그의 변호사들이 이혼 결정을 자꾸만 지연시키고 있죠." 그녀의 목소리에는 짜증의 기색이 묻어났다. 내가 쓸데없이 호기심을 보였기 때문인지, 아니면 군트라흐가 이혼을 안 해주기 때문인지 이유는 알 수 없었다.

"정말 유감……"

"항상 그렇게 미안해할 필요는 없어요."

"난……." 나는 미안해하는 게 아니라고, 더구나 항상 그런 건 전혀 아니라고 말하려 했다. 하지만 곧 그냥 입을 다물기로 했다. 나는 원래 그녀에게 하려던 말을 어떻게 시작하면 좋을지 모르는 채로 말없이 앉아 있기만 했다. 나는 그녀를 돕고 싶은 거라고, 그녀를 위해서는 뭐든지 할 수 있다고, 그녀가 원하는 것은 뭐든지 내어줄 준비가 되어 있다고, 그녀를 사랑한다고.

"나 때문에 남자 두 명이 이 꼴이 되어버리다니! 한 명은 나를 팔아넘기려 하고 다른 한 명은 나를 납치해 갈 기세라니." 그녀는 웃음을 터트렸다. "그리고 당신은? 당신은 또 뭘 할 생각인가요?"

내 얼굴은 홍당무가 되었다. "나는…… 당신이 이런 상황에 빠져들게 된 데는 내 책임도 분명 있으므로, 여기서 벗어나도록 최선을 다해서 돕고 싶을 뿐입니다. 내가 만약…… 당신이 나를……."

그녀는 나를 빤히 쳐다보았다. 의아하다는 것인지, 감동한 것인지, 아니면 나를 불쌍해하는 것인지? 그녀의 눈빛이 무슨 의미인지 나는 알지 못했다. 그녀는 다시 미소를 짓더니 내 머리와 목덜미, 그리고 어깨를 손으로 살짝 쓰다듬은 후 나를 가볍게 안았다. "불행하게도 불쾌한 남자들과 엮이고 말았지만 그래도 완전히 실패한 인생은 아니네요. 용감한 기사가 나타나서 나를 구해주니까."

"날 놀리는 겁니까? 내가 무슨 대단한 활약을 펼친 것도 아닌데. 난 그저…… 난 너를 사랑해."

16

난 너를 사랑해. 여기서 "너"라는 어휘가 부적합함을 나는
즉시 알아차렸다. 그러나 "당신을 사랑합니다"라고 말했
어도 마찬가지로 부적합했을 것이다. 아마도 사람은, "나
는 너를 사랑해"라는 말이 부적합하게 들리는 상황에서는
아예 입을 다물어야 하는 것이리라. 하지만 가슴이 가득하
면, 입은 저절로 열리는 법이다. 이렇게 되었으니 나는 그
녀에게 사랑을 고백하고 부적합한 "너"를 올바른 "너"로
전환시키기로 마음먹었다.

　"시작은 네가 내 사무실로 찾아온 날, 그날이었어, 그날
넌 사랑에 관해서 이야기했어. 그리고 진실로 사랑을 받는
여자는 애인이자 어머니, 누이, 그리고 딸이 되는 거라고,
사랑의 행복에 대해서도, 너무도 지극한 행복이라 신조차
도 질투할 수밖에 없다고, 그 말을 하면서 너는 미소를 지

었지. 행복에 잠겼으면서도 고통스럽고, 어떤 약속이 깃든 지혜로운 미소였어……. 아니 이건, 네가 나에게 무슨 약속을 했다는 의미는 아니야. 네 말이 나를 향한 모종의 언질이었다거나 그래서 너에게 매달릴 만한 이유가 생겼다는 그런 의미는 아니야. 그런 건 절대 아니고……. 네 약속은…… 좀 이상한 약속이었어. 물론 나도 네가 사랑과 여자들에 대해서 일반적인 이야기를 했다는 걸 잘 알아. 그렇지만…… 나에게는 네가 바로 그 여자들의 전형인 거야. 너를 사랑하고, 너의 사랑을 받는 그것이 바로 사랑의 전형인 거야……"

"쉿." 그녀는 다시 내 어깨 위에 팔을 두르고 나를 가만히 끌어안았다. "쉿." 나는 말을 멈추고, 이 포옹이 영원히 끝나지 않기를 기원하면서 눈을 감았다. "네가 나를 정말로 도와주고 싶다면……"

"뭐라고?" 나는 눈을 뜨고 물었다. "뭐라고?"

"이렇게 하면 돼……." 그녀는 말을 멈추고 내 몸에서 팔을 거두어 가더니 자세를 바로 하고 앉았다. 나도 따라서 자세를 바로 했다.

잠시 후 그녀는 다시 입을 열었다. 처음에는 좀 망설이면서, 하지만 점점 더 분명한 어조로. "우리가 일요일에 군트라흐의 집으로 가면…… 카를은 분명 내 차를 가져가려 하지 않을 거야. 자기의 폭스바겐 버스를 몰고 가겠지. 그러니 너에게…… 내가 갖고 있는 폭스바겐 버스 열쇠를 줄게. 우리가 군트라흐의 집 안으로 들어가면, 버스 문을 열고 들어가서 운전석 아래 숨어 있어. 카를이 그림을 들고 나와서 버스에 싣고 문을 닫으면…… 그때부터는 네가 얼마나 빨리 버스를 몰고 달아나버리느냐에 달린 문제야. 최대한 빨리 시동을 켜고 얼른 그 자리를 떠야해. 만약 카를이 문을 하나라도 열고 올라타버리면 그땐 끝이야. 그렇지만 않다면…… 분명 카를은 군트라흐가 자길 속였다고 생각할 거야. 그래서 집 안으로 들어가서 군트라흐에게 따지겠지. 그 둘이 싸우는 동안 나는 도망쳐버리면 돼. 군트라흐의 집에서 조금 내려가면 커브가 나와, 거기가 정원의 끝 지점이야. 그곳에서 기다리면 내가 담장을 넘어서 버스에 올라탈게."

나는 치밀하게 계획을 짜는 그녀의 냉철함에 최대한 어울리는 말투로 대답하려고 애썼다. "슈빈트가 주차를 거꾸로 해버리면 나중에 나가면서 내가 차를 돌려야 하니까 곤란해지는데."

그녀가 고개를 끄덕였다. "그건 내가 알아서 할게. 그리고 대문은 신경 쓸 것 없어. 밤에만 잠궈두니까." 그녀를 나를 향해 미소를 지어 보였다. "차 문이 닫히자마자 네가 차를 출발시키고, 두 남자가 서로 머리칼을 움켜잡자마자 내가 달아난다면, 그러면 일은 성공이야."

나는 그녀가 그 두 남자 이야기를 하는 것이 싫었지만 아무 말도 하지 않았다. 머릿속으로 군트라흐의 집 앞, 내리

막길 구역을 그려보았다. 대문에서 저택까지의 진입로, 수
풀, 주차장. 그래, 버스 안으로 숨어들어가는 건 어렵지 않
을 것이다. 일이 틀어지면 그 결과가 무엇일지 나는 몰랐
다. 나는 지금까지 단 한 번도 넘지 않았던 선을 지금 넘고
있는 것이다. 하지만 내 결심은 확고했다. "네가 버스에 타
고 나면, 우리는 어디로 가는 거지?"

　그녀는 다시 한 번 더 손바닥으로 내 머리를 쓰다듬었다.
"어디로 가는 걸까?"

17

당연히 내가 사는 집 말고 달리 어디로 가겠는가? 내 가슴
은 행복으로 터질 듯했다. 우리는 함께였다. 우리는 함께
행동하고, 함께 승리하고, 함께 달아난다. 아니 달아날 필
요조차 없다. 그냥 있으면 된다. 누가 그녀를 그리고 나를
비난한단 말인가? 나는 우리가 함께 하는 삶을 상상해보았
다. 커다란 아파트가 나을까 아니면 작은 저택이 나을까.
그녀는 정원 가꾸기를 좋아할까, 요리하기를 좋아할까, 그
녀는 하루 종일 뭘 하면서 시간을 보낼까, 그녀는 여행을
좋아할까, 좋아한다면 어디로 가고 싶어 할까, 그녀는 책
읽기를 좋아할까, 그녀는……

"이제 가야해." 그녀가 이렇게 말하는 바람에 내 상상의
꿈은 중단되어버렸다. 그녀는 일어섰다.

나도 따라서 일어섰다. "데려다줄까?"

"바로 몇 걸음 떨어진 곳인데 뭐." 그녀는 손으로 공예 박물관을 가리켰다.

"너……"

"나 저곳에서 일해. 디자인."

갑자기 공포가 엄습했다. 내가 앞으로 함께 살아갈 꿈에 부풀어 있는 이 아름다운 여인이, 이미 자신의 삶을 가지고 있다니. 자신의 직업이 있고, 수입이나 유산으로 벌어들인 돈이 있으며, 남편과 애인이 있었고, 실수가 아니라 스스로의 결정으로 군트라흐나 슈빈트와 함께했던 것이다. "디자인." 그녀는 짧고 간결하게 말했다. 마치 필요한 것 이상은 자신에 대해서 더는 묻지 말라는 듯이.

"자동차 열쇠는 언제 줄 거야?"

"우편함에 넣어둘게. 네 집이 어디야?"

나는 주소를 말해주었다. "초인종을 눌러야 해. 우편함은 건물 입구 안쪽에 있거든. 언제 올 건데?"

"그건 나도 몰라. 네가 집에 없으면 누군가 문을 열어줄 때까지 초인종을 누르면 돼."

그리고 그녀는 가버렸다. 강변 산책로를 따라 걷다가, 길을 건너, 박물관 안으로 들어갔다. 길을 건널 때 왼쪽과 오른쪽을 번갈아 살피며 차가 없는 것을 확인한 뒤에, 잠시 나를 돌아보며 손을 흔들어줄 여유 정도는 있었다. 하지만 그녀는 돌아보지 않았다.

나는 다시 벤치에 주저앉았다. 지금이라도 회사로 가서

이미 시작된 오늘의 일과를 계속하는 것이 나을까? 그러고 싶지 않았다. 내가 시드니의 보타닉가든에서 그날 강변에서의 아침을 떠올렸을 때, 나는 깨달았다. 그 이후로 두 번 다시는 그와 같은 하루를 보낸 적이 없다는 사실을. 아무 것도 하지 않고 하루를 탕진해버리는 것. 물론 일을 하지 않고 여자친구와, 나중에는 아내 그리고 아이들과 함께 보낸 날들이 있기는 하다. 하지만 그것은 내가 여자친구, 아내 그리고 아이들에게 평소에 빚진 것을 갚는 행동이었고 건강을 위해서, 교양을 쌓기 위해서, 혹은 가족의 결속이라는 목적을 위해서 한 일이었다. 분명 멋진 시도였고, 일에서 벗어나 쾌적한 기분 전환을 하는 데는 아주 효과가 좋았다. 하지만 아무런 목적 없이, 아무것도 하지 않고 앉아서 하염없이 앞을 바라보기, 햇빛 아래서 눈을 가늘게 뜨고 몇 시간이고 몽상에 잠기기, 그런 다음 레스토랑을 찾아가 맛 좋은 음식과 포도주를 주문하기, 식사가 끝난 후 산책하기, 적당한 장소를 찾으면 다시 앉아서 앞을 바라보고 눈을 가늘게 뜨고 몽상에 잠기기. 그날 나는 그런 일을 했었고, 그리고 세월이 흐른 후 지금 시드니에 와서야 다시 그렇게 하고 있는 것이다.

그날 나는 어떤 몽상에 잠겼던가. 분명 이레네와의 새로운 삶에 관한 것이었다. 하지만 분명 그것이 전부는 아니었다. 지금 내가 과거의 기억을 더듬는 것과 마찬가지로, 그날도 나는 과거를 떠올렸을 것이다. 그때 나는 행복의

문턱에 있었으므로 내 과거 또한 새로운 얼굴로 나타났을 것이다. 그래서 아마도 나는, 조부모님과 함께 보낸 어린 시절을 삭막하기만 한 것이 아니라 자유를 향한 도약으로, 변호사가 되기 위해 통과해야만 했던 과정은 압박이 아니라 성공을 위한 선물로, 이루어지지 않았던 여자들과의 만남도 좌절이 아닌 미래의 언약으로 느꼈을 것이다.

나는 내 늙음을 한탄하지 않는다. 살아갈 날이 많이 남아 있다는 이유로 청년들을 시기하지 않는다. 나는 삶을 다시 살고 싶지 않다. 그들이 부러운 이유라면, 지나온 과거가 짧기 때문이다. 젊은 날 우리는 과거를 한눈에 살펴볼 수가 있다. 비록 매번 달라질지언정, 과거에 어떤 의미를 부여하는 것도 가능하다. 그러나 지금 내 자리에서 과거를 뒤돌아보면, 무엇이 짐이었고 무엇이 축복이었는지 알 수가 없다. 과연 성공이 그만한 값어치가 있었는지, 여자들을 만나서 무엇이 충족되었는지, 무엇이 충족되지 않았는지, 나는 알지 못한다.

18

나는 금요일에도 그림을 보러 갔다. 아트갤러리는 견학 온 학생들과 교사들로 초만원이었다. 수많은 사람들이 여기저기서 대화하고 서로 불러대는 혼잡한 소음이 나는 좋았다. 오래전 내 학창 시절의 쉬는 시간, 여름날의 수영장을 기억나게 했기 때문이다. 그림 앞에는 십 대 소년 몇이 그림 속 여자의 몸매에 관해서 토론을 벌이는 중이었다. 엉덩이는 너무 크고, 허벅지는 너무 두껍고, 발은 너무 작고 젖꼭지 위치는 잘못된 것이 아닌가? 나는 그 무리 속에 들어가지는 않았으나, 그들이 불편하게 여길 만큼은 충분히 가까운 거리에 서 있었고, 그러자 소년들은 물러가버렸다.

　나는 그림 속 여인에게서 아무런 흠을 발견하지 못했다. 하지만 지난번에 보았던 것과 똑같은 인상을 받지도 않았다. 그래, 그녀는 여전히 온순하게, 고혹적으로, 몸을 내맡기는 태도였다. 아무런 저항의 기미가 없었다. 하지만 저항을 완전히 포기한 것은 아니었다. 머리를 수그린 태도, 눈을 내리깐 방식, 입을 다문 모양새에서, 비밀스러운 저항과 거부와 고집이 엿보였다. 그녀는 자신을 강제하는 그 사람에게 결코 굴복하지 않을 것이다. 굴복하는 척은 하겠지만 끝내는 그자의 손에서 벗어나고 말 것이다.

당시에 내가 이런 점을 발견했더라면, 그래서 앞으로 어떤 일이 생길지 미리 알았더라면, 그러면 어땠을까? 내가 군트라흐의 살롱에 있었던 건 아주 짧은 동안이었고, 게다가 그의 말을 듣느라 그림을 자세히 들여다볼 여유는 없었다. 만약 그때 그림을 관찰할 충분한 시간이 있었더라면, 그러면 나는 다 알아차릴 수 있었을까?

우리가 만난 날 저녁에 그녀는 오지 않았다. 나는 다음 날도 휴가를 냈다. 그녀가 열쇠를 전달하러 올 때 집에 있고 싶었기 때문이다. 아침 일찍 장을 보러 나갔고, 돌아오는 길에 두려워하면서 우편함을 들여다보았다. 그녀는 아직 열쇠를 넣어놓지 않았다. 나는 정리정돈을 잘하는 사람이고 심지어 지나치게 깔끔한 편이라서, 이레네 군트라흐가 온다고 해서 대청소를 할 필요는 없었다. 그래도 화병에 꽃을 꽂았고 볼에 과일을 담아두었다. 지나치게 깔끔한 남자라고 그녀가 싫어할까 두려운 나머지 사과 몇 알은 볼에 넣지 않고 식탁 위에 그냥 굴러다니게 두었으며, 일부러 책과 잡지 몇 권을 소파 곁 바닥에 늘어놓았고 책상에는 쓰던 원고를 흩트려두었다.

그녀는 토요일에 왔다. 그녀가 아래에서 초인종을 울리자, 나는 창밖을 내다볼 필요도 없이 그녀임을 알아차렸다. 단추를 눌러 아래층 문을 열어주는 대신 나는 계단을 달려 내려가 직접 건물 입구의 문을 열었다.

"그냥 열쇠만 넣고 가려고 했는데……." 그녀는 손에 열쇠를 들고 있었다.

"잠시 들렀다 가. 할 얘기도 있고."

그녀는 앞서서, 빠른 걸음으로 계단을 올라갔다. 나는 플랫 슈즈를 신은 그녀의 발, 창백한 종아리, 무릎 바로 아래까지 내려오는 타이트한 바지에 싸인 그녀의 허벅지와 엉덩이를 바로 눈앞에서 보았다. 집 현관문을 열어두었으므로 그녀는 안으로 들어가, 천천히 집 안을 둘러보았지만, 마치 당연히 들어올 곳으로 들어온다는 듯 여유로운 태도였다. 서재 겸 거실로 사용하는 큰 방으로 들어선 그녀는 가장 먼저 창가로 다가가 거리를 내다보았고, 그다음 책상과 그 위의 원고들에 시선을 주었다. "뭘 쓰고 있는 거야?"

"연방재판소가 저작권에 관한 판결을 내린 것이 있어서……." 나는 더 이상 말을 잇지 못했다. 아래층에서 처음 보았을 때 나는 그녀를 포옹하지 않았으므로 지금이라도 기꺼이 그렇게 하고 싶었으나, 어쩐지 그러면 안 될 것 같았다. 내 미소는 어색했고 내 팔은 너무 길었으며 손은 너무 컸고 행동은 굼뜨고 서툴러서, 나는 도저히 그럴 용기를 내지 못했다.

"저작권법이라…… 그 얘기를 하려는 거였구나?"

"일단 좀 앉지그래. 차나 커피라도 마실래……?"

"아니, 고맙지만 필요 없어. 곧 가봐야 하거든." 그렇게 말을 하면서도 그녀는 주변에 책과 잡지를 흩트려놓은 소파에 앉았고, 나도 그녀의 맞은편에 앉았다.

"내일 아침 군트라흐의 집으로 갈 때…… 거긴 부촌이라서 내 자동차를 길가에 세워둔다면 너무 눈에 띄지 않을까? 그렇다고 걸어서 돌아다니면 그건 더 눈에 띌 것 같고 말이야. 그 동네 주민들은 서로들 알고 지내는 편인 거야? 그래서 낯선 사람이 있으면 금방 알아보게 될까?"

"군트라흐의 집으로 가는 길에 지나게 되는 마을에 자동차를 세워둬. 거기서부터 걸어와도 30분이면 충분해. 겁이 나서 그러는 거야?" 살피는 듯한 그녀의 시선이 나를 향했다.

나는 고개를 저었다. "나는 매우 기뻐. 너와 내가……, 이틀 전에 내가 한 말 때문에……. 그건 너를 기습한 거나 마찬가지였어. 그 말을 지금 다시 하고 싶은데, 지금은 더 잘할 수도 있는데, 하지만 그랬다가 너를 다시 한 번 기습하게 될까봐 두려워. 그러니 우리가 일을 마치고 차분히 시간을 가질 때까지 기다려줘. 나는 조금도 겁나지 않으니까. 너는 어때, 겁나지 않아?"

그녀는 웃었다. "일이 잘 풀리지 않을 것 같아? 내가 욕을 먹고 납치되어버릴 것 같아?"

"모르겠어. 넌 그림을 갖고 뭘 하려는 생각이야?"

"아무것도 안 해. 아직 그림을 손에 넣지도 못한 상황에서는 말이야." 그녀는 소파에서 일어섰다. "이제 가봐야 해."

어디 가는 거냐고 나는 묻고 싶었다. 그녀도 나를 사랑하는지, 아니면 언젠가 사랑하게 될 것인지, 아직도 카를 슈빈트와 잠을 자는지, 일요일 우리가 그림을 싣고 자동차에 올라탄 다음, 그때부터 어떻게 할 것인지. 나는 그녀에게 이런 질문들을 하지 않았다. 나는 일어서서 그녀를 포옹했다. 그녀는 내게 몸을 밀착시켜오지는 않았지만, 그렇다고 거부하는 태도도 아니었다. 포옹이 끝나고 몸을 떼면서 그녀는 내 뺨에 입을 맞추고 머리를 쓰다듬으며 말했다. "넌 참 착한 아이야."

19

정말로 나는 전혀 두렵지 않았다. 내가 범죄에 끼어들려고 한다는 것, 그러다 잡히면 변호사로서는 끝이라는 것도 알고 있었다. 하지만 상관없었다. 이레네와 함께, 다른 삶, 더 나은 삶을 찾아갈 것이다. 우리는 미국으로 갈 수도 있다. 거기서 나는 밤에 웨이터로 일하면서 낮에는 대학을 다닐 수 있고, 그러면 오래지 않아 다시 법률가나 의사, 엔지니어 자격을 취득할 수 있으리라. 유죄선고를 받은 적이 있다고 하여 미국에서 변호사 활동이 어렵다면, 멕시코로 가면 그만 아닌가? 나는 학교에서 영어와 프랑스어 성적이 좋았다. 마음만 먹는다면 스페인어도 쉽게 배울 수 있을 것이다.

그러나 잠들기 직전, 이가 부딪힐 정도의 오한이 나를 덮쳤다. 온몸이 덜덜 떨려왔고, 담요란 담요는 모조리 꺼내

덮었음에도 불구하고 전혀 진정되지 않았다. 마침내 간신히 잠이 들었지만 다음 날 아침 깨어났을 때는 온몸이 땀으로 흠뻑 젖어 있었다.

하지만 일어나서 움직이자 컨디션이 회복되었다. 마음이 경쾌했고, 동시에 그 무엇에도 꺾이지 않을 맹렬한 힘이 느껴졌다. 그것은 놀랍고도 특별한 감정이었다. 그 이전이나 이후나, 비슷한 감정을 느꼈던 기억은 없다.

일요일이었다. 햇빛이 비치는 발코니에서 아침식사를 했다. 밤나무 가지 사이에서 새들이 노래했고 교회의 종소리가 울려 퍼졌다. 나는 결혼식을 떠올렸다. 이레네는 교회에서 결혼식을 했을까. 교회에서 결혼하고 싶어 할까. 그녀는 교회에 중요한 의미를 두고 있을까. 나는 우리가 함께 하는 프랑크푸르트에서의 시간을 상상해보았다. 처음에는 이 집의 발코니에서, 다음에는 야자수 공원에 접한 커다란 아파트의 발코니에서, 그리고 마지막에는 강 건너편 고목들이 서 있는 어느 정원에서. 그리고 우리가 나란히, 대서양을 건너가는 여객선의 난간에 기대 서 있는 모습을 그려보았다. 나는 모두와 작별을 고했다. 법률회사, 이 도시, 그리고 사람들을 떠났다. 고통 없는 작별이었다. 지나간 낡은 삶은 다정했으나 더 이상 나와는 상관이 없었다.

나는 차를 몰고 일찍, 하지만 너무 이르지는 않게 출발했다. 그런데 마을에서는 축제가 벌어지고 있었다. 광장과

메인 도로가 차단되는 바람에 주변 도로는 차들로 잔뜩 막혀 있었다. 나는 묘지에 차를 주차하고 포도밭을 관통하는 샛길로 접어들었다. 그것이 지름길일 거라고 생각했기 때문이다. 하지만 그건 지름길이 아니었다. 포도밭을 지나자 숲이 나왔고, 숲 가운데에서 군트라흐의 동네로 향하는 도로를 만났다. 첫 번째 자동차가 나를 지나쳐갔다. 그러자 문득, 슈빈트도 분명 이 도로를 지나 군트라흐의 집으로 갈 테니 그에게 들켜서는 안 되겠다는 생각이 들었다. 그 때부터는 나무 아래나 수풀 뒤쪽 길을 골라서 걸었다.

나는 복장도 눈에 띄지 않게 신경 씨서 입었다. 청바지와 베이지색 셔츠, 갈색 가죽재킷, 선글라스. 하지만 숲에서 나와 동네로 접어들자, 일요일이라 거리는 텅 비었고, 간혹 파라솔이 쳐진 테라스나 환한 창가에 가족이 단체로 나와 앉아 있는 집들 사이로 걸어가려니, 모든 시선이 나에게 온통 쏠리는 것을 느끼지 않을 수 없었다. 거리에 다른 행인은 한 사람도 보이지 않았다.

슈빈트에게 들킬 가능성이 있으므로, 나는 동네 한가운데를 가로지르는 길은 피하고 샛길로 돌아가려다가 복잡한 골목에서 길을 잃고 말았다. 그래서 마침내 군트라흐의 집에 도착한 것은 거의 17시가 다 되어서였다. 차고 앞의 주차 구역은 비어 있었다. 나는 집이 마주 보이는 길 건너편 쓰레기통과 라일락 관목 사이에 몸을 숨기고 기다렸다. 진입로와, 본채와, 문 한쪽은 열리고 한쪽은 닫혀 있는 차고가 보였다. 차고 안에는 메르세데스가 서 있었고 진입로 위에는 고양이 한 마리가 햇살을 담뿍 받으며 누워 있었다. 도로에서 집 쪽으로 비스듬히 경사진 잔디밭에 자라는 몇 그루의 키 작은 소나무를 보면서, 나는 나중에 나무에서 나무로 지그재그로 달리며 자동차를 향해 접근하면 되겠다고 계획을 짰다. 누군가 우연히 지나가거나 창밖으로 내다본다고 해도, 내가 최대한 재빨리 자동차 뒤로 가서 숨어버리면 그 사람도 자신이 무엇을 보았는지 정확히 알지 못하리라.

멀리서 슈빈트의 폭스바겐 버스가 다가오는 소리가 들렸다. 배기 장치가 고장 난 버스는 빠른 속도로, 헉헉대면서, 요란하게 우당탕 달려와서, 급격하게 커브를 틀며 도로에서 진입로로 접어들더니, 고양이를 쫓아버리고 입구 바로 앞에서 급정거했다. 누구도 내리지 않았다. 잠시 후 버스는 후진했고, 주차 구역에서 크게 한 바퀴를 돈 후, 다시 입구 쪽으로 후진하고는 마침내 멈추었다. 나중에 나갈 때 차를 돌릴 필요가 없도록 한 것이다. 버스 문이 열리고 두 사람이 내렸다. 그녀는 말이 없었고, 그는 뭐라고 투덜대고 있었다. 내 귀에는 그가 "도대체 왜 귀찮게", "네가 생각하는 거라고는" 이렇게 잔소리하는 것이 들려왔다. 본채의 현관문이 열리고 군트라흐가 나와 손님을 집 안으로 맞아들였다.

지금이야, 하고 나는 생각했다. 슈빈트의 시끄러운 자동차 소리 때문에 창가로 다가가 밖을 내다보던 사람들도 이제는 모두 자기 볼일로 돌아갔을 것이다. 나는 길 건너편으로 달려가, 첫 번째 소나무 뒤로 몸을 숨겼다가, 다시 달렸고, 비틀거렸다가, 넘어지면서, 그 상태로 기어서 두 번째 소나무 뒤로 갔고, 일어서서, 달렸고, 절룩거렸고, 아픈 발로 겅중겅중 뛰어 마지막 소나무를 지나, 마침내 폭스바겐 버스로 다가갔다. 문을 열고, 밖에서는 보이지 않도록, 그러다 보니 나도 밖을 내다볼 수 없는 자세로, 좌석 위에 웅크렸다. 열쇠를 시동 장치에 꽂은 뒤에, 나는 기다렸다.

넘어지면서 다친 발에 통증이 있었고, 웅크린 자세 때문에 등이 아팠다. 하지만 내 안에는 그날 아침의 경쾌함과 맹렬한 힘이 여전했으며, 내가 한 일이 옳다는 것에 추호의 의심도 없었다. 본채의 문이 열리면서, 슈빈트가 짜증을 내는 소리가 들렸다. 그를 도와주어야 할 집사가 행동이 굼뜨고 눈치도 없고 말도 잘 들어먹지 않는다는 거였다. 게다가 버스를 한 바퀴 돌아서 문을 힘겹게 옆으로 밀어서 여는 것도 잘 되지 않았다. 안간힘을 쓴 끝에 문을 연 그는 연신 투덜거리며 그림을 짐칸에 실은 후 문을 닫았다. 버스 문짝이 덜거덕 닫히는 순간, 나는 시동을 켰다.

즉시 엔진이 부릉거렸다. 무슨 일이 일어났는지 알아차린 슈빈트가 고함을 지르며 버스를 탕탕 두들겨댔지만 차는 이미 출발하고 있었다. 그는 조수석 쪽으로 달려와서 문을 열려고 했으나 내가 가속페달을 힘껏 밟았으므로 차에 올라타지 못했고, 차 안을 들여다보지조차 못했다. 백미러를 통해서 그가 버스를 따라 달려오는 것이 보였다. 하지만 그 모습은 점점 멀어졌고, 마침내 그 자리에 그냥 멈추어 서고 말았다.

20

나는 군트라흐의 집 아래쪽 커브길까지 차를 몰았다. 잠시 후 차에서 내려 버스를 한 바퀴 돌아 짐칸의 문을 열었다가 다시 닫고, 슈빈트가 열어젖힌 다음에 닫지 못했던 조수석 문도 제대로 닫았다. 그림은 보고 싶지 않았다. 왜인지 이 유는 몰랐다.

　그런 다음 서서 기다렸다. 이레네가 넘어올 담장 위를 쳐 다보았다. 높이가 2미터 가량인 담장은 흰색으로 칠해졌 고 꼭대기에는 붉은 벽돌 장식이 있었다. 빽빽하게 서 있 는 이웃집의 키 큰 잣나무 울타리가, 마치 초록색 담장처 럼 군트라흐의 흰색 담장과 이어졌다. 커브길 안쪽 땅에는 울타리가 쳐 있었다. 담쟁이덩굴로 가득 덮인 높다란 울타 리는 담장이나 마찬가지로 외부인을 몰아낸다는 인상을 주었다. 나는 푸른 하늘을 올려다보았고 정원에서 들려오는 새소리에 귀 기울였다. 멀리서 개 짖는 소리가 들렸다. 모든 것이 평화로운 일요일이었다. 하지만 나는 갑자기 높다란 두 담장 사이에 갇힌 듯 답답해지면서 지난밤처럼 온몸이 떨려왔다. 나는 무서웠다. 무엇에 대한 무서움인지는 나도 몰랐다. 혹시 이레네가 나타나지 않는 건 아닐까?

그때 이레네가 왔다. 그녀는 담장 위에 걸터앉아 있었다. 밝고, 환하게, 웃으면서, 머리카락을 귀 뒤로 넘긴 후, 담장에서 뛰어내렸다. 나는 그녀를 팔로 안으며 생각했다. 이제 모든 것은 잘 끝났어. 나는 행복했고, 그녀 또한 그러하리라고 믿었다. 그녀는 숨이 차서 헐떡이고 있었으므로 나는 그녀가 진정할 때까지 붙들어주었고, 그녀는 내게 짧은 입맞춤을 선사하고 말했다. "이제 가야해."

그녀는 직접 운전하겠다고 했다. 마을에서 축제가 있으므로 차가 막힐 것이고 그러다 보면 우리를 쫓아오는 그들에게 잡히고 말 테니, 마을로 곧장 들어가지 말고 산길을 타고 돌아가서 동쪽 방향에서 시내로 진입해야 한다는 거였다. 또 마을에 세워둔 내 자동차를 그들이 발견하면 안되니 나는 산길로 접어들기 전 마을 입구에서 내려 차를 시내로 몰고 가야 한다고 했다.

"그들이 내 차를 무슨 수로 알아본단 말이야?"

"의심을 최대한 피해 가야 하니까."

"그게 왜 의심거리가 되지? 내가 그냥 마을 축제를 구경왔다가 포도주 좀 마시고, 그래서 차를 세워두고 택시를 타고 집에 간 것일 수도 있잖아?"

"제발 나를 위해서 그렇게 해줘, 그래야 내 마음이 편하단 말이야."

"그럼 우린 언제 만나? 네 물건은 어떡하고? 슈빈트가 오기 전에 그의 집에 가서 네 짐을 챙겨 와야 하잖아. 그림도 차에서 내리고 차도 제자리에 세워두고. 안 그러면 슈빈트가 경찰에 전화해서……"

"쉿." 그녀는 손을 내 입술에 갖다 댔다. "내가 알아서 다 할게. 그의 집에 있는 내 짐들은 별로 중요한 것도 아니니 신경 쓸 필요 없어."

"그런 넌 언제 올 건데?"

"나중에. 일이 다 끝나는 대로."

그녀는 한 번의 입맞춤과 함께 나를 마을에 내려놓았다. 나는 차를 몰고 집으로 돌아갔다. 길을 멀리 돌아 시내로 가서, 그녀가 미리 마련해놓은, 하지만 나에게 알려주려고는 하지 않는 적당한 장소에 그림을 갖다두고, 폭스바겐 버스를 제자리에 세워두고, 택시를 타고 오려면, 최소한 내 집에 도착하는 데 두 시간은 걸릴 터였다. 그렇지만 두 시간이 채 지나기도 전에 나는 불안으로 가슴이 터질 듯했다. 집 안을 정신없이 왔다 갔다 했으며 한순간도 쉬지 않고 연신 창밖을 내다보았고, 차를 끓였고, 찻잎을 주전자에서 빼는 것을 잊었고, 그래서 다시 차를 끓이고, 다시 마찬가지로 찻잎을 잊어버렸다. 그녀는 혼자서 그림을 어떻

게 처리하려는 것일까? 그녀에게 너무 무겁진 않을까? 도
와줄 사람은 있을까? 누구일까? 아니면 진짜 혼자서 들 수
있단 말인가? 왜 나를 믿고 맡기지 않는 걸까?

두 시간이 지나도 그녀가 오지 않자, 나는 늦을 수 있는
이유를 하나 생각해냈다. 세 시간이 지난 뒤에는 또 다른
이유를 생각해냈고, 네 시간이 지난 뒤에 또 하나를 더 생
각해냈다. 그렇게 나는 밤새도록 그럴듯해 보이는 이유를
하나하나 만들어내면서, 그녀에게 혹 무슨 일이 생겼을까
봐 두려운 마음을 달래려고 애썼다. 그 두려움으로 결정적
인 다른 두려움을 잊으려 한 것이다. 그녀는 오지 않는다,
오고 싶지 않기 때문에. 반면에 그녀에게 무슨 일이 생겼
을 거라는 두려움은, 연인들이나 친구 사이에서 너무도 당
연한, 어머니가 아이를 걱정하는 것과 같은 그런 마음이니
까.

그녀를 걱정하는 마음속에서 나는 그녀와 가까이 있었
다. 아침이 되기 전 병원과 경찰에 전화를 걸 때도 나는 지
극히 당연하게 내가 그녀의 남편이라고 칭했다.

이윽고 동이 터오기 시작한 다음에야, 나는 깨달았다. 이
레네는 오지 않으리라는 것을.

21

월요일 군트라흐가 전화를 했다. "어쩌면 슈빈트로부터 이미 연락을 받았을지도 모르겠지만, 그래도 내가 직접 당신에게 전화로 말하는 편이 확실할 것 같습니다. 내 아내가 사라져버렸어요, 그림도 함께 말이죠. 슈빈트가 몰래 뒤로 장난친 건 아닌지, 사람들을 시켜서 조사 중입니다. 원인이야 어찌됐건, 당신에게 위임할 일은 이제 더 이상 없다는 걸 알려드립니다."

"난 한 번도 당신에게 일을 위임받은 적은 없는데요."

그는 웃음을 터트리고는 말했다. "뭐 그렇게 생각하신다면야." 통화는 끝났다. 몇 주일 후 군트라흐는, 조사를 해보았지만 슈빈트가 자신을 속였다는 아무런 증거를 발견하지 못했노라는 소식을 전해왔다. 내게 그렇게 알려주다니 매우 괜찮은 태도라고 느꼈다. 슈빈트로부터는 아무런 연락이 없었기 때문이다.

나는 이레네가 그날 아침 우리가 헤어진 이후로, 견습 기간이 아직 남아 있음에도 다시는 공예박물관으로 출근하지 않았다는 사실을 알아냈다. 그녀는 슈빈트와 함께 살던 셋집 말고도 자기 소유의 아파트를 갖고 있지만, 그게 어디에 있는지 그녀의 친구들 중 누구도 모르고 있었다. 완벽한 비밀 은신처처럼 말이다. 이웃 주민들은 이레네를 마지막으로 언제 보았는지 기억하지도 못했다. 다들 이미 한참 전에 본 것이 마지막이라고만 했다.

나는 마음의 상처를 입었으며, 슬픔에 잠겼고, 분노를 느꼈다. 그녀가 그리웠다. 우편함을 열 때마다 혹시 그녀가 보낸 편지나 엽서가 들어 있지나 않은지 헛된 기대를 품곤 했다. 그러나 그녀는 아무것도 보내오지 않았다.

그러다 2년 뒤, 나는 한 번 그녀를 본 것 같았다. 베스트엔드 구 법률회사 인근의 집 한 채가 학생들에게 점유되는 바람에 경찰이 동원되어 강제 퇴거가 이루어졌다. 그러자 수천 명이 참여한 데모가 벌어졌고, 데모대 행렬은 법률회사 앞 거리를 지나갔다. 나는 창가에 서서 아래를 내려다보고 있었다. 부당한 권력에 의해 길거리로 내쫓겼다고 주장하는 데모대의 분위기가 너무 흥겹게 보여서 나는 당황스러웠다. 그들은 즐겁게 주먹을 쥐고 휘둘렀고, 자랑스럽게 구호를 외쳤으며, 팔과 팔을 끼고 빠른 걸음으로 달려나가면서 웃음을 터트렸다. 기분 나쁜 얼굴은 하나도 보이지 않았다. 어깨 위에 아이들을 태운 아버지, 아기를 안은 어머니, 수많은 젊은이들, 고등학생과 대학생들, 청색 작업복 차림의 몇몇 육체노동자들, 군복을 입은 군인 하나, 그리고 양복에 넥타이까지 맨 남자도 한 명 있었다. 그러다 그녀의 모습이 눈에 들어왔다. 아니, 그녀라고 생각한 여자의 모습이. 나는 사무실 문을 열고 계단을 한걸음에 달려 내려가 거리로 나왔다. 데모대의 옆을 따라 걸으면서 그녀를 찾아보았다. 한두 번, 그녀를 얼핏 본 것 같았지만, 그건 그녀가 아니었다. 그러다 정말로 그녀와 흡사한 얼굴을 발견했다. 아마도 조금 전 창가에서 이 얼굴을 내려다보고는 그녀라고 착각했을지도 모른다는 생각이 들었다. 나는 그만 포기하려고 했다. 하지만 포기하지 않고, 계속해서 찾았다. 일군의 데모대가 빈 집 하나를 따고 들어가 점령해버리자 경찰이 진격하여 상황을 더욱 확대시킬 때까지.

그러다가 어느 순간 상처는 아물었다. 하지만 그런 다음에도 이레네 군트라흐와의 일은 절대 돌이켜 생각하고 싶지 않았다. 내가 얼마나 우스운 꼴로 당했는지 똑똑히 인식한 다음에는 더더욱 고통스러웠다. 거짓으로 시작된 관계는 끝이 결코 좋을 수 없다는 것, 나는 훔친 자동차의 운전에 어울리지 않는다는 것, 남편이나 애인의 품에서 달아나려고 담까지 넘은 여자들은 내 여자 또한 아니라는 것, 나는 그냥 이용만 당하고 말았다는 것, 이런 명백한 사실들을 왜 그때는 전혀 알아차리지 못했을까.

가슴 졸이며 담장 아래서 기다릴 때, 이레네가 나를 원할까, 그래서 나타날 것인가, 아니면 내가 싫어서 나타나지 않을 것인가 애태우면서, 선글라스를 쓴 채, 오한에 떨며, 겁에 잔뜩 질려서 기다리던 내 꼴을 생각하면, 그리고 마침내 그녀를 안았을 때 느껴지던 행복감, 그녀도 나처럼 행복하리라고 믿었던 순진함을 생각하면, 스스로가 너무도 한심하고 수치스러워 견디기가 힘들었다. 그 기억에 얽힌 불쾌함은 거의 육체적인 고통이 되었다.

한때 그런 실수를 저지르지 않았더라면, 그러면 내 아내와의 결혼 생활이 이처럼 성공적이지는 못했을 거라고, 나는 그렇게 생각하면서 스스로를 위로하곤 했다. 모든 나쁜 일에는 긍정적인 면이 있다, 이것은 아내가 즐겨 하던 말이었다.

누구도 지나간 과거를 변화시킬 수는 없다. 오래전부터 나는 이렇게 체념하고 마음의 평화를 되찾았다. 다만 여전히 견디기 어려운 것은, 과거는 절대 적절한 의미를 부여할 수 없다는 점이었다. 모든 나쁜 일은 한 가지 긍정적인 면을 갖는다고 말한다. 하지만 어쩌면 모든 나쁜 일은 그냥 나쁜 것이 전부일지도 모른다.

22

일요일, 나는 배를 타고 만의 끝, 건너편에 대양이 펼쳐진 초록빛 육지까지 가 보았다. 보타닉가든으로 만족하지 못해서는 아니었다. 매일매일 똑같은 코스만 맴돌아서는 안 되겠다는 생각이 들었기 때문이다. 휴가를 가도 나는 해변에 누워 일광욕만 하는 게 아니라 주변을 돌아다니는 편이었고, 아예 주변에 돌아다니면서 살펴볼 장소가 있는 해변을 골라서 휴가지로 선택하곤 했다.

배는 오래전 어느 시대에 상상의 적에 대항하는 상상의 전쟁을 위해 요새를 쌓아올린 작은 섬을 지나갔고, 파도 위에서 흔들리는 녹슨 회색빛 군함들, 경쾌하고 명랑한 삶이 벌어질 것이 분명한 바닷가 집들, 숲들, 간혹 나타나는 해변들, 그리고 요트 항구를 지나갔다. 태양과 바람, 바다 냄새, 상쾌한 아침이었다. 온 얼굴에 몰아치는 거센 바람 때문에 더욱 신이 난 아이들은, 지치는 법도 없이 앞 갑판에서 뒤 갑판으로, 다시 앞 갑판으로 내달렸다. 나는 추위를 느꼈으나 그렇다고 선실 안의 노인들 틈에 끼어 있기에는 자존심이 허락하지 않았다.

배가 정박한 후 내려서 바닷가의 구릉을 하나 넘어가니, 눈앞에 보이는 것은 오직 드넓은 대서양, 아니 태평양의 푸른 물뿐이었다. 이 바다가 여기서부터 한쪽으로는 칠레까지, 다른 쪽으로는 남극까지 뻗어 있다고 생각하니 가슴이 왠지 뭉클했다. 하지만 동시에 그 아득한 넓이와 깊이를 생각하자, 대양의 푸름은 어둡고 검게 보였고 해변을 간지럽히는 부드러운 파도는 위협적으로 느껴졌다.

해변을 따라 잠시 걷다가 해안 도로와 차들이 거슬린 나는 다시 출발 지점으로 되돌아왔다. 그곳에서 파라솔과 일광용 의자를 빌려주고 있었다. 이번에도 내 배낭에는 붉은 포도주 한 병과 사과 몇 알, 그리고 오스트레일리아 역사책이 들어 있었다.

오스트레일리아의 역사는 짧았다. 그래서 책은 금세 현대로 접어들었고, 기후와 지하자원, 농업, 산업, 무역, 교통, 문화, 스포츠, 학교, 대학, 음식, 헌법과 행정, 인구밀도, 인구변화, 지리적 사회적 유동성, 직업과 여가생활, 남자와 여자, 이혼율 등의 내용으로 넘어갔다.

나는 외국으로 여행할 때마다 이 나라에서 내가 행복하게 살 수 있을지 생각해보곤 했다. 거리를 걷다가 길모퉁이에 몰려서서 웃으면서 이야기를 나누는 사람들을 보면, 이 나라에 산다면 나도 저들처럼 길모퉁이에서 다른 이들과 즐거운 대화를 나누게 될까, 그런 생각이 떠올랐다. 노천카페 앞을 지나가다가 한 남자가 여자가 앉아 있는 테이블로 다가가고, 둘이 반갑게 인사를 나누는 장면을 목격할 경우, 내가 이 나라에 살면 다시 어떤 여자를 만날 수 있을까, 나를 보면 저렇게 기뻐하고 나도 그녀를 보면 저렇게 기뻐지는 그런 여자를 만날 수 있을까, 하는 질문에 골몰하게 되었다. 그리고 저녁이 되어 창문에 하나둘 불이 밝혀질 때의 기분이란! 모든 창들은 자유를, 그리고 아늑함을 약속했다. 낡은 삶으로부터의 자유, 그리고 새로운 삶속에서의 아늑함 말이다. 지금처럼 새로운 나라에 관한 책을 읽고 있기만 해도, 어딘가 외국에서 시작하는 새 삶에 대한 오랜 그리움이 내 마음에 솟구치는 것이었다.

그렇다고 해서 지금까지의 삶이 나를 답답하게 구속한다고 느낀 적은 없다. 내 아내와 나는 서로의 자유를 인정해주는 좋은 팀이었다. 아내는 원하기만 했다면 일을 할 수도 있었다. 우리는 필요하다면 아이를 돌볼 보모를 고용할 형편이 되었으니까. 하지만 아내가 그러기를 원하지 않았다. 아내가 직접 양육을 맡지 않았다면 아이들은 지금의 모습으로 자라지 못했을 것이고 아마 나 또한 마찬가지였으리라. 그리고 아내가 지방 정부에 들어갔을 때도 내 영향력 없이는 그만큼의 성과를 이루기 힘들었을 것이다. 아니, 내 삶에는 구속 따위는 없었다. 물론 내가 하루아침에 집과 가족과 법률회사를 떠나 어딘가 새로운 곳에서 새 삶을 시작하는 건 불가능했을 것이다. 어느 날 갑자기 결혼 생활에 종지부를 찍고 직장도 버린 후, 훨씬 젊은 새 여자를 만나 새롭고 현대적인 직업으로 새 삶을 시작한 친구와 동료들이 있다. 쉰 살 난 전업주부 대신에 서른두 살의 이벤트 매니저와 함께, 변호사 대신에 중개인이나 임상전문가로 삶의 전환을 꾀한 그들은, 몇 년 뒤 나이가 더 들어서, 아내와는 마찰이 생기고 일은 지긋지긋해져버린 상황에 처하곤 했다. 아니, 내 삶에는 구속 따위는 없었다. 대신 심사숙고하여 나 스스로 그 삶을 선택했고, 심사숙고하여 거기 달라붙어 있었던 것이다. 다른 젊은 여자를 취할 기회가 없어서 그랬던 것도 아니다. 멋진 미남은 아니지만 탄탄함을 유지하고 있으며 어느 정도는 여유도 있어서 젊은 여자에게 베푸는 것도 가능하다. 하지만 나는 그러고 싶지 않았다.

정말 이상한 것이, 내 삶은 불가피한 궤도를 따라가는 듯 했으면서도 동시에 우연에 의해 결정되었다. 직업을 선택하고, 아내를 선택하고, 아이를 낳고, 둘째 아이, 그리고 이어서 셋째 아이를 낳고, 대형 법률사무소를 운영하기까지, 이 모든 것들이 당연한 일인 양 진행이 되었다. 변호사가 된 것은 반항심 때문이었고, 결혼을 한 것은 결혼하지 말아야 할 이유가 없었기 때문이다. 첫 번째 결정은 자연

스럽게 대형 법률사무소로 이어졌고, 두 번째 결정은 아이
들로 이어졌다.

23

월요일에 탐정사무소 소장의 전화를 받았다. 내가 아직 시
드니에 있는지 묻고, 그렇다면 사무실에 한 번 들러달라고
했다. 직접 얼굴을 맞대고 이야기하는 편이 전화보다는 나
을 거라면서.

　나는 일요일 하루를 호텔 방 안에서 보냈다. 토요일 밤부
터 일요일 아침까지 왜 한숨도 이루지 못했는지 나는 이유
를 모른다. 호텔 방 텔레비전에서 왜 추가 요금까지 내고
액션 영화, 로맨스, 가족 코미디, 포르노 영화를 보았는지
이유를 모른다. 평소에는 맥주나 포도주를 마시던 내가 왜
영화를 보면서 위스키를 마셨는지 이유를 모른다. 마치 일
부러 술에 취하려는 행동 같았다. 어쨌든 다음 날 아침 잠
에서 깨어났을 때는 숙취 때문에 머리가 아팠다. 나는 하
루 종일 침대에 누워서 보냈다. 아이들에게 전화를 걸 생

각이었지만, 처음에는 시간이 너무 일렀고, 나중에는 너무 늦어버렸다.

일부러 술에 취한 적은 차지하고라도, 과연 내가 술에 취한 적이 한 번이라도 있었는지 모르겠다. 물론 술 취한 사람들을 보기는 했다. 내 파트너인 카르힝어, 라인 지역 출신 어머니의 명랑함을 물려받은 그는 회사 야유회 때 술을 과음하고는 도가 넘는 행동을 벌이거나 여자 견습생들에게 추근거리곤 했다. 그런 이유로 나는 항상 그를 살짝 경멸해왔다. 뿐만 아니라 내 아내가 술에 취하면 그 또한 내 경멸의 대상이었다. 아내는 성격상으로나 그녀가 살아온 삶으로 보나 결코 알코올의존증이라고 할 수는 없었다. 아내의 자동차 사고 후 나는 경찰에게, 그리고 아내의 죽음으로 안 그래도 엄청난 충격에 빠져 있는 나를 향해 비난을 쏟아내는 아이들에게, 그 사실을 수없이 되풀이해서 확인시켜주었다. 하지만 종종 아내에게서는 술 냄새가 났고, 그때 그녀의 걸음걸이와 말투는 이상하게 불안정했다. 그녀가 밤늦게 귀가하거나 아니면 집 안에서라도 그런 상태일 때면, 나는 서재에서 잠을 잤다. 그럴 때마다 시끄럽게 코 고는 소리가 견딜 수 없었기 때문이다.

저녁때가 되어서야 침대에서 일어난 나는 수치스러웠다. 나는 헬스클럽으로 가서 러닝머신 위를 달리고 역기 운동을 했다. 헬스클럽에는 나 혼자였다. 나는 우선 음악 스위치를 찾아서 끄고, 다시 다른 스위치를 찾아서 블라인

드를 올렸다. 이런 모습의 항구와 만은 아직 한 번도 본 일이 없었다. 하늘은 어두웠고 두터운 구름층이 첩첩이 산맥을 이루고 있었다. 간혹 구름 앞쪽에서 혹은 구름 뒤에서 번갯불이 번득였다. 번개는 전율하는 활자처럼 획을 그리는가 하면 희미한 초록빛으로, 푸르스름하게, 혹은 백색의 광선으로 구름의 테두리를 장식했다. 검은 바다에 왕관처럼 올라앉은 하얀 포말이 춤을 추었다. 물 위에는 한 척의 배도, 보트 한 척도 보이지 않았다.

샤워를 하고 옷을 입은 후 엘리베이터를 타고 로비로 내려가 호텔 밖으로 나갔다. 만과 마찬가지로 거리도 텅 비었다. 태풍의 최초 희생자가 발생했다는 신호인 양, 비상등을 깜빡이는 구급차가 사이렌을 울리며 지나갔다. 그밖에는 모든 것이 조용했다. 바람조차 한 점 없었다. 바다의 파도는 바람이 몰아쳐서 생긴 것이 아니라, 바다 스스로 파도를 부글거리며 끓어오르게 만드는 거였다.

태풍 직전의 숨 막히는 고요가 지나고 마침내 바람이 몰아치기 시작하자 나는 해방감을 느꼈다. 거리를 휩쓸며 불어오는 돌풍은 호텔 앞 광장에서 소용돌이치며 종이와 컵, 봉지, 플라스틱 용기 들을 사정없이 허공으로 날려버렸다. 바람 속에서 뒤엉킨 잡동사니들이 서로서로 앞 다투어 광란을 벌였다. 순간 공기가 차가워지더니, 하늘에서 얼음이 쏟아졌다. 우박 알갱이들이 호텔 입구의 지붕을 때려 부술 듯이 요란하게 강타했다. 로비로 들어온 나는 순식간에 우박으로 가득 덮여버리는 광장과 거리를 내다보았다. 우박이 하얗게 한 차례 깔리고 나면 그 위로 다시 새로운 우박층이 내려 덮이는 끊임없는 역동성을.

호텔의 직원들과 손님들은 1999년 내린 대우박의 재난을 이야기했다. 그때 우박 알갱이들의 지름이 얼마나 컸는지, 피해가 얼마였는지, 희생자는 몇 명이었는지 등. 그에 비하면 지금 내가 보는 건 그냥 별것 아닌 평범한 우박이라는 것이다.

우박이 그치고 비가 내리기 시작하자 나는 밖으로 나왔다. 빗줄기가 촘촘하게 쏟아졌으므로 몇 분 지나지 않아 나는 완전히 젖어버렸고 몸이 으슬거렸다. 하지만 빗물에 녹아내린 우박과 물웅덩이를 첨벙첨벙 디디고 물방울을 튀기며 다니다 보니 재미도 있고 즐거워서 발이 얼음처럼 차가워지는 건 신경 쓰이지 않았다. 그러다 미끄러져 넘어지는 바람에 옆구리가 아팠지만 그것도 상관없었다.

나는 넘어진 몸을 일으키고 항구로 걸어갔다. 비와 바다와 육지와 하늘이 서로 하나로 뒤엉켜 있었다. 압도적인 광경이었다. 태고의 대홍수가 재현되는 것 같았다.

마침내 젖은 몸이 불쾌하고 추위 때문에 힘들어진 다음에야 나는 호텔로 돌아왔다. 일요일을 분별력 있게, 잠을 푹 자는 것으로 마감하고 월요일도 그와 마찬가지로 시작했다. 탐정사무소 소장의 전화를 받은 후, 나는 택시를 잡아타고 그에게로 갔다.

24

여비서가 나를 소장의 방으로 데리고 갔다. 소장은 책상 뒤편에서 걸어 나와 내게 악수를 건네고, 책상 앞 의자를 권하고는 다시 자신의 자리인 책상 뒤로 돌아갔다. 그는 내가 상상하던 모습과 크게 다르지 않았다. 배가 좀 튀어 나온, 대머리의 나이가 지긋한 남자. 배가 나오고 머리가 벗겨진 또래의 남자들을 대할 때마다 늘 느끼는 거지만, 배도 나오지 않고 머리도 벗겨지지 않았다는 자랑스러운 기분이 이번에도 나를 흡족하게 했다.

"그 여자를 찾아냈습니다." 소장은 자세를 편안하게 하고 앉으며 내 입에서 공로를 인정해주는 말이 나오기를 기다렸다.

나는 이런 태도를 함께 일하는 사람들에게서 드물지 않게 보았다. 그들은 당연히 해야 되는 일을, 그들이 의뢰받았고 그 대가로 보수까지 지불된 일을 하고서도 절대 그냥 건네주는 법이 없었다. 항상 생색을 내고 칭찬을 듣고 싶어 했다. 때로는 자신들이 넘겨주어야 할 것이 마치 엄청난 극비사항이라도 되는 양, 과도하게 긴장된 분위기를 조성하려고 했다. 나는 내 법률회사에서 동료들이 그런 파렴치한 행동을 못하도록 엄격히 통제했다. 하지만 여기 소장이 그런 행동을 못 하도록 막을 수는 없으리라. 나는 인정의 의미로 고개를 끄덕여주고는 흥미롭게 물었다. "그 여자는 어디 있습니까?"

"알아내기가 쉽지 않았어요. 물론 그녀는 20년 동안이나 여기 체류하고 있긴 하죠. 그렇지만⋯⋯." 그는 잠시 말을 멈추고 뜸을 들였다. "그렇지만⋯⋯?" 하고 내가 그의 말을 반복하며 되묻고 나서야 그는 머리를 흔들며 계속했다. "그렇지만 그녀의 체류는 불법이거든요. 처음에 관광객 자격으로 입국해서는 이후로 아무런 조치를 취하지 않은 거예요. 체류 허가, 노동 허가, 시민권, 의료보험, 아무것도 신청하지 않았죠. 우리는 그녀가 지난 20년간 어디서 살았는지, 무엇을 했는지는 조사하지 않았어요. 지금 그녀의 거주지는 여기서 서너 시간 거리인 북쪽 해안입니다. 독일에 돈을 갖고 있는 것 같더군요. 독일 신용카드를 사용하는 걸 보니. 그래서 지금껏 법망을 빠져나갈 수 있었던 거죠. 만약 이 나라에서 일을 했거나 통장을 개설했거나 신용카드를 신청했다면 서류를 제출했어야 하는데, 그런 서

류가 없었던 거고요."

"여기서는 무슨 이름을 씁니까?"

"이레네 아들러. 처녀 적 이름이죠. 영어와 독일어로 모두 부르기 쉽기도 하고요. 그녀는 영어도 완벽하게 구사하는 듯합니다."

"아트갤러리와는 어떤 연관을 갖고 있죠?"

"그녀는 큐레이터에게 그림을 제공했고, 큐레이터는 그걸 받아들인 게 전부예요. 큐레이터가 조사를 해보았는데 그림에 아무런 문제를 발견하지 못했어요. 카를 슈빈트의 초기작 목록에 들어 있을 뿐, 세계 도난미술품에 명단에는 나와 있지 않거든요. 그러던 중에 다른 박물관들도 관심을 보이고 있고, 이번 주에는 〈뉴욕타임스〉에 다시 나타난 이 걸작품에 대한 기사가 크게 실릴 예정입니다."

그의 말은 사무소 소속의 탐정들이 아트갤러리의 큐레이터와 친한 누군가를 찾아내어, 그자가 큐레이터와의 친분을 이용해 서류를 몰래 훔쳐본 후 알아낸 정보를 그대로 전달하는 것 같았다. 또한 탐정들이 출입국 자료에 접근해 여기저기 조금 뒤져본 후, 이레네 군트라흐가 사는 곳을 탐문한 내용인 듯했다. 나는 그 이상을 기대했었다. 그녀가 어떻게 살아왔는지, 지금은 어떻게 사는지, 지금 그녀는 누구인지. 하지만 나는 이런 바람을 가지는 동시에 그것이 한심한 짓임을 스스로도 잘 알고 있었다. 그래서 내가 진짜 알고 싶은 질문 대신에 그림이 그녀의 소유인지, 그녀가 오스트레일리아에서 사는지, 그런 걸 물었던 것이다.

나는 그녀의 주소를 받았다. 록 하버의 레드 코브. 나는 감사를 표하고 돈을 지불했다. 호텔로 돌아오는 길에 면 속옷과 린넨 속옷 몇 벌씩, 그리고 반바지와 셔츠를 샀다. 호텔에 부탁해서 렌터카를 얻었다. 짐을 싸고, 이곳에서도 마찬가지로 감사의 인사와 숙박비를 지불하고, 나는 떠났다.

25

월요일 안에 록 하버에 도착할 수도 있었다. 왼쪽 혹은 오
른쪽으로 길을 꺾을 때 한두 번 급박한 상황을 마주치긴 했
지만 간신히 위기를 넘기고 좌측통행에 어느 정도 익숙해
진 후, 처음에는 6차선 고속도로를 달리다가 다음에는 해
안과의 거리가 가까웠다가 멀어지기를 반복하는 2차선 도
로로 접어들었다. 어느 순간 나는 용기가 사라져버렸다.

　자동차를 길가에 갖다 대고 차에서 내렸다. 이레네 군트
라흐 혹은 이레네 아들러를 찾아가서 뭘 어쩌겠다는 것인
가? 그녀에게 내 상처가 아직도 아물지 않았다는 말이라도
하겠단 건가? 당시에 내가 속으로만 생각했던 것을 이제
그녀의 면전에 대고 말해주겠다는 건가? 사람을 이용하고
버리면 안 된다고? 너무 멍청하고 너무 미숙했지만 그래도
나는 너를 사랑했는데 타인의 사랑을 농락하다니 너는 참

으로 나빴다고? 편지 한 장 정도는 써줄 수도 있었을 텐데,
그렇게 사정을 설명이라도 해줬다면 내 마음이 덜 아팠을
거라고?

나는 또다시 웃음거리로 전락할 뿐이다. 이미 40년이나
지난 오랜 과거를 떨쳐버리지 못하는 나를 보고 그녀는 얼
마나 한심하게 여길 것인가. 그 일이 어찌나 생생한지 나
조차도 스스로가 한심하다. 내가 이레네와 함께 마인 강의
벤치에 앉아 있었던 날이 바로 어제인 것만 같다. 바로 어
제, 폭스바겐 버스에서 그녀를 기다리고 있었던 것만 같
고, 바로 어제 그녀가 나를 마을 입구에 내려준 것만 같다.
만약 지금 그녀와 함께 다시 강변 벤치에 앉게 된다면, 나
는 다시금 그날의 나로 돌아갈 것만 같았다.

종결되지 못한 일들은 원래 이런 것일까? 하지만 저절로
종결되는 일이란 없다. 사람이 스스로 마침표를 찍어야 한
다. 내가 당시의 사건에 마침표를 찍고, 그것에 의미를 부
여해야 하는 것이다. 이레네와의 일이 없었더라면 아내와
의 결혼 생활도 성공적이지 못했으리라, 나는 일생 동안
이렇게 자신을 설득하려고 해왔다. 하지만 그건 틀렸다.
나는 학창 시절과 대학 시절을, 죽은 어머니를, 그리고 조
부모님에게 나를 맡기고 몇 번 찾아왔다가 나중에는 홍콩
으로 이주하여 거기서 죽은 아버지를, 변화할 수 없는 기
정사실로 받아들이고 마음의 서류철 속에 처박아버렸다.
그런데 왜 이레네와의 일만은 사실과 다르게 바라보려고

고집하는 걸까?

　내가 차를 세운 곳은 산 위의 도로였다. 서쪽으로 뻗어나간 산에는 덤불과 관목이 우거졌으며 똑바로 곧추섰거나 구불구불 비틀린 나무들이 있었다. 똑바로 선 나무들은 껍질이 벗겨져서 헐벗은 나신처럼 흰색 줄기가 드러난 것이, 병이 든 것 같았다. 동쪽에는 두 줄기로 뻗은 산등성이 뒤로 바다가 놓였다. 나는 도로를 건너가서 제방의 경사면에 앉았다. 바다 빛깔은 얼룩덜룩했고, 회색과 푸른색이 섞였으며, 잔잔하면서도 거칠었다. 멀리서 두 척의 배가 항해하고 있었지만, 아무리 바라보아도 한 지점에 고정된 채 움직일 줄을 몰랐다.

　항해하면서 조금도 앞으로 나가지 못하는 것, 바로 지금의 내 심정과 닮았다. 그것은 그냥 그렇게 보이는 것뿐이라고, 배가 움직이지 않는 듯이 보이는 것뿐이라고 나는 스스로를 다독였다. 나 또한 하나의 얼룩처럼 한군데 붙어 있는 것 같지만 사실은 앞으로 나가고 있는 것이리라. 그때 우연히 내 양복의 얼룩이 눈에 들어왔고, 나는 웃을 수밖에 없었다. 예전 같으면 그런 얼룩이 묻은 옷을 입고 다닌다는 건 생각할 수조차 없었지만, 보타닉가든에서 오후를 보낸 이후로 더 이상 아무렇지도 않으니 신기할 뿐이다! 그렇다, 나는 움직이고 있었다. 이레네 군트라흐 혹은 이레네 아들러 앞에서 내가 다시 웃음거리가 된다 해도, 그 또한 지금 양복에 묻은 얼룩과 무엇이 다르겠는가.

햇살이 밝았다. 소나무 냄새와 유칼립투스 냄새가 났다. 심지어는 멀리 떨어진 바다 냄새까지도 맡은 듯했다. 희미하게 살짝 풍겨 온, 축축하고 소금기 어린 냄새. 어디선가 매미가 울었고 간혹 숲 속에서 전기톱의 모터가 부르릉거렸다. 그렇다, 나는 걱정할 필요가 없다. 록 하버로 가는 건 내일로 미루고, 오늘은 해변의 한 호텔에서 머물며 천지에 밤이 내리는 장관을 테라스에 앉아 감상하면 되는 것이다. 오스트레일리아에서는 환한 낮인 듯하다가도, 새파랗던 하늘이 몇 분 만에 검푸르게 변하고, 금세 완전히 깜깜해 저버린다. 그것이 밤이다.

26

록 하버에는 거리가 4개, 요트와 보트가 몇 척 정박한 작은 항구 하나, 카페와 우체국을 겸하는 가게 하나, 부동산 중계 사무실 하나가 있었고, 세계 대전과 한국 전쟁, 베트남 전쟁 전사자들을 기리는 군인의 동상 하나가 석주(石柱) 위에 서 있었다. 나는 거리를 따라 내려가며 차를 몰았다. 거리는 텅 비었는데, 처음에는 이른 시간 때문이라고 생각했으나 나중에 알고 보니 여름휴가용 별장들에 아직 휴가객이 없어서였다. 나는 "레드 코브"라는 이름의 거리도, 그런 이름의 별장도 발견하지 못했다. 그래서 차를 세우고 상점에 들어가서 물어보았다.

"에어라이엔을 찾아가시나 봅니다." 하얀 피부와 하얀 머리칼, 장미색 눈동자를 한 남자가 계산대 옆 의자에 앉아 있다가 손에 든 책을 내려놓고 일어서면서 말했다. 에

어라이엔? 아, 이레네를 말하는 거군. 짧은 세 음절, 세 개의 경쾌한 모음, 노래를 이루는 세 개의 소리, 세 개의 왈츠스텝, 노래로 불리고, 춤으로 추어지기를 원하는 이름. 그런데 "에이라이엔"은 마치 씹던 껌처럼 늘어지는 느낌이다. "에이라이엔은 여기서 한 시간 정도 떨어진 곳에서 살아요. 보트 있나요?"

"나는 차로……"

"거기는 보트를 타야만 갈 수가 있답니다. 아니면 여기서 계속 기다려도 되고요. 그녀는 2주일에 한 번은 이곳에 들리니까. 그런데 바로 이제 왔다 갔으니 문제네요. 통화도 불가능해요. 그곳은 전화도 안 되거든요."

"그러면 해안을 운항하는 배를……"

그는 웃음을 터트렸다. "정기운항선을 말하는 겁니까? 그런 건 여기 없어요. 우리 아들놈이 당신을 그리로 데려다줄 수는 있어요. 그리고 다시 데려올 수도 있고요. 언제 다시 돌아오는지 그걸 당신이 미리 말해주기만 한다면."

"그럼 그건 전화로……"

"거긴 전화가 안 된다니까."

"지금 당장 데려다줄 수 있나요? 그리고 오늘 저녁때 데리러 오는 것으로 하고." 남자는 이 말에는 아무런 이의를 달지 않았다.

그는 고개를 끄덕이더니, 차양이 쳐진 가게 앞 테이블에서 그의 아들 마크를 기다리라고 배려해주었다. 나는 자리를 잡고 앉았고 그는 아들에게 전화를 걸었다. 통화를 끝낸 그는 맥주 두 잔을 가져와 내 앞에 앉더니 자기소개를 했다. 그는 시드니에서 살다가 대도시가 지겨워서 7년 전에 이곳으로 왔다고 했다. 이곳의 바다와, 한적함, 휴가 시즌이면 살아나는 작은 마을의 활기, 여름 몇 달 동안의 혼잡함, 그리고 저렴하게 작업실을 빌려 몇 주일씩 머무는 화가나 작가들 몇몇이 전부인 비수기, 그때 되돌아오는 적막함을 사랑한다고 했다. 각양각색의 사람들이 그의 가게로 왔다. 젊은 부부들, 할아버지 할머니, 틴에이저, 화가들.

"그녀가 사는 곳은 나와는 맞지가 않아요. 그야 물론 아름답기야 하죠. 하지만 아무리 아름다워도 달랑 혼자서…… 아무리 둘러보아도 인적이라곤 하나 없이……. 그런데 무슨 일로 그녀를 찾아가는 건가요?"

"만난 지 한참 되었거든요."

"그거야 당연하겠죠." 그는 웃었다. "안 그렇다면 우리도 이미 얼굴을 마주쳤을 테니까. 마지막으로 본 것이 언제였나요?"

"아주 오래되었답니다."

그는 더 이상 캐묻지 않았다. 마크가 왔고, 나를 커다란 구식 보트에 태웠다. 모터를 작동시키고 우리는 출발했다. 마크는 선실에 서서 보트를 조종했고 나는 선실 앞 긴 의자에 앉아 태양 빛과 바람을 온 몸으로 맞았다. 다들 비슷하게 보이는 해안의 산맥과 만 들 사이를, 보트는 부드럽게

균형을 잡으며 솟아올랐다가 내려앉으며 전진했고, 물살
은 뱃전에서 쉼 없이 찰싹댔다. 나직하고 균일한 모터 소
리가 단조롭게 이어졌다. 나는 잠이 들었다.

2부

Bernhard
Schlink
Die Frau auf
der Treppe

1

마크가 보트의 엔진을 껐을 때, 나는 잠에서 깨어났다. 보트는 어느 만 안으로 진입하여 선착장을 향해 다가갔다. 선착장에 닿기 조금 전에 마크는 다시 엔진을 켜고 보트를 선착장 끝에 갖다 대고 세웠다.

"오늘 저녁 여섯 시 어때요?"

"네, 좋습니다." 나는 보트에서 뛰어내렸다. 마크는 보트를 돌리고 그곳을 떠났다. 나는 그가 탄 보트가 만을 감싼 육지의 뾰쪽하게 튀어나온 지점을 돌아 보이지 않게 될 때까지 지켜보고 있었다. 그런 다음에야 나는 돌아섰다.

해변에 집이 한 채 서 있었다. 단층의 석조 건물인데, 집 앞에 세워진 돌기둥들 위로 편평한 캐노피 지붕이 덮인 포치가 있고 본채에는 석조 기와를 얹었다. 오랜 시간 동안 그 자리에 있었고 앞으로도 계속해서 거기 서 있을 듯이 보이는 집이었다. 집과 더불어 문화와 문명이 이 원시 속에서 한 공간을 차지했고, 그 공간을 방어하면서 자기주장을 한다는 느낌이었다.

선착장을 지나 집을 향해 다가갈 때, 나는 또 다른 집이 한 채 더 있는 것을 발견했다. 목조로 된 2층 건물인 그 집은 산비탈에 서 있어서 바다 멀리까지 한눈에 내다보이는 위치인 반면, 나무들 사이에 가려 가까이 가기 전에는 발견할 수가 없었다. 그러니까 진짜 집은 해변에 있고, 산비탈 집은 임시 거처로 보였다. 집의 아래층을 받치는 것은 산비탈에서 놀랄 만큼 비스듬히게 허리를 숙인 자세로 자라난 나무들이었다. 지붕과 발코니는 아래로 축 처졌고 창틀도 대부분이 비틀어져서, 창을 꼭 닫는 것이 불가능해 보였다. 창문과 문은 다 열린 채였다. 어느 창 밖으로 커튼이 펄럭거렸다.

해변의 집은 문이 닫혀 있었다. 노크를 하고, 기다리다가, 결국 안으로 들어가자, 커다란 방이 나타났다. 낡은 쇠난로와 쇠화덕, 찬장, 탁자 하나와 의자 몇 개가 있었고 열린 문 안쪽으로 침대와 사이드테이블, 옷장이 놓인 더 작은 방이 보였다. 사람이 살지 않는 것 같았다. 이레네는 따뜻한 계절에는 산비탈에 살고 추운 계절에만 여기로 내려오는 것일까? 큰 방에는 집 뒤로 통하는 문이 나 있고, 그리로 나가자 수도 펌프와 화장실이 보였다.

나는 산비탈의 집을 올려다보았다. 달라진 것은 하나도

없었다. 여전히 창과 문들은 다 열려진 채이고 커튼이 바람에 휘날리고 있었다. 저 위로 올라가보았자 이레네를 만날 수 없을 거라는 생각이 들었다. 방과 방을 돌아다니며 이레네의 이름을 소리쳐 부르고, 그녀가 어떻게 사는지 보고, 그녀가 그동안 어떻게 살아왔는지 추측해볼 수도 있을 것이다. 하지만 나는 그러고 싶지 않았다. 그녀는 산비탈 땅을 고르고 채마밭을 만들어 채소와 토마토, 콩, 딸기나무를 가꾸었다. 누군가는 거기에 물을 주어야 한다.

갑자기 이 모든 것이, 생명의 기운이 몽땅 빠져나간 상태로 보였다. 황량한 땅. 누군가 이곳에 살기는 했지만, 어느 날 황급히 떠나버린 느낌. 다시는 돌아오지 않을 생각으로. 바람이 집 안을 휩쓸고 지나가고, 빗물이 방 안으로 들이치며, 바닥은 썩고 기둥은 무너졌으리라. 펄럭이는 커튼은 폐허를 연상시켰다. 폭탄이 건물의 한쪽 벽을 통째로 부서뜨리는 바람에 그 안에 있는 각 집들의 가구와 그림, 커튼 등이 그대로 고스란히 드러나버린 폐허.

태양이 구름 뒤로 사라졌다. 바다에서 싸늘한 바람이 불어왔다. 만의 물빛은 차가운 회색으로 변했다. 나는 어깨에 걸치고 있던 스웨터를 입었지만 여전히 추웠다. 침대 위에 곰팡내 나는 모직 담요가 하나 있기에 그것을 몸에 둘렀다. 포치의 긴 의자에 앉아 머리를 벽에 기댔다. 그리고 기다렸다.

2

나는 이레네의 보트가 도착하는 소리를 듣지 못했다. 다시
금 잠이 들어버린 탓이다. 잠이 깬 것은 이레네가 내 곁에
앉으며 이렇게 말했기 때문이다. "용감한 기사님이 나타나
셨네!"

나는 눈을 뜨지 않았다. 그녀의 목소리는 당시와 마찬가
지로 살짝 쉰, 어두운 저음이었다. 당시와 마찬가지로 나
는 그녀의 목소리에 깃들어 있는 저의를 짐작할 수 없었
다. 나를 비웃는 걸까? 그렇다면 당장 화를 내야겠지만, 첫
대면부터 화를 내고 싶지는 않았다. "용감하다니? 피곤하
고 배고프고 목마른 기사라고. 이 집에 먹을 거나 마실 것
좀 있어?" 나는 눈을 뜨고 그녀를 보았다.

그녀는 웃고 자리에서 일어섰다. 그녀의 웃음도 내 기억
속에 있는 그대로였다. 말투와 표정, 가늘게 뜬 눈, 뺨에 팬

보조개, 그리고 비스듬한 입 역시 마찬가지였다. 얼굴이 진지해질 때, 그녀의 눈빛은 청회색이 되었다. 예전에 나는 그녀의 눈을 밝은 색으로만 인식했거나, 최소한 그렇다고 생각했다. 물론 그녀의 이마와 뺨에 자리 잡은 많은 주름, 무겁게 처진 눈꺼풀, 탄력 없이 늘어진 살갗, 그리고 확연히 숱이 줄어든 모발 또한 볼 수 있었다. 이레네는 늙었다. 만약 우리가 거리에서 우연히 마주쳤더라면 과연 그녀를 알아볼 수 있었을지, 나는 자신이 없었다. 하지만 나는 목소리와 웃음소리 말고도, 그녀의 몸짓이 예전과 마찬가지임을 알아차렸다. 머리카락을 모아 귀 뒤로 넘기는 동작, 그리고 고개를 드는 방식. 허리 부근에는 살이 붙었다. 문득 박물관에서 학생들이 나누던 대화가 맞는 건 아닐까 하는 생각이 들었다. 실제로 이레네의 엉덩이는 넓어졌고 허벅지도 약간 굵어 보였기 때문이다. 그녀는 청바지와 티셔츠 위에, 일종의 재킷처럼, 체크무늬 모직 셔츠를 걸치고 있었다. 직접 잡아온 물고기가 든 양동이가 그녀 곁에 있었다. 나는 양동이를 집어 들고, 그녀의 뒤를 따라 위쪽에 있는 산비탈 집으로 갔다.

산을 오르는 길은 처음에는 오솔길이지만 나중에는 모래 언덕에서 해변으로 이어지는 나무 계단으로 바뀌었다. 올라가는 도중 이레네는 숨을 힘겹게 몰아쉬었고, 내 팔을 잡고는 몇 번이나 멈추어서야만 했다.

"아무래도 아래쪽 집으로 이사를 해야 할까봐." 마침내 집 안에 들어서자 이레네는 말했다. "거긴 겨울에는 춥지만 여름에는 아주 시원해."

"난로가 있던데."

그녀가 나를 쳐다보았다. 탐색하는 시선인지 아니면 실망의 눈빛인지는 모르지만, 적어도 그녀가 무슨 생각을 하는지는 알 수 있었다. 변호사라는 사람이 차분히 귀 기울일 줄은 모르고 내가 난로를 갖고 있다는 사실을 굳이 알려주려고 드는군. 내가 그걸 모를 리가 없는데 말이지. 이런 생각을 하는 것이 분명했다.

"바보 같은 말을 하네."

그녀가 미소 지었다. "이 집은 겨울에도 난방이 거의 필요 없을 정도야. 하지만 아래쪽 집은 석조 벽이라서 냉기가 빠지질 않아. 그건 원래 우체국 건물이었어. 백년도 더전에 이 깊숙한 오지의 농부들을 위해서 지은 거지. 지금은 남아 있는 농부들은 하나도 없어. 토양이 너무 척박해서 하나둘 포기하고 떠나버린 거야. 지금 이곳은 자연보호구역이야. 아마도 마지막 우편선이 여기 온 때가 1951년일걸." 그녀는 팔로 우리가 서 있는 방 안 전체를 가리켜 보였다. 기우뚱하게 비틀린 문, 비틀린 창문, 2층을 받치는 비틀린 기둥, 2층으로 향하는 비틀린 계단. "이 집이 곧 무너져 내릴 거라고 일부러 말해줄 필요는 없어. 나도 잘 알고 있으니까. 하지만 아직은 아니야."

주방이면서 동시에 거실이고 식당인 그 방은 아래층 전

체를 차지하고 있었다. 불 구멍이 여섯 개인 화덕 하나, 열두 명이 앉을 수 있는 식탁, 세 개의 소파가 놓인 방은 이레네가 혼자 사용하기에는 너무 컸다. 나는 거기에 당연히 뒤따르는 어떤 의문을 머리에서 떨쳐버리고는, 생선 비늘을 벗기고 감자를 깎고 채소를 씻고 샐러드 소스 만드는 시범을 보여주는 이레네를 지켜보았다. 나는 요리는 못 했지만 샐러드 소스는 만들 수 있었다. 이레네는 내게, 시드니에는 무슨 일로 왔는지, 프랑크푸르트에서는 어떻게 지내는지, 아내와 아이들은 어떤지, 삶이 만족스러운지 등을 물었다. 원래 나는 그녀가 자기 삶에 대해서 말해주는 것 이상으로 나에 관해서 털어놓을 생각은 없었다. 하지만 그녀의 수많은 질문들 사이 내가 잠깐 기회를 잡아 그녀에게 어떤 질문을 하면, 그녀는 그것에 대해 답변하지는 않고 대신 다른 질문으로 바꾸어 되물어오는 것이었다. 요리를 마치고 마침내 발코니에 앉아 식사를 할 때 우리 사이에는 약간의 친밀감이 형성되어 있었다. 함께 요리를 하면서 대화를 나누었고, 그녀가 찬장 꼭대기 칸에서 기름병을 꺼내려고 조그만 사다리에 올라갈 때 내가 받쳐주었고, 또 막힌 하수구를 처리하고 잘 열리지 않는 서랍을 열 때 도와주면서 그사이에 발생한 신체 접촉 덕분이었다.

엔진 소리를 듣기도 전에 먼저 보트가 눈에 들어왔다. 나는 그동안 한 번도 시계를 보지 않았던 것이다. 부릉거리는 엔진 소리가 귀에 들려오자, 이레네가 말했다. "이렇게 잠깐 있다가 가버리려고 온 건 아니지? 얘기할 시간도 없었잖아."

"내일 다시 올게."

"여기서 머물러도 돼. 위층에 침실이 여섯 개나 있어. 네가 입을 만한 잠옷이랑 깨끗한 속옷도 찾아볼게. 작업복도 있을 거야. 그러면 내일 나를 도와서 일할 때 옷이 더러워질 염려는 없어."

그래서 나는 선착장으로 내려가 마크에게 이야기했다. 마크는 자동차 열쇠를 자신에게 주면 내일 내 짐을 가져다 주겠노라고 했다. 내가 여기서 더 오래 머물 거라면 말이다.

3

내가 다시 발코니로 올라가자 그녀는 그새 식탁을 치우고
붉은 포도주 한 병을 따놓았다.

"슈빈트는 자기 그림을 모조리 다 소지하고 싶어 한 거
야, 아니면 네 그림만을 원했던 거야?" 나는 다짜고짜 속
마음을 드러내고 싶지 않았으므로 일부러 우회적인 질문
을 했다.

"그가 소지하고 싶어 한 건 자신의 예술을 규정해줄 만
한 작품들이었어. 그는 이런 저런 대상을 나타내기 위해서
그림을 그린 건 아니야. 그건 현대 회화가 던지는 질문에
해답을 주려는 행위였지. 구상이나 추상으로서의 회화는
무엇을 성취했는가? 사진과 비교할 때 회화는 무엇인가?
아름다움과 진실은 서로 어떤 관계에 있는가?"

"그러면 너를 그린 그 그림은……"

"그건 마르셀 뒤샹에 대한 저항이었어. 너도 뒤샹의 〈계단을 내려오는 나체〉를 알지? 큐비즘 기법의 형상이 계단을 내려오는데, 움직이는 매 순간순간에 따라 위치가 달라지는 다리와 골반, 팔과 머리들을 연속적으로 겹쳐 그려놓은 그림이지. 뒤샹의 그림은 회화의 종말에 대한 선언이라고들 했어. 그런데 슈빈트는, 계단을 내려오는 나체의 한 여인을, 예나 지금이나 변함없이, 화폭에 담을 수 있음을 입증하려한 거야."

나는 어리둥절해졌다. "무슨 소리야 그게, 왜 뒤샹이 그린 것이 회화의 종말이란 거지?"

그녀가 상냥하게 미소 지었다. "네가 마침내 현대 회화에 관심을 갖는구나." 하지만 그녀의 상냥함 뒤에는 내가 확실히 알지 못하는 뭔가가 들어 있었다. 경멸인가, 거절인가, 아니면 그냥 피곤한 건가? 아주 많이 피곤할 때 우리는 '죽도록 피곤하다'라고 말한다. 그러나 우리가 죽도록 피곤할 때, 죽음의 비유를 사용하긴 하지만 그때야말로 삶의 가장 한가운데에 있는 것이 아니던가. 반대의 표현은 '삶에 지친다'이다. 그때 우리는 삶이 아니라 죽음의 가까이에 있다.

"그 당시 왜 그랬는지 이유를 듣고 싶어. 내 덕분에 일을 쉽게 해결할 수 있었는데, 너는 나를 이용하기만 했고, 또 그 사실을 굳이 숨기려고 하지도 않았지. 전화 한 통만 걸어주거나 편지 아니 엽서 한 장만이라도 보내주었다면 좋앗을 텐데. 네가 나를 이용하고 상처 줄 수밖에 없었다면 왜 그 이유를⋯⋯"

"⋯⋯친절한 핑계로 포장하지 않았느냐고?" 이제 그녀의 목소리에는 노골적인 경멸의 기색이 드러났다. "군트라흐에게 나는 젊고 아름다운 금발의 트로피였지. 트로피에서 가장 중요한 건 포장이고 말이야. 슈빈트에게 나는 영감이었어. 그런데 거기도 포장이 중요하더라고. 그리고 네가 온 거야. 여자에게 요구되는 세 번째 짜증 나는 역할인 거지. 처음에는 암컷, 두 번째는 뮤즈, 그리고 마지막에는, 왕자가 구출해주기를 기다리는, 위기에 빠진 공주. 왕자는 공주를 악당의 손아귀에서 빼내서 자신의 소유로 삼는 거야. 어쨌든 공주는 누군가의 손아귀에 들어 있어야만 하는 존재니까 말이야." 그녀는 머리를 저었다. "아니야, 당시의 나에게 친절한 포장 따위는 불가능했어."

"난 너에게 어떤 역할도 강요하지 않았어. 내가 너에게 마음을 털어놓았을 때 부드럽게 거절하고 네 갈 길로 갈 수도 있었잖아."

"부드럽게 거절한다⋯⋯."

"아니면 부드럽지 않게 거절할 수도 있지. 그러면 어쨌든 나는 이용당하지는 않았을 테니까."

그녀는 피곤한 듯 고개를 끄덕였다. "역할이 너를 계산할 수 있는 대상으로, 교환하고 이용할 수 있는 대상으로 만드는 거야. 공주를 구원하는 왕자로서, 너 또한 군트라흐나 슈빈트와 마찬가지로 결국 나를 이용한 거고."

우리의 법률회사는 통계로 나타난 사회 평균치보다 더 많은 수의 여자들을 고용하고 있었다. 그리고 우리와 전담하여 일하는 세무사와 공인회계사와 더불어, 회사의 독자적인 유치원도 운영 중이었다. 나는 아내가 경력을 쌓을 수 있도록 지원했으며 내 딸이 예술사를 전공하고 다시 법대를 갔을 때도 비용을 지불했다. 그 누구도 내게 페미니즘에 대해서 강의해줄 필요는 없었다.

"네가 정말로 트로피와 뮤즈와 공주 역할 말고는 전혀 다른 선택권이 없었다고, 그 말을 지금 나디리 믿으라는 거야? 군트라흐와 슈빈트와 내가 너에게 바랐던 그런 역할에만 갇혀 살아야 했다고? 너는 돈도 있고 직업도 있었어. 얼마든지 네 자신의 삶을 찾을 수 있었어. 그런 식으로 책임을 남에게 떠넘겨버리면……"

"책임이라고? 넌 이해 못 해. 넌 이해하려는 게 아니라 심판하려는 거잖아." 그녀가 참지 못하겠다는 눈빛으로 나를 쏘아보았다. "지금 너는 그게 중요한 거지? 네가 나를 심판할 수 있다는 사실. 너는 아무런 잘못도 한 게 없고 말이야. 하지만 네 삶의 총합이 곧 네 무죄의 증명일 수는 없어! 네가 일을 했고, 사랑을 했고, 결혼을 했고, 아이도……."

나는 그녀가 왜 화를 내는지 이해할 수 없었다. "내가 말하려던 건 그저……"

"일생 동안 법만 다루다보면 그렇게 되는 거야? 너는 인간 자체에는 관심이 없고, 누가 옳은지 누가 그른지, 그걸 따지는 일이 중요한 거겠지?"

여전히 나는 그녀가 화내는 이유가 무엇인지 전혀 알 수 없었다. 어느새 밤이 되었다. 늘 그렇듯이, 몇 분 만에. 하지만 밤은 깜깜하지 않았다. 달빛이 반사된 나뭇잎들은 은색의 광채를 발했으며 바다 표면은 무수한 별들로 덮인 듯 반짝거렸다. 달빛이 이레네의 얼굴에 가득 쏟아지자 자글자글한 주름, 탄력 잃은 살갗, 피곤하게 늘어진 얼굴선이 무자비할 정도로 선명하게 드러났고, 내 가슴은 연민으로 애이듯 아팠다. 그녀를 향한, 그리고 나 자신을 향한 연민. 우리는 늙었다. 우리 삶의 모든 것은 아득한 과거가 되었다. 지금에 와서 까마득한 옛날 일로 그녀를, 그리고 나를 괴롭힐 이유가 어디 있단 말인가!

하지만 과거에서 벗어나기가 어찌 쉬울 수 있겠는가. 내가 막 마음속으로 이렇게 인정하는 찰나, 그녀가 입을 열었다. "그때 내가 너에게 상처준 것은 미안해. 나는 출구 없이 갇혀 있는 느낌이었고, 그래서 무조건 달아나려는 마음밖에 없었어. 그 밖의 다른 일은 아무래도 상관없었지. 그 당시를 다시 생각해보면…… 너는 얼마나 어린아이 같았는지."

4

그 당시 내가 아직 어린아이였다면, 그러면 지금은 어떤가? 침대에 누운 다음에도 이레네의 이 말이 머릿속을 맴돌아 잠을 이룰 수가 없었다. 당연히 지금 나는 그 당시보다 인간에 대해서 훨씬 더 많이 알고 있다. 인간이 인간과 어떻게 마주치고, 인간이 타인에게 어떤 손해를 끼치고, 타인의 어떤 점을 가만히 참고 있으면 안 되며, 교섭이나 재판을 어떤 식으로 진행해야 하는지도 잘 안다. 그런데 이런 점들은 당시에도 다 알고 있지 않았던가. 당시에도 나는 결코 스스로를 어린아이라고 생각하지 않았다.

이레네가 내게 침실로 내준 조그만 방은 바다를 향하고 있었다. 밤의 고요 속에서 귀를 기울이면, 파도가 해안에 와서 부딪히는 소리를 들을 수 있었다. 해변으로 밀려와 부서진 파도가 다시 밀려갈 때 물살에 쓸리는 조약돌들이 일제히 달그락거렸다. 방 안에는 달빛이 환하게 스며들었고, 옷장과 의자, 거울 등 가구들이 똑똑하게 보였다.

주의 깊게 귀를 기울이면, 이레네의 숨소리도 들리는 것 같았다. 물론 그건 착각일 터였다. 그녀의 침실과 내 방 사이에는 다른 방이 하나 더 있었으니까. 하지만 이레네의 숨소리가 아니라면, 집의 숨소리가 분명했다. 물론 그것은 더더욱 착각일 테지만. 지속적이고, 무겁게, 숨을 내뱉고 들이마시는 소리. 그때 밖에서 짐승이 우는 소리가 들렸다. 악몽에서 깨어났거나 아니면 뭔가 공포스러운 것을 목격하여 깜짝 놀란 듯이, 불현듯 중단되는 날카로운 외침.

어쩌면 짐승은 갑자기 불어 닥친 바람에 놀랐을지도 모른다. 바람은 예고 없이 몰아친다. 아무런 전조 없이 와락 불어온 바람은 집을 집어삼킬 듯 뒤흔들어 서까래가 삐걱거렸다. 일어서서 창가로 다가간 나는 첫 번째 빗방울이 떨어지기를 기다렸다. 그러나 하늘은 청명했고 달빛은 밝기만 했다. 바람은 비를 몰고 오지 않고 단지 나무들이 허리를 구부리게 하고 집을 신음하게 했을 뿐이다.

으스스한 바람이었다. 구름도 비도 동반하지 않는 거센 바람. 그런 바람은 잘난 척 뻐길 권리가 없는 법인데도 이 바람은 오만하게 뻐기고 있었다. 나를 향해서 불어오는 것은 아니지만 나를 둘러싸고, 나를 관통하여 휘몰아치면서, 집의 허약함을 실감하도록 만든 것처럼, 나 자신의 허약함을 실감하게 만들고 있었다. 그런데 더욱 으스스한 일이 생겼다. 발코니 위에 누군가 쪼그리고 앉아 내게 얼굴을 향하고 있었다. 검은 피부에 짧은 머리, 넓적한 코와 넓적한 입을 가진 한 사내아이가 바닥에 두 발을 대고, 무릎은 모아 구부리고, 엉덩이를 깔고 앉아 있었다. 내가 그렇게 앉는다면 아마 뒤로 넘어지고 말 것이다. 그는 시선을 아래로 향한 것이 분명했다. 지금은 흰자위가 전혀 보이지 않았기 때문이다. 나는 그 아이가 나를 바라보던 그 시선을 기억한다. 꼼짝하지 않는, 속을 헤아리기 어려운 눈빛이었다.

이레네를 깨워야 할까? 그런데 저 아이가 혼자이든 다른 일행과 함께든 우리를 습격할 생각이라면, 혹은 이 집에 불이라도 지를 생각이라면, 환하게 비치는 달빛과 요란한 바람 속에서 왜 저렇게 가만히 앉아 있는 것일까. 뭔가 이상했다. 나는 겁이 나서 으스스한 것이 아니었다. 내가 으스스한 것은, 도무지 알 수가 없었기 때문이다. 이곳 전체, 여기 있는 모든 것, 저 아이, 바람, 이레네가 한 말, 그리고 나를 이곳에 붙잡아두는 것의 정체가 도대체 무엇인지 말이다.

5

다음 날 아침에 잠에서 깨어났을 때 하늘은 아직 창백했다. 커다란 소리가 들려와서 창가로 다가가 내다보니, 검은 새들이 거대한 무리를 지어 일제히 날개를 퍼덕이면서 나무 위를 날고 있었다. 가깝고 커다란 소리, 멀고 희미한 소리. 새들의 무리가 멀어져 소리가 작아진 다음에야 다른 새들의 소리가 귀에 들어왔다. 항상 일정한 두세 가지 음색으로 노래하는 새와, 항상 변함없이 짧게 까옥거리는 새, 혹은 항상 똑같이 부리를 활짝 벌리고, 내가 듣기에는 절망적으로 떨리는 짧은 스타카토 음으로, 거대한 새 무리가 다시 가까이 다가와 그 소리를 덮어버릴 때까지 반복하여 쩍쩍거리는 새.

어제 침대 위에 잠옷이 놓여 있었듯이, 오늘 의자 위에는 작업복이 놓여 있었다. 이레네가 느릿느릿 계단을 내려가

부엌에서 뭔가를 만드는 소리가 들렸다. 나는 옷을 입었다.

커피를 마시면서 이레네는, 자신의 지프 타이어가 펑크 났는데 자동차용 잭의 핸들마저 부러졌다고 했다. 그러니 내게 자동차를 좀 들어 올려달라고, 그러면 그녀가 자동차 아래에 돌을 괴서 타이어를 갈 수 있다고 말이다.

"내가 듣기로는 이곳에 자동차가 다닐 수 없다고 하던데."

"여기가 자연보호 구역으로 묶이면서 도로 운행은 중단되었어. 다른 도로와 교차하는 지점도 다 차단되었고. 하지만 지프는 포장도로가 아닌 옛길로 딜릴 수 있기 때문에 문제가 없고, 차단 지점은 우회하면 되니까. 여기 사는 우리는 다 외부로 나가는 길을 알고 있지. 다행히도 외부인들은 그 길로 들어올 줄을 모르고."

"우리라고?"

"이곳 말고 농가가 두 채 더 있어. 있다가 거기로 가봐야 해."

지프는 내 힘으로 들어올리기에 너무 무거웠다. 지렛대로 써보려 했던 나무 막대기는 부러져버렸다. 어찌어찌 쇠파이프를 발견하여, 그걸로 간신히 지프를 들어 올렸고 그 틈에 이레네는 돌 하나를 지프 아래로 밀어 넣었다. 나머지는 간단했다. 내 손으로 직접 자동차 타이어를 갈아본 것이 언제인지 기억도 가물가물하지만 말이다. 지프를 타고 가면서 나는 이레네에게, 간밤에 발코니에 앉아 있던 소년에 대해서 물었다. 카리는 예전에 그녀의 집에서 살던 아이인데, 간혹 들러서 뭐 손볼 곳이 없는지 살펴보고 간다고 했다. 그래도 여전히 내가 궁금해하자 그녀는 말을 계속했다.

"예전에 나는 집 없이 떠도는 아이들, 약물이나 알코올 의존증인 아이들을 집에 데려다놓았어. 공식적으로 한 건 아냐. 아동보호국이나 시설을 통해서 아이들을 받은 것도 아니고. 따지고 보면 나도 여기 공식적으로 거주하는 신분은 아니잖아. 그냥 아이들 사이에 소문이 퍼지고 하다 보니 찾아오는 아이들이 생긴 거지. 대부분 며칠에서 몇 주일 정도 쉬다 가는 게 보통인데, 몇 년씩 머문 아이들도 꽤 있었어. 그중 몇 명은 방황을 끝내고 다시 학교로 돌아가거나 일자리를 얻기도 했지. 그런가 하면 한 번 머물렀다가 얼마 뒤에 다시 나타나는 아이들도 있었어. 처음보다 더 엉망인 몰골을 하고서 말이야. 그런 아이들이 열여덟 살 미만일 경우에 나는 그들을 다시 받아주었어. 하지만 열여덟 살 이상은 한 명도 받아주지 않았어. 그건 대원칙이었으니까."

"몇 명 정도 아이들을 데리고 있었는데?"

"그 집에는 침실이 일곱이야. 각 방에 아이들 하나씩. 아주 드물게 둘이 잘 때도 있었고. 나는 아래층에서 살았어."

"그럼 다들 뭘 먹고 살았던 거지?"

"닭도 있었고 염소도 있었고, 심을 수 있는 건 다 심기도 했고. 다른 농가들도 도와주었어. 간혹 아이들이 훔친 물건을 들고 오기도 했고. 사람은 나눠야 한다는 것, 혼자 차지하기 위해서가 아니라 여러 명을 위해서 훔쳐야 한다는 것을 아이들은 잘 알고 있었거든."

대화는 덜그럭거리며 중간중간 자주 끊어졌다. 이레네는 빠르지만 안전하게 운전을 했다. 나무 그루터기와 돌을 타 넘고, 작은 도랑과 물이 마른 늪, 때로는 덤불 한가운데를 그냥 통과하기도 했다. 자동차가 지나다니면서 만들어진 흔적은 자꾸만 끊겼다가 다시 나타나기를 반복했다. 우리는 종종 좌석에서 위로 펄쩍 튕겨졌다가 이리저리 사납게 흔들렸다. 나는 두 발로 힘껏 버티면서 좌석에 꽉 달라붙어 있었다. 지붕이나, 하다못해 문이라도 있었으면 이처럼 불안하지는 않았을 것이다. 하지만 지프는 아무것도 없이 완전히 뻥 뚫린 구조였다. 전쟁 영화에나 나올 법한 구형 모델이었다.

"이 지프는 어디서 났지?"

그녀가 웃었다. "훔쳤어. 그 전에는 뭐든지 다 우리가 직접 짊어지고 운반해야만 했지. 그런데 어느 날 아룬타와 아르투르가 어느 수집가가 차고에 세워둔 이 지프를 가져온 거야. 그 둘은 우리와 함께 1년을 살던 중에 열여덟 살이 되었어. 그 아이들도 열여덟이면 더 이상 같이 살지 못한다는 걸 알고 있었지. 하지만 그래도 남아 있는 우리의 일을 덜어주고 싶었던 거야." 그녀는 다시 웃었다. "나는 수집이란 취미를 좋아하지 않아. 너는 어때?"

그때 우리는 계곡에 도착했다. 물이 거의 흐르지 않는 강, 풀밭과 나무들, 그리고 방목장 그늘 아래 모여 있는 소들이 보였다. 17세기 네덜란드 풍경화 속으로 들어온 듯했다. 계곡 끝자락에 첫 번째 농가가 있었다. 커다란 목조 건물, 두 개의 헛간, 젊은 남자와 여자들 몇 명, 여러 명의 아이들, 돼지와 닭들. 짧은 인사가 오간 후, 아무도 더는 내게 신경 쓰지 않았다. 이레네는 집 안으로 들어갔고, 잠시 뒤 나도 그녀를 따라서 안으로 들어갔다. 그녀는 부엌에 있었다. 한 소녀의 어깨에서 붕대를 풀고 상처를 살펴본 후, 작은 병에서 연고를 덜어내 그 위에 바르고 새 붕대로 감았다. "어깨로 벽을 통과해보려고 했데." 그녀는 나를 보면서 설명했다. "이제 다시는 그렇게 안 할 거야. 맞지? 다시는 그렇게 안 할 거지?" 소녀는 고개를 끄덕거렸다.

두 번째 농가는 사람이 살지 않는 장소 같았다. 문을 열어준 나이든 여자는 불신이 가득 담긴 적대적인 눈빛을 내게 보내더니, 이레네의 손을 잡고 집 안으로 데리고 들어간 후 문을 닫았다. 나는 지프에 앉아서 쇠락한 집을, 허물어져가는 헛간을, 녹슨 농기구들을 바라보았다. 농가 전체에 드리워진 음울한 기운이 나를 향해 스멀스멀 다가오는 것이 느껴졌지만, 나는 그것에 점령당하지 않으려고 애썼다.

6

"여기 주인남자는 얼마 살지 못할 거야." 밖으로 나와 내 옆자리에 앉은 이레네가 말했다.

"그러면 어떻게 되는데?"

그녀는 차를 출발시켰다. "그리고 그의 아내도 곧 죽겠지. 그러면 마침내 이웃 농가의 젊은이들이 이곳을 차지하겠지. 이웃 젊은이들은 오래전부터 그러고 싶어 했어. 그리고 이곳의 노인들도 돌봐주려고 했고. 그런데 노인들이 싫다는 거야. 나이 들면서 배타적이 되고 증오심만 많아진 거지." 그녀는 어깨를 움찔거렸다. "여기 사는 우리라고 해서 바깥세상의 너희들보다 더 나은 건 조금도 없어. 처음에는 나도 그럴 줄 알았는데, 살아보니 그건 틀린 생각이더군."

"넌 의사였던 거야?"

"의사가 아니라 간호사야. 웬만한 건 다 해결할 수 있어. 특별한 도구가 필요한 치료라면, 내가 의사였어도 어차피 별수 없는 거고."

여러 가지 상황이 내 머리에서 맴돌았다. 맹장염, 심근경색, 암. 아이들을 어떻게 교육하면 좋을지, 필기구와 종이, 책 등을 어떻게 이곳까지 운반해야 할지도 상상해보았다. 이곳 사람들에게 필요한 외부의 물품이 그밖에 또 뭐가 있을까? 첫 번째 농가에 모여 있던 젊은이들은 어떤 관계인 걸까? 성인인 젊은 가족들이 모두 한 집에서 사는 걸까? 그게 아니면 어떤 공동체인가? 혹은 종교 집단? 이레네는 이런 곳에서 무엇을 찾고자 했던 것일까? 지금은 그것을 발견했을까?

"나는 다른 사람들을 너보다 더 지독하게 이용했어."

"네가 그들의 돈을 빼앗았어? 아니면 명예를 훼손했어? 그도 아니면 목숨이라도 강탈했다는 거야?" 나는 즉각 이렇게 내뱉었다. 하지만 그녀가 그런 일을 한다는 건 내게는 도저히 믿을 수 없게 허무맹랑할 뿐이었다.

그녀는 웃었다.

그녀의 웃음은 내 마음에 들지 않았다. 형편없는 농담이나 기분 나쁜 장난, 혹은 원래는 눈물을 흘려야 마땅할 불행을 비웃는 웃음 같았다.

그녀는 아무런 대답이 없었다. 나도 뭐라고 할 말이 없어서 입을 다물었다. 험한 지역을 운전하느라 대화가 어울리지 않는 상황이기는 했지만, 그래도 침묵은 우리 사이에 커다랗게 자리 잡았다. 집에 도착하여 지프를 세운 다음, 그녀는 운전석에 그대로 앉은 채 말했다.

"나를 방까지 좀 데려다줄 수 있어? 아무래도 혼자서는 힘들 것 같아."

지프는 집 위쪽에 주차되어 있었기에 처음 내리막길에서는 내 오른팔에 의지해서 걸을 수 있었지만, 나중에는 내가 양팔로 그녀를 들다시피 부축하면서 가야 했다. 위층으로 올라가는 계단을 가파르고 좁았다. 이레네는 말하기를, 자기가 혼자 있을 때는 종종 개처럼 네 발로 기어서 계단을 올라갔다고, 그러니 나도 그녀를 개처럼 들고 올라가도 된다고 했다. 나는 그녀를 안아들고 2층으로 데려가 그녀의 방 침대에 눕혀주었다.

"정말 미안해." 그녀가 말했다. "아무래도 무리를 한 것 같아. 쉬면서 천천히 움직이면 아무 상관이 없어. 하지만 쉬엄쉬엄 일하는 것이 나는 더 어려워. 그래서 자꾸만 무리하게 되는 거야. 기운이 다 빠지면 다리가 무거워서 걸을 수가 없고, 어떨 때는 정신까지도 아득해져."

나는 의자를 침대 곁으로 끌고 와 앉았다. "몸에 무슨 문제라도 있는 거야?"

"용감한 기사님." 그녀가 미소를 지었다. "네가 무찔러 줘야 할 문제는 하나도 없어. 그냥 잠만 좀 자면 좋아질 거야."

그녀는 눈을 감았다. 숨결이 규칙적이 되면서, 간혹 눈꺼풀이 파르르 떨렸고, 간혹 손으로 배를 쓸었으며, 입가에는 살짝 침이 고였다. 그녀에게서는 질병의 냄새가 났는데, 내 아이들이 아기일 때 맡았던 아픈 냄새, 좀 큰 다음에 독감이나 감기, 배탈이 났을 때의 아픈 냄새와는 다른 종류였다. 그녀의 냄새는 더 자극적이고, 낯설었으며, 더 역겨웠다.

나는 여기서 무엇을 하고 있단 말인가? 내가 원래 여기서 뭘 알아내고 싶어 했는지는 잘 안다. 그녀가 과거에 나를 이용해서 미안하다는 말까지도 듣지 않았는가. 그런데 더 이상 무엇을 원하는 건가?

조용히 일어선 나는 방을 나와 집 밖으로 갔고, 아래쪽 해변까지 내려갔다. 선착장에는 내 짐들이 놓여 있고 여행가방의 지퍼에는 쪽지가 매달려 있었다. 마크는 오늘 오후와 저녁에는 다른 일이 있기 때문에 오전에 여기 왔다. 나를 만나지 못했고 따라서 데려갈 수도 없었다. 하지만 짐은 가져왔으니 여기 놓아둔다.

7

나는 해변의 집으로 가서 다시 현관 앞 포치에 앉았다. 이 레네의 침대 곁에 앉아 있는 동안 구름이 하늘을 덮어버렸다. 비구름인가? 나는 추위를 느꼈고 곰팡내 나는 담요를 꺼내 왔다. 다시 이 자리에 앉아, 다시 몸을 떨면서, 다시 담요의 곰팡내를 맡고 있구나. 마치 시간이 멈춘 듯했고, 여전히 그녀와 나란히 앉아 있는 것만 같았다.

아니다. 그녀가 누군가의 돈을 갈취했다면, 여기서 이런 식으로 이렇게 살 리가 없다. 그리고 명예를 훼손했다면, 그녀가 누군가의 명예를 훼손했는데 신문에 나지 않았다면 그건 정말로 심각한 수준은 아니었으리라. 목숨을 끊게 만든 거라면, 그 역시 나는 신문에서 아무런 뉴스도 보지 못했다. 혹시 그녀가 완전범죄를 성사시킨 것은 아닐까? 이레네가?

나는 아직 한 번도 누군가를 죽이고 싶었던 적은 없다. 경쟁자나 적이라고 해도, 아동 성폭행범이나 아동 살인자도, 심지어는 피노체트나 김정일조차도 죽이고 싶은 생각은 들지 않았다. 생명의 가치를 고귀하게 여겨서는 아니다. 그 가치란 것이 나에게는 수수께끼이다. 이미 생명을 잃은 자는 전혀 아쉬워하지 않을 가치를, 우리가 어떻게 측정한단 말인가? 내게 끔찍한 것은 폭력 자체이다. 누군가를 때리거나 칼로 찔러서 죽이는 행위. 생각만 해도 소름이 끼친다. 때리거나 칼로 찌르는 대신에, 멀리 떨어진 곳에서 폭탄을 점화하여 희생자의 몸을 갈갈이 찢어버리는 행위 역시 조금도 덜하지 않다. 어쩌면 그것이 더 끔찍할 수도 있다. 인간의 가까이에서 직접 가해를 할 때 발생하는 흥분과 주저함을 몽땅 거세시켜버린 폭력이기 때문이다.

게다가 나는 한 번도 살인 사건과 연관된 적은 없다. 내 법률회사는 형사재판의 변호를 맡지 않기 때문이다. 하지만 이레네가 살인을 했을 거라고는 도저히 상상할 수 없었다. 그녀는 자제력이 있고 의지력도 있다. 그런 그녀가 살인 사건에 쉽사리 휘말릴 거라는 생각은 들지 않았다. 만약 그녀의 두 번째 남편이, 첫 번째와 마찬가지로 그녀를 단순한 트로피 아내로만 대했다 할지라도, 만약 그녀의 다음번 애인 역시 그녀를 이용하려고 들었다 해도, 유혹에 응하지 않았다는 이유로 상사가 그녀를 승진에서 누락시켰다 해도, 계단에서 마주친 이웃 남자가 그녀에게 치근거렸다고 해도, 그 어떤 경우라도 이레네는 침착하게 빠져나왔으리라. 만약 누군가가 이레네를 습격하거나 때리려 하다가 그자가 생명을 잃게 되었다면, 그건 정당방위이니 누구도 이레네에게 죄를 물을 수는 없고 이레네 스스로도 자책할 필요가 없다. 그렇다면 도대체 그녀가 한 말은 무슨 뜻이었을까?

나는 당시와 똑같은 실수를 범하고 있다. 당시 나는, 그녀를 안다고 생각했지만 사실은 전혀 모르고 있었다. 우리의 친밀감은 오지 내 환상 속에서만 존재했다. 그런데 지금 또다시 나는, 그녀의 속마음을 안다고, 그녀의 감정을 이해한다고 생각하고 있지 않은가. 그녀가 내 가까이 있다고 느끼지 않은가. 어째서? 단지 그녀가 나체로 내 삶으로 들어왔다는 그 이유 하나만으로? 그것도 그림 속에서?

나는 일어서서 담요를 접어놓고 산비탈의 집으로 올라가 주방으로 갔다. 식료품 저장실에서 스파게티와 토마토소스, 유리 용기에 든 올리브를 찾았고 양념 선반에는 안초비와 케이퍼가 있었다. 나는 요리가 매우 서툰 편이지만, 다행히 조금도 서두를 필요는 없었다. 이레네가 일어나서 계단을 내려오는 소리가 들릴 때쯤, 식탁도 다 차렸고 음식도 완성되었다. 나는 그녀가 계단을 내려오는 것을 도왔고, 식탁으로 안내한 후 음식을 내왔다. 그녀가 나를 바라보았다. 나는 기분이 으쓱했다. 내 자랑스러움을 눈치챈 그녀가 미소를 지어 보였다.

"아직 안 갔구나."

"우리가 집을 비운 사이 보트가 왔다 갔어. 내 짐을 내려 놓고 돌아갔더군. 이제 네가 나를 록 하버로 데려다줘야 해."

"언제?"

나는 어깨를 으쓱이며 대답했다. "내일?"

"네가 원한다면."

8

나는 화가 났다. 좀 다르게 말할 수도 있지 않은가. 예를 들자면, 그렇게 서둘러서 갈 필요 없어, 조금 더 머물러도 돼, 라든지. "예전에 우리는 꼭 그랬어야만 하는 걸까? 좀 더 다른 식으로 흘러갔을 수는 없는 걸까?"

그녀는 깜짝 놀란 눈으로 나를 보았다. "무슨 소리야 내 용감한……"

"그 용감한 기사 따위는 잊어버려. 난 너를 사랑했어. 너는 내가 한 번도 사랑을 못 해봤을 거라고 말했지. 기억나? 그래, 그랬어, 네게서 느낀 감정이 내게는 처음이었어. 그래서 사실 대단히 능숙하지는 못했지. 나도 잘 알기 때문에 결과에 대해서 불평할 생각은 없어. 그런다면 한심한 거지. 내가 궁금한 건 단지, 내가 당시에 조금만 더 낫게 행동했더라면, 그랬다면 우리 사이가 이루어질 수도 있지 않았을까 하는 거야."

"네 말은, 그랬다면 내가 너의 프랑크푸르트 생활을, 법률회사와 상류층 사람들과, 테니스와 골프, 오페라 정기회원권을 함께 공유할 수 있었을지도 모른단 거야? 난 그렇게는……"

"우리는 아메리카로 갈 수도 있었어. 미국이나 브라질이나 아르헨티나로. 나는 금방 다시 일어설 수 있었을 거야. 거기서 언어와 법을 습득하고……"

"……그래서 금방 잘나가는 법률회사를 차리고 상류층에 합류하고……"

"그게 뭐가 잘못이라는 거지?"

"너는 단 한 번이라도 보통 사람들을 변호해준 적이 있어? 노동자나 세입자, 건강을 잃어버린 환자, 남편에게 폭행당한 여자들 편이 되어준 적이 있느냐고? 단 한 번이라도 국가를, 경찰을, 교회를 고소한 적이 있어? 정치범의 변호를 한 적은? 너는 단 한 번이라도 위험을 무릅쓴 적이 있어? 나는 그런 남자를 찾아다녔어. 위험을 무릅쓰는 사람, 그와 함께 나도 위험을 무릅쓸 수 있는 그런 남자. 심지어는 목숨까지도. 그런데 너는 어제 뭐라고 했지? 기업합병과 인수라고? 누가 누구와 합병을 하고 누가 누구를 인수하고, 그런 문제에 누가 마음이 끌려? 너 자신조차도 솔직히 그런 일에 흥미가 생겨서 하는 건 아니잖아. 너는 단지, 네가 그 일을 할 수 있다는 사실을 즐기는 거야. 다른 사람들은 너를 갖고 놀지 못하지만 너는 그들을 갖고 놀 수 있다는 그 사실을. 또 그렇게 네가 벌어들이는 돈을 즐기는 거지. 최고급 호텔과 비행기 일등석. 그러면서 단 한 번이라도 이 세계가 올바로 굴러가는지, 신경이나 쓴 적이 있어?"

"하지만 기업합병과 인수에도 올바른 절차와 올바르지 않은 절차가 있어. 내가 한 건……"

"너는 일생 동안 다른 종류의 일은 한 번도 꿈꾸지 않았단 말이야? 착취당한 자들과 억압받는 자들을 위한 정의는 생각해본 적도 없어? 말헤봐, 정말로 힝싱 이린 식으로만 살았는지!"

그녀의 시선이 나를 불편하게 만들었다. 나는 스파게티를 쿡쿡 쑤셔대면서 먹기 시작했다. 그녀도 먹었지만, 그 사이에도 시선은 나에게 똑바로 고정된 채 대답을 기다리고 있었다. 뭐라고 대답해야 하는가? 나는 스스로의 현실 감각을 자랑스러워했다. 내가 일생 동안 품었던 가장 극단적인 판타지는 그녀와 함께 부에노스아이레스로 가서 밤에는 웨이터로 일하고 낮에는 대학을 다녀서 얼른 성공하겠다는 계획이었다. 만약 그 계획이 원활하게 진행되지 못해서, 나와 이레네가 부에노스아이레스의 좁디좁은 단칸방을 영영 벗어나지 못하고, 자잘한 소송이나 맡으면서 근근이 살아가다가 설상가상으로 어이없는 정치적 문제에나 끼어들게 되었다면, 그런 삶은 상상도 하고 싶지 않았다.

"그래, 난 항상 이렇게 살았어. 예전에는 꿈을 꾼 적이 있지. 너와 함께 부에노스아이레스로 가서 낮에는 대학에 다니고 밤에는 웨이터 일을 하려고 했지. 너와의 새 삶을 위해서라면 나는 가우초라도 될 수 있었을 거야. 아니면 뉴욕에서 접시를 닦거나 로키 산에서 벌목을 하던지. 하지만 그 꿈이 꺼져버린 곳에 놀랍게도 멋진 삶이 기다리고 있더군. 착취당한 자들과 억압받는 자들, 그들은 스스로 알아서 자구책을 구해야겠지."

그녀는 음식으로 시선을 떨구었다. "맛이 좋네." 우리는 먹었다. 나는 그녀의 접시에 음식을 더 담아주고 포도주와 물잔도 채워주었다. 잠시 뒤 그녀는 말했다. "너무 심각하게 고민하지 마. 너는 그때 다르게 행동할 수는 없었어. 그러려면 아예 네가 아닌 다른 사람이 되어야만 했을 거야."

9

접시를 치우고 설거지도 마친 후 다시 식탁으로 돌아오자, 그녀는 두 팔을 식탁에 올리고 그 위에 고개를 묻은 자세로 잠들어 있었다. 지난번에 그녀를 2층 침실로 들고 갈 때는 그녀가 깨어 있어서 어느 정도 수월했으나, 이번에는 그녀의 몸이 몹시 무거웠다. 그녀를 침대에 눕힌 다음 신발을 벗기고, 청바지와 두터운 셔츠도 벗기고, 이불을 그녀의 몸 아래에서 끌어당겨 덮어주었다.

비가 오리라고 예상했으나 오지 않았고, 나는 발코니에 나와 앉았다. 간혹 달이 구름 사이로 모습을 드러낼 때마다 바다 표면이 번득였다. 그밖에는 천지가 모두 어둡기만 했다. 매미들이 하도 시끄럽게 울어대서 나무마다 새들이 가득 앉아 있는 듯했다.

이레네의 말은 상당히 주제 넘는 것이었다. 내가 아예 다른 사람이 되어야만 했을 거라고? 착취당한 자들과 억압받는 자들의 정의를 꿈꾸어야만 했다고? 아마도 그걸 꿈꾸는 차원을 넘어서서 그걸 위해 일생을 바쳤어야 했다는 뜻이겠지?

정의의 대성당에서 일하는 석공들은 셀 수도 없이 많다. 어떤 사람은 네모난 돌을 깎고 어떤 사람은 주춧돌을 만들고, 어떤 사람은 장식 띠를 새겨 넣고, 또 다른 사람들은 벽에 무늬를 넣고 석상을 세운다. 전체 건축을 위해서는 모든 부분이 다 똑같이 중요하다. 고소와 변호는 판결과 마찬가지로 중요하며, 임대계약과 노동계약, 결혼계약이 중요하듯이 합병과 인수의 형태를 설계하는 일 또한 마찬가지로 중요하다. 부자들을 위한 변호사 역시 가난한 자의 변호사만큼이나 중요하다. 그렇다, 내 수고가 없다고 해도 대성당의 건물은 올라갈 것이다. 이런 저런 벽 장식이 빠진다 해도 완공에는 문제가 없을 것이다. 그렇지만 이런 저런 장식 또한 대성당의 일부이다.

그러면 아마도 이레네는 비웃으며 이렇게 묻겠지. 내가 열심히 짓고 있는 이 건물이 대성당인 건 어떻게 확신하느냐고. 그냥 공동주택일 수도 있고, 상점이나 아니면 감옥일 수도 있는데.

또 다른 생각도 났다. 카르힝어 쿤체 법률회사에서 막 일하기 시작한 무렵, 예전에 김나지움과 대학을 같이 다닌 동창생의 변호를 맡은 적이 있었다. 그는 우리가 다닌 학교를 찾아가서 학생들 몇몇에게 데모에 참여하라고 선동했고, 그러던 중 한 교사가 그를 말리느라 끼어드는 바람에 시비가 몸싸움이 되었고, 혼란한 와중에 교사가 넘어져 다치게 되자 그 학생들을 데리고 학교를 빠져나가버린 것이다. 동창생이 변호인을 구할 만한 돈이 없어서? 내가 자신의 변호를 맡아 할 실력은 안 될 거라고, 동창생이 나를 도발했기 때문에? 아니면 나 말고는 그를 변호할 만한 적임자가 없을 거라고 동창생이 아부하는 바람에? 이유야 무엇이든 나는 그의 변호를 맡았다. 변호사 비용은 받지 않았고, 그 사실을 사무실 매니저에게만 말해두었다. 카르힝어 씨와 쿤체 씨에게는 따로 알리지 않았으나, 결국 사실을 알게 된 그들은 불같이 화를 냈다. 내가 치안교란을 저지른 자의 변호를 맡고 있으니, 이 일을 상공업계 경영자인 고객들이 어떻게 생각할 것인가? 결국 나는 변호를 포기해야만했다. 다른 대리 변호사를 주선해주기는 했지만 사건은 유죄판결이 났다. 내가 변호를 포기한 시점이 바로 교사가 병원에 재입원을 한 때이며 단순치안교란죄뿐만 아니라 중대치안교란죄가 적용된 시점과 일치하기 때문에, 마치 내가 동창생 사건에서 손을 떼고 싶어 했을 거라는 인상을 준다. 그의 변호가 쉽지 않아졌으니 말이다.

나는 무죄판결을 받아낼 수 있었을까? 나는 확신이 있었다. 최초이면서 아마도 유일할 형사사건에서 승소하겠다는 투지로 불탔던 나는, 사설 수사원을 고용하여 조사해본 결과, 몸싸움을 처음 시작한 것은 화가 난 학교 관리인이었으며, 해당 교사는 과거에 간질 발작 병력이 있다는 사실을 알아낸 다음이었다. 물론 이런 내용을 내 대리인으로 온 변호사에게 말해주었으나 그는 유능하지 못했다. 아마도 다른 변호사라면 나았으리라. 그리고 더 비쌌겠지. 나는 동창생에게 대리 변호사 비용은 내가 대겠다고 약속까지 해두었었다.

동창생은 대리 변호사 비용조차 스스로 댈 돈이 없었을 테니 더 나은 변호사야 말할 필요도 없다. 나는 그에게 아무것도 빚지지 않았다. 김나지움을 다닐 때, 그리고 대학에서의 첫 번째 학기 동안 우리는 친구로 지냈지만 이미 한참 전 일이다. 그는 졸업할 생각이 없이 계속 학생으로 대학에 머물러 있었으나 나는 인생을 탕진하고 싶지 않았다. 그리하여 우리는 곧 멀어졌다. 당시에 정치 관련 형사사건은 극히 엄격하여 그는 집행유예 없는 징역형을 받았다. 그에게는 그리 심각하게 나쁜 결과만은 아닐 수도 있었다. 아마도 그에게는 감옥에서 삶을 탕진하는 것이나 바깥에서 삶을 탕진하는 것이나 별반 차이가 없었을 테니까. 나는 감옥에 갇힌 그를 찾아가지 않았고 그도 연락을 해오지 않았다. 그는 이후에 어떻게 살았을까?

나는 누구에게도 빚진 것이 없다. 누구에게도 신세를 지지 않았다. 무엇인가를 얻었으면, 그것을 되갚았다. 누군가 내게 너그렇게 은혜를 베풀면, 나는 그것을 두 배 세 배로 되돌려주었다. 나와 친구들, 지인들 간의 대차대조표는 손익계산이 완벽하다고 자신 있게 말할 수 있다. 직업 관계에서는 좀 다른데, 그래도 어떤 항목에서 수익이 났다면 그것은 타인의 너그러움에 은혜를 입었다기보다는 나 자신의 능력으로 벌어들였다고 보는 편이 맞다.

비가 내렸다. 더 이상 발코니에 앉아 있을 수 없었으므로 문에 기대서 빗소리에 귀를 기울이고 있었다. 그러던 중 위층에서 이상한 소리가 들리는 것 같아 올라가보았다. 이레네의 방 창으로 들어온 바람 때문에 커튼이 밖으로 날리면서 비에 젖은 커튼 천이 바깥 벽에 철썩이며 부딪히는 소리였다. 나는 커튼을 안으로 들이고 문틀이 비틀린 창문을 간신히 닫을 수 있었다.

이레네는 잠을 자면서 불안하게 뒤척였다. 나는 침대 곁의 초에 불을 붙이고 가만히 있지 못하는 그녀의 손과 파들파들 떨리는 눈꺼풀, 이마와 입술 위의 땀방울을 지켜보았다. 종종 그녀는 알아듣지 못할 말을 중얼거리기도 했다. 나는 그녀 얼굴의 땀을 닦아주었다. 그리고 이불을 몸 위로 잘 펼쳐주려고 했을 때, 그녀의 티셔츠와 슬립도 땀에 흠뻑 젖어 있는 것을 발견했다. 잠옷 한 벌과 타월을 찾아내고, 그녀의 몸에서 젖은 옷들을 벗겨내 몸을 닦아준 후 잠옷을 입혀야 할 것이 분명해 보였다. 하지만 나는 선 채로 그녀를 내려다보면서, 과연 내가 이 여자와 어떤 관계인지, 그 생각에 잠겨 있었다.

그래도 결국 나는 할 일을 했다. 옷장에서 잠옷을 찾아냈고 욕실에서 수건을 가져왔다. 그녀의 몸을 들고 티셔츠를 벗길 때, 그녀가 두 팔로 내 목을 감았다. 말 한 마디 없이, 눈을 뜨지도 않고, 심지어 잠에서 깨어나지도 않은 채. 그리고 내가 잠옷 윗도리를 입힐 때도 똑같은 동작을 되풀이했다. 아마도 그녀는, 내가 자신을 들어 올리는 행위를 좀 더 쉽게 해주려는 것 같았다. 간호사 일을 하면서 그녀가 배웠던 것, 그래서 환자들에게 가르쳐주던 그대로 말이다. 하지만 어린아이처럼 부드럽고 정감 있는 그 행위는 나를 감동시켰다. 나는 그녀의 티셔츠와 슬립을 벗겨내고 잠옷으로 갈아입혔다. 그사이에 그녀의 어깨, 가슴, 배, 허벅지의 땀을 닦아주었다. 예전에는 분명 살집이 더 있었을 것이 분명했다. 그녀의 피부는 그녀의 몸에 너무 헐겁고 컸다. 또다시 나는 질병의 냄새를 맡았다.

간혹 거울에 비친 내 나체를 보면 내 몸인 그것에게 측은한 마음이 들곤 한다. 그 몸이 겪어온 일들, 그 몸이 안간힘쓰며 헤쳐온 일들, 그 몸이 아등바등 견뎌낸 일들! 내 감정은 자기연민은 아니다. 나는 자기연민을 경멸한다. 나를 향한 측은함이 아니라, 내 몸을 향한 측은함인 것이다. 아니면 시간의 허망함 그 자체를 향한 것이거나. 지금 내 감정은 이레네의 몸을 향한 측은함이었다. 금방이라도 허물어질 듯, 허약하고, 애처로운 몸으로, 내 목에 두 팔을 감을 때 보여주던 한없는 신뢰의 내맡김, 그 몸짓은 내 마음을 연민으로 떨리게 했다. 그럼에도 여전히 화가 나는 것은, 그녀가 나에게 더 머물러 있으라고 말하지 않았다는 사실이다.

10

아침을 먹으며 이레네는 그날 하루의 계획을 말했다. 이웃 농가의 노인에게 주사를 놓아주어야 하고 다른 농가의 젊은이들과 빵을 굽기로 했다고. 목요일은 빵 굽는 날이라는 것이다. 그녀는 나를 록 하버로 데려다주겠다고 하지 않고, 나도 부탁하지 않았다. 그녀를 배웅하느라 함께 지프를 향해 걸어가던 중에, 그녀가 이렇게 말했다. "난 어제와 비슷한 시간에 돌아올 거야. 어제보다는 몸 상태가 좀 더 나았으면 좋을 텐데. 오늘도 네가 요리해놓을래?"

다시 나는 해변 집 포치의 긴 의자에 앉았다. 오늘 태양빛은 지난 이틀과는 달랐으므로, 나는 추위에 떨지도 않았고 담요도 필요가 없었다. 하지만 여전히 시간은 가만히 멈추어 있는 듯했고, 내 곁에는 그녀가 있는 것만 같았다.

이제 결정을 내려야만 했다. 법률회사에 전화를 걸어야

했다. 내가 맡은 일을 다른 이에게 넘겨야 했다. 훌륭한 법률회사는 기계와 같이 돌아간다. 모든 톱니바퀴가 적절한 순간에 작동을 시작하고, 적절한 순간에 작동을 멈춘다. 만약 톱니 하나가 빠지면 즉시 다른 톱니가 달려든다. 오랫동안 나는 자신이 기계의 벨트라고 생각해왔다. 벨트가 없으면 기계는 잠시 동안은 더 돌아가겠지만, 곧 삐걱거리다가, 멈추게 되고, 영영 다시 움직이지 못한다. 그러나 사실 벨트는 없다, 있는 건 톱니뿐이다. 아무리 커다란 톱니바퀴라도, 다른 커다란 톱니바퀴로, 혹은 몇몇 개의 작은 톱니바퀴로 얼마든지 교체가 가능하다. 내가 오랫동안 빠져 있는다 해도 법률회사가 영영 멈추어버릴 일은 없을 것이다. 하지만 말도 없이 계속해서 자리를 비울 수는 없다. 시니어가 스스로 대체 불가능한 부품인 양 행동하지 않는다면, 파트너들 역시 자신이 있어도 그만 없어도 그만이라고 느끼고, 일에 대한 의욕을 잃어버리게 된다.

누구나 일해야 한다는 것은 원칙적으로 옳겠지만, 일을 멈추는 시점도 누구나 스스로 결정할 수 있어야 한다. 그 시점부터 3년 동안, 사회는 그가 적당한 수준의 쾌적한 삶을 누릴 수 있을 만큼의 돈을 지급해야 한다. 그런 다음 그는 삶과의 결별을 이행해야 한다. 방법은 그 스스로 정할 수 있도록 한다.

이런 생각이 실현될 수 없다는 것을 나는 잘 안다. 하지만 그것은 고령화라는 우리 사회의 문제 해결에만 초점을

둔 건 아니다. 누구나 자신의 삶에 대한 통제권을 가져야한다는 것이 핵심이다. 스물여섯 살에 일을 그만두고 남아있는 젊은 시절 동안 자신의 삶 최후의 시간을 최대한 마음껏 즐기고 싶은 사람은, 스물여섯에 일을 그만둘 수 있다. 그런가 하면 일을 손에서 놓고 싶지 않은 사람은, 원하는만큼 얼마든지 오랫동안 일을 할 수 있다. 물론 이 경우는, 일을 하다 보니 너무도 늙어버려서 3년의 자유로운 시간을 만끽하지 못할 위험이 있기는 하다.

  나 또한 일을 그만둔 이후에 3년 이상의 시간을 요구하고 싶지는 않다. 중국으로 여행 가서 상하이에서 이틀, 베이징에서 사흘, 만리장성에서 하루, 칭다오의 해변에서 5일을보내는 은퇴 노인들을 나는 이해할 수가 없다. 먼 곳으로여행간 그들은, 텔레비전에서 이미 본 것들 말고는 보지않는다. 그들이 집으로 돌아가 다른 은퇴자들에게 들려주는 먼 나라의 이야기는, 이미 다른 은퇴자들도 다 알고 있는 내용이다. 그들은 아이들에게 이야기를 해주지만, 아이들은 듣고 싶어 하지 않는다. 더 나이 들어 여행도 할 수 없게 된 그들이 기분 좋은 추억에 잠기고 싶을 때, 그들은 아무것도 기억하지 못한다. 나이 든 다음에 비로소 세상 구경을 하러 나서는 일, 참으로 어리석은 짓이다. 나이 든 다음에 세계사의 진행을, 혹은 손자들이 자라는 것을 보겠다고 나서는 일 역시 마찬가지로 어리석은 짓이다. 어차피끝까지 읽지도 못하고 중간에서 덮거나 던져버려야 할 책을, 왜 펼쳐 들어야 하는가?

그런 바보짓은 3년으로 충분하다. 3년! 곰곰이 생각해보
았지만 과연 내가 어떤 바보짓으로 3년을 채우게 될지, 상
상이 가지 않았다. 하지만 내가 기업합병과 인수 일을 계
속해야만 할 이유 역시 떠오르지 않기는 마찬가지였다. 새
롭게 드러난 이중의 사실이 나를 괴롭혔다. 따뜻한 햇살을
받으며 노곤해져서, 마침내 잠이 들어버린 그 순간까지.

11

나를 깨운 건 헬리콥터 소리였다. 헬리콥터는 산 위가 아니라 해안을 따라서 날다가, 만으로 들어와 해변과 선착장 주변을 빙빙 돌았다. 그리고 만으로 들어올 때와 마찬가지로 커브를 그리며 만에서 빠져나갔다. 헬리콥터는 낮게 날면서 커다란 소음을 냈고, 요란하게 돌아가는 회전날개의 진동 때문에 바다 표면이 일렁이며 요동쳤다.

헬리콥터에는 아무런 표식도 없었으므로, 경찰이나 인명구조용 헬기인지, 혹은 텔레비전 방송국의 헬기인지 알 수가 없었다. 광택 나는 금속 몸체, 속이 들여다보이지 않으면서 거울처럼 번득이는 창, 요란한 소음, 사나운 물살을 일으키는 저공비행, 이 모두는 습격과도 같았다. 깜짝 놀란 나는 영문을 모르고 멍하니 서 있을 뿐이었다. 첩보 기관인가? 이레네가 도대체 무슨 일에 연관된 걸까? 그녀가 불법체류자 신분인 건 맞지만, 단순히 그렇다고 해서 첩보기관이 헬리콥터를 보낼 리가 없다. 아니, 어쩌면 저건 첩보기관이 아니라 범죄조직일 수도 있고, 뭔지는 모르지만 그녀가 어떤 나쁜 일을 저질렀을지도 모른다. 혹시 헬리콥터에 탄 사람들은 이 만을 개발하여 휴양시설을 건설하려는 투자자들인가? 아니야 이곳은 자연보호구역이니 저자들이 투자자일 리는 없어, 분명 스파이나 마피아들일 거야. 양복이나 가죽재킷을 입고, 노트북이나 피스톨을 가진, 혹은 둘 다를 가진. 이레네에게 알려줘야 하는 건 아닐까? 어제 갔던 길을 내가 혼자 다시 찾아갈 수 있을까?

그때 나는 포치에 나 말고 다른 사람이 있음을 느꼈다. 주위를 둘러보자 몇 발작 떨어진 곳에, 이틀 전 밤에 발코니에 쪼그리고 앉아 있던 그 소년이, 깊고 어두운 눈동자로 나를 빤히 응시하며 서 있는 것이었다. 카리. 그의 얼굴 생김은 너무 낯설어서, 나는 그의 나이를 도무지 짐작할 수가 없었다. 하지만 그는 열여덟 살이 넘었을 것이다. 이레네에게 가서 이 사태를 알려줄 수 있을 만큼은 나이를 먹었다.

"이레네가 어디 있는지 너는 알지?"

"저 사람들은 뭐 하려는 거예요?"

"나도 모른다. 하지만 헬리콥터가 와서 돌아다닌다고 이레네에게 알려야 해."

소년은 고개를 끄덕이더니, 즉시 몸을 돌리고 달리기 시작했다. 재빨리, 보폭과 속도가 일정한, 날렵한 걸음으로. 나는 그 자리에 서서 소년이 산 속으로 들어가 나무들 사이로 사라질 때까지 그의 뒷모습을 지켜보고 발소리를 듣고 있었다. 잠시 동안 조용했다. 해안으로 밀려온 파도가 자갈을 달그락거리며 통과한 뒤 다시 바다로 돌아가는 소리가 들렸다. 태양 빛이 눈이 부셔 나는 눈을 깜빡거렸다.

그때 헬리콥터가 되돌아왔다. 처음에는 소리만 들리다가 곧 모습을 나타냈다. 헬리콥터는 내가 서 있는 낡은 집을 향해서 곧장 날아오더니, 공중에서 잠시 멈추었다가, 그대로 하강하여 선착장에 착륙했다. 다시 바닷물이 높이 일렁이며 파도가 솟구쳤다. 엔진이 꺼지고, 마침내 헬리콥터의 회전날개도 멈추었다. 조종사가 먼저 내린 다음 승객이 내리는 것을 도왔다. 마르고 뼈대가 굵은 노인이 지팡이를 짚으면서 헬리콥터에서 나왔다. 머리는 완전한 백발이지만 자세는 여전히 꼿꼿하고 움직임에도 자신감이 넘치는, 군트라흐였다.

12

"슈빈트가 당신을 이리로 보냈습니까? 다시 그의 대리인으로 일하는 건가요? 그가 그림을 되찾으려 하는군요, 그렇죠?" 나를 발견한 군트라흐가 다가오면서 말했다. 지팡이에 몸을 의지하고는 있었지만 에너지가 넘쳤고, 말을 꺼내는 데도 전혀 주저가 없었다. 그는 내 바로 앞으로 와서 멈추어 섰다.

그의 태도에 나는 화가 치밀었다. 집에 찾아간 내 팔을 그가 잡던 순간부터, 나는 그를 싫어했다. 이후에 이런저런 사교적인 자리에서 마주칠 때마다 항상 그를 거만하다고 느꼈는데, 지금은 무례하기까지 했다. "슈빈트에게 그림을 건네주지 않았습니까? 그 대가로 그가 이레네를 당신에게 데려 다준거잖아요. 당신이 간수하지 못했던 이레네를."

그는 경멸하듯이 코웃음 쳤다. "그건 그냥 장난을 좀 친 거지. 그림의 소유주는 나요. 없어진 그림이 갑자기 다시 나타났단 말입니다. 만약 당신의 의뢰인이……"

"슈빈트는 내 의뢰인이 아닙니다."

"그럼 여기서 뭐 하는 겁니까?"

"그건 당신이 상관할 바가 아니죠."

군트라흐는 손을 내저었다. "당신은 꼭 그렇게 예민하게 굴더군요. 그런 성격인데도 변호사로 성공했다니, 솔직히 놀라운 일이야. 이레네는 언제 옵니까?"

나는 어깨만 으쓱했다.

"그렇다면 일단 이곳을 한 번 둘러봐야겠네요. 아주 딱 좋은 장소를 찾아냈구먼. 아무도 찾아오지도 않고, 아무도 방해할 사람도 없고. 하지만 아무리 그래도 그림은 그녀 것이 아니지. 그걸 찾겠다고 내가 얼마나 힘들었는데."

그는 걸어가다가, 곧 다시 뒤돌아서 나를 찬찬히 살펴보았다. "당신은 여기서……." 그는 머리를 설레설레 흔들었다. "항상 당신이 의심스럽긴 했어. 하지만 그래도 변호사인 당신이 그 정도 일을 벌이리라고는 차마 믿을 수가 없었지." 그리고 군트라흐는 소리 내어 웃었다. "어쨌든 당신, 코가 정말 예리하군. 내 코보다는 한 수 위라는 건 인정해야겠습니다. 하여간 그 그림이 언젠가 2천만 유로라는 값어치가 나갈 거라고 내가 예상하기만 했어도……."

나는 그가 해변 집 안으로 들어갔다가 다시 나오는 것을,

그리고 산 위의 집으로 향하는 계단을 올라 집 안으로 사라지는 모습을 지켜보았다. 그는 지팡이 끝으로 계단과 집 안의 마룻바닥을 무겁게 디뎠으므로, 그의 모습이 더 이상 보이지 않게 된 다음에도 한동안 그의 지팡이가 삐걱거리며 바닥을 치는 소리를 들을 수 있었다. 어느덧 그 소리도 잦아들었다. 선착장 가장자리에 앉은 조종사는 늘어뜨린 다리를 흔들며 담배를 피웠다.

13

이웃 농가를 향하는 길을 기억으로 더듬으며, 나는 이레네가 올 방향으로 마중을 나갔다. 하지만 도중에 포기하고 돌 위에 앉아 그녀가 오기를 기다리기로 했다. 대기에는 소나무와 유칼립투스 향기로 가득했으며 매미들의 울음소리가 사방에서 들려왔다. 전날 비가 왔음에도 숲은 건조했다. 풀잎과 관목의 이파리는 갈색으로 시들었고 나무들은 바싹 마른 가지를 하늘을 향해 뻗고 있었다. 멀리서 지프가 다가오는 소리가 들렸다.

이레네는 어제와 마찬가지로 완전히 지쳐빠진 모습이었다. 군트라흐가 왔다고 알렸으나 내 예상과는 달리 그녀는 조금도 놀라지 않았다. 도리어 생기가 살아나는 듯했다. 눈동자는 빛이 났으며 뺨은 혈색을 되찾았고 목소리에도 힘이 생겼다. 그녀는 나와 군트라흐가 무슨 얘기를 나누었느냐고 물었고, 내가 대답을 해주자 그녀는 웃으면서 말했다. "그래, 그는 원래 그런 사람이지."

"넌 그가 올 줄 알고 있었던 거야?"

그녀는 고개를 끄덕였다.

"그림을 아트갤러리에 대여해준 것도 그를 이리로 유인하기 위해서였어?"

그녀는 어깨를 으쓱했는데, 그것은 대답을 회피하면서, 긍정과 동시에 부정을 나타내는 몸짓이었다. 어쩌면 내가 사용한 '유인'이라는 단어가 기분 나쁘다는 표시일 수도 있었다.

"그러면 슈빈트도 오는 거야?"

"그러기를 바라는 거지."

"그러면 아트갤러리에 그림을 대여할 때 내가 올 거라는 생각도 했어?"

"너를 이곳으로 유인할 일이 뭐가 있겠어? 나는 페터와 카를을 한 번 만나보려고 한 거야. 네 생각은 하지 않았어."

나도 그 문제에 내가 아무 권한이 없음을 알고는 있었지만, 그래도 상처를 받았다. 험한 길을 운전하는 중에도 내 감정을 눈치챈 그녀는 한 손을 내 팔에 올렸다. 나는 그녀의 손을 물리쳤다. "괜찮아. 운전하는데 양 손을 핸들에 올리고 있어야지."

"내 과거가 무엇을 남겼는지 알고 싶어서 그랬어. 그 당시에…… 내가 그들에게 정말로 트로피와 뮤즈 이상은 아니었는지. 내가 당시 그들이 공통적으로 갖고 있던 어떤 무조건적인 성질을 사랑한 건 분명해. 페터가 점점 부자가 되고 점점 커다란 권력을 차지하게 만들고, 동시에 카를로 하여금 완벽한 그림을 그리고자 욕망하게 만드는, 그 가차없음이란 성질 말이야. 그 둘은 모두 뭔가에 사로잡혀 있는 사람이었고, 나는 마찬가지로 그렇게 나를 사로잡아버릴 뭔가를 찾아 헤매는 중이었지. 그건 내가 물려 받은 기질이었어. 내 어머니는 내가 원하는 일은 무엇이든 하도록 내버려두었지. 어머니가 내게서 원한 건 단 하나, 자신이 무엇을 하더라도 역시 그냥 내버려둬 달라는 거였고. 나는 예술사를 전공한 후 박물관에서 일했어. 그리고 생각하기를…… 나는 진심으로 생각했어, 내게 맞는 운명의 남자를 만나면, 내게 맞는 진짜 인생을 살게 될 거라고. 나를 사로잡은 어떤 위대함과 함께하는 삶, 그것을 위해서 나는 뭐든지 다 포기할 수 있노라고."

그녀는 왜 자기 아이를 낳는 대신에, 나이가 든 다음 길거리 아이들을 데려다가 집에서 보살핀 것일까? 하지만 나는 이 질문 대신에, 남아 있을지도 모르는 어떤 가능성에 대해서 추측해보았다. "군트라흐는 지금보다 더 큰 부자가 되고 더 큰 권력을 갖고 싶어 할까? 슈빈트는 여전히 완벽한 그림을 그리려고 하고?"

그녀는 지프를 세웠다. "그건 나도 몰라."

"그들은 여전히 너를 사랑하고?"

"만약 그렇다면 어리석은 짓이지." 그녀는 입을 다물었고, 잠시 뒤 망설이면서 느리게 말을 이었다. "내가 그들을 다시 알아볼 수만 있다면 기쁘겠어. 그리고 그들을 사랑하게 만들었던 동력을 내 안에서 재발견하게 된다면 말이야. 내가 그들을 떠나야만 했던 이유까지도. 너는 안정적인 삶을 살아왔잖아. 하지만 내 삶은 바닥에 떨어져 산산 조각 난 꽃병이나 마찬가지야."

14

재회의 인사로 이레네와 군트라흐는 포옹을 나누었다. 그
리고 서로에게 산더미 같은 질문을 마구 퍼부어대다가, 질
문이 너무 많고 궁금한 내용이 너무 방대하다는 사실을 깨
닫고는 함께 웃음을 터트렸다. 그래서 아주 간단하고 명
료한 질문만이 남았다. 여기서 자고 갈 건지? 조종사도 함
께? 배가 고픈지? 군트라흐는 저녁식사를 헬기로 실어오
게 하자고 제안했지만, 그래도 이레네가 직접 차리겠다면
뭐든지 기꺼이 먹겠다고 했다. 이레네와 내가 요리하는 동
안 그는 우리 곁에 서, 지팡이에 몸을 의지한 채, 〈뉴욕타
임스〉의 기사와 그에 따른 독일 언론의 보도에 대해서 설
명했다. 〈계단 위의 여자〉는 슈빈트의 작품 목록에는 분명
히 나와 있지만 단 한 번도 전시된 적이 없고, 그 이유에 대
해서도 슈빈트가 항상 대답을 회피해왔으므로 그동안 신

비로운 아우라에 감싸여 있었는데, 최근 하필이면 뉴 사우스 웨일즈 아트갤러리에서 전시되는 바람에 커다란 센세이션을 일으키고 있다고.

식사 시간에 군트라흐는 조종사를 불러들였고, 식사가 끝난 다음에는 다시 내보냈다. 마음 같아서는 나도 내보내 버리고 싶었을 것이다. 이레네가 촛불과 붉은 포도주를 식탁으로 내오자, 마침내 군트라흐가 물었다. "우리 둘이서만 잠시 얘기할 수 있을까?" 그녀는 미소와 함께 대답했다. "나는 이 사람에게 아무런 비밀도 없어요." 그건 사실이 아니었지만 그래도 나는 행복했다.

군트라흐는 자신의 성공, 자신의 아이들, 기업과 국가의 미래에 대한 근심, 자신이 이룩한 성취와 자부심을 늘어놓았다. 내가 볼 때 그것은 뭔가에 사로잡힌 삶이라기보다는 자만에 겨운 시민 계층의 자만심 가득한 대차대조표에 가까웠다. 이레네는 나에게 그랬던 것과 마찬가지로 그녀의 생활에 대해 캐묻는 그의 질문에 항상 다른 질문으로 되물음으로써, 자신의 사생활을 누설하지 않았다. 그래도 군트라흐는 크게 개의치 않는 것 같았다. 당황스러운 감정을 드러내기에는 그도 나와 마찬가지로 너무 예의바른 사람이라서 그런 것인가. 아니면 알고 싶은 내용을 어차피 알고 있으므로 반드시 대답을 들어야 할 필요가 없어서 그런 것일까. 그녀가 그의 질문을 하나씩 슬쩍 피해갈 때마다, 그는 미소를 지어 보였다.

그리고 군트라흐는 자신의 결혼 생활도 얘기했다. 행복하다고, 아내는 성공한 부동산 중개인인데, 그가 필요로 할 때마다 항상 그의 곁에 있어준다고. 하지만 아내가 그에 비해서 너무 젊기 때문에, 자신은 상대적으로 나이를 의식할 수밖에 없다고. 그는 이레네를 바라보며 말했다. "너도 젊었지. 하지만 너와 결혼했을 때는 내가 나이 들었다는 느낌이 전혀 없었어. 물론 당시는 내가 지금보다 훨씬 젊기도 했고, 나이차도 지금 아내와 보다는 적었으니 당연할 수도 있지. 하지만 그게 이유의 전부는 아니야. 지금도 나는 그림 속의 너를 바라보면, 내 안에서 젊음이 회복되는 것을 느끼니까." 그의 얼굴에 미소가 떠올랐다. "우리들 사이에는 시간의 흐름을 붙잡아둘 그림이 있어. 당시 내가 그림을 그려달라고 의뢰한 것은 네가 젊은 모습으로 영원히 남아 있도록 하기 위해서였어. 그리고 나도 너와 함께 그렇게 머물 수 있도록." 군트라흐는 몸을 앞으로 굽히고 그녀의 손을 잡았다. "그때 내가 모든 걸 망쳐버렸어. 그래서 넌 나와 함께 살 수 없었던 거고. 하지만 이제는 네 그림을 내게 넘겨도 좋지 않겠어?"

이레네는 바다를 바라보았다. 그녀의 얼굴에는 생기도 핏기도 전혀 보이지 않았다. 오직 쇠약만이, 오직 피로만이 가득했다. 그녀가 내게 절대로 알리고 싶어 하지 않는 그녀의 병, 잠시 사라졌던 그 병색이 다시 돌아왔다. 그녀는 손으로 군트라흐의 머리를 쓰다듬었다. 마치 옆에 앉은 개의 머리를, 생각날 때마다 쓰다듬어주는 사람처럼. 그리고 일어섰다. 혼자서는 걸음을 떼는 것조차 힘겨워 보였으므로 따라 일어서서 부축을 해주려는 나에게 그녀는 그러지 말라고 눈빛으로 막았다. 군트라흐 앞에서 허약한 모습을 보이기 싫은 것이다. "잘 자요." 그녀는 느린 걸음으로 계단으로 다가가 한 칸 한 칸 올라가기 시작했다. 한 계단을 올라간 다음 한참을 멈추어 서서 쉬고 나서야 다음 칸을 오를 만한 기운을 낼 수 있었다. 그런 모습을 지켜보는 내 마음은 찢어질 듯 아팠다.

"그녀가 어디 아픈가?" 군트라흐가 소근 대며 물었다.

"그건 그녀에게 직접 물어보세요." 이렇게 대꾸한 나는, 더 이상 참고 있기가 힘들어 그냥 쏟아내고 말았다. "그런데 정말로 얼굴이 두껍군요. 당신 같은 사람이 정계와 재계에서 그처럼 큰 성공을 거두었다니 솔직히 놀랍습니다. 그러려면 최소한 어느 정도는 감수성을 갖추어야 하는 게 아닌가요?"

"그건 인간을 너무 단순하게 판단하는 겁니다. 시인의 가슴과 사업가의 머리, 나 자신을 라테나우*와 비교하고 싶지는 않지만, 나는 이 두 가지를 함께 가질 수 있다고 생각해요. 그림과 함께 살면서, 동시에 내 수중에 있는 수백

*발터 라테나우(1867~1922). 독일의 유대계 자유주의 정치가, 산업가, 작가. 바이마르 공화국 시절 외무부 장관을 지냈으며 반유대 민족주의 테러리스트에게 살해당했다.

만을 주무르기를 원하는 것, 이건 모순이 아니란 말입니다."

"당신이 라테나우를 읽었다고요?"

"그럼요. 라테나우를 읽었죠. 뿐만 아니라, 당신에게 의미 있는 이름일지도 모르니 덧붙이자면, 베버와 슘페터와 마르크스도 읽었습니다. 내 머릿속이라고 해서 대차대조표와 환시세만 들어 있는 건 아니에요. 그리고 내 추측이 맞는다면 당신이 그 당시에 이레네를 도와준 사람인데, 그걸 내가 법정에서 밝히면 당신은 변호사로서 끝장입니다. 당신은 내가 그림 건으로 슈빈트나 이레네를 고소하지 않도록 빌어야 할 입장일 텐데요."

그의 목소리는 점점 더 커졌다. 나는 제발 목소리를 좀 낮춰달라고 그에게 사정했다. 이레네가 자러 가지 않았는가.

"내가 하고 싶은 말을 그녀도 당연히 들어야지요. 어차피 여기서는 서로 아무런 비밀이 없는 듯하니 말입니다. 당신 없이 이레네와 단 둘이서 이야기하는 것조차 불가능하지 않습니까. 제발 내일 아침에는 산책을 좀 나가주세요. 길고 느긋하고 기분 좋은 산책 말입니다. 내 말 뜻 알아들었나요?"

만약 내가 알았다고 고개를 끄덕여야만 군트라흐가 목소리를 줄이게 된다면, 그렇다면 그냥 고개를 끄덕여주는 것이 어떨까 궁리하고 있는 중에, 갑자기 어둠 속에서 카리가 불쑥 나타났다. 소년은 아무런 위협적인 동작을 하지도 않았지만, 그의 존재 자체가 위협적인 느낌을 주었다. 카리는 군트라흐를 빤히 보면서 입술에 손을 가져다댔다. 군트라흐는 마치 유령이라도 본 양 카리에게서 눈을 떼지 못했다. 카리는 다시 사라져버렸다. 군트라흐는 그제서야 되살아난 듯 깊은 숨을 들이마시더니, 머리를 흔들면서 중얼거렸다. "나는…… 나는 자러 가겠습니다."

15

다음 날 아침 이레네는 침대에서 일어나지 않았다. 군트라흐가 지팡이로 계단을 쿵쿵 디디는 소리에 잠에서 깨어난 나는 옷을 입고 창가로 다가갔다. 군트라흐가 해변에 서서 바다를 바라보고 있었다. 조종사는 아마도 소리 없이 일어나서 밖으로 나간 듯했다. 그는 어제와 마찬가지로 선착장 판자에 앉아 다리를 흔들면서 담배를 피우고 있었다.

  이레네가 나를 부르고 있나? 나는 그녀의 방문을 노크했고, 희미하게 "들어와" 하는 대답이 들렸다. 그녀는 침대에서 머리와 베개를 벽에 기댄 자세로 누워 있었다. 몸이 정말로 안 좋아 보였다. 안색은 창백하고 뺨은 움푹 패었으며 머리카락은 땀에 흠뻑 젖어 있었다. 내 마음대로 할 수만 있다면 당장에라도 그녀를 헬리콥터에 실어 병원으로 데려가고 싶을 정도였다. 나는 침대 가장자리에 앉으며 그녀의 손을 잡았다.

"어디가 안 좋은 거야?"

그녀는 고개를 흔들었다.

"나에게는 비밀이 없다면서."

그녀가 희미하게 미소 지었다. "없지. 몇 가지만 제외하고는."

"헬리콥터를 타고……"

"이러다 금방 괜찮아질 거야. 오늘은 진한 커피 한 잔만 타다줄 수 있어?"

나는 또다시 잘못을 저질렀다. 그녀가 원하지도 않는데 헬리콥터에 태워 병원에 보낸다는 생각을 하다니. 그녀를 돕겠다고 커피를 들고 돌진한 것도, 저녁이 되어 지쳐빠질 때까지 하루 종일 미친 듯이 왔다 갔다 한 것도 잘못이었다. 그녀는 침대에 가만히 누워서 몸이 좋아질 때까지 내 돌봄을 받고 싶어 하지 않는다. 하지만 나는 그녀를 침대에 가만히 눕혀둔 채 나 몰라라 신경을 끊을 수가 없었다.

"뭐라고, 카를이 오늘 온다고? 내일이나 모레, 페터와 카를이 둘 다 떠난 다음에야 편히 쉴 수가 있겠네. 아무래도 일어나야겠어. 나 좀 도와줄래?"

그래서 나는 진한 커피를 만들었고, 커피 주전자와 잔을 침대로 날라 왔으며, 그녀의 말에 따라 옷장에서 가죽 주머니를 찾아서 가져다주자, 그녀는 그 안에서 작은 손거울과 하얀 가루, 면도날, 유리관을 꺼내 코카인을 흡입했다.

욕실로 가는 길에도 나는 그녀를 부축해야만 했지만 더 이상의 도움은 필요 없었다. 무겁지만 그래도 확실한 걸음걸이와 맑은 눈빛으로 그녀는 욕실을 나왔다. 어제 군트라흐가 도착한 직후처럼, 그녀는 생기를 되찾았다.

"시간이 늦었어. 내가 아침을 준비할게. 너는 다른 사람들을 좀 불러다줘."

해변으로 가던 중에 나는 작은 보트 하나가 만 입구의 뾰족한 육지를 돌아 선착장으로 다가오는 것을 보았다. 내가 군트라흐에게 갔을 때는 그도 보트의 접근을 알아차린 다음이었다. 보트가 점점 가까이 오자, 작은 선실 앞에 서 있는 슈빈트가 보였다. 그의 모습이 우리 눈에 점차 또렷하게 보일수록, 우리 역시 그의 눈에 점차 또렷하게 보였을 것이다. 그렇게 슈빈트와 군트라흐는 서로에 대해서 준비를 갖출 시간을 벌었다. 나는 그 둘이 당장에라도 꺼져버렸으면 하고 바랐다.

·

슈빈트가 내린 보트는 바로 내가 타고 온 그 보트였다. 그
는 군트라흐와 내게 고갯짓으로 인사한 다음, 주변을 세심
하게 살핀 후에야 결심한 듯 산비탈의 집으로 올라가기 시
작했다. 그는 여전히 컸고, 자세나 동작은 당시보다 더욱
고집스러웠고, 머리카락 한 올 없는 머리통은 더욱 완강했
으며, 만만치 않은 기운을 온 몸으로 뿜어내고 있었다.

　군트라흐와 내가 주방으로 들어섰을 때, 슈빈트는 이레
네의 팔을 잡고 있었다. "도대체 그동안 어디 있었던 거
야? 내가 얼마나 널 찾은 줄 알아? 지금까지 계속 나는 너
를 찾아다녔단 말이야!" 우리를 발견한 그는 이레네를 놓
아주고, 문으로 걸어오더니, 팔을 그녀에게 뻗은 상태로
우리를 향해 고함쳤다. "나가!"

　하지만 이레네는 웃으면서 말했다. "다들 앉아. 아침식

사가 곧 완성될 거야." 그녀는 이 모든 사태를 즐기는 것 같았다. 슈빈트의 포옹, 슈빈트의 분노, 방 안의 긴장감.

"여기 더 있을 필요가 도대체 뭐야? 떠나잔 말이야. 보트가 기다리고 있잖아. 록 하버에서 아침을 먹고 시드니로 가서 밤 비행기를 타자고. 이미 아트갤러리 측과 합의도 했어. 네가 말 한 마디만 해주면, 작품전에 늦지 않게 그림을 즉시 뉴욕으로 보내줄 거야. 너도 기억하고 있겠지? 우리가 얼마나 고대하고 꿈꾸었는지, 모마에서의 전시회를 말이야!"

이레네는 고개를 끄덕였다.

"우리는 개막식 장면을 상상하면서, 내 그림에서 명작을 발견하고 내 안에서 대가를 발견하여 흥분한 연사들, 감동받은 관객들을 꿈꾸곤 했지. 전시회가 끝나고 센트럴파크를 거쳐 숙소로 돌아가는 길을 그려보았고, 호텔에서의 밤, 샴페인, 커다란 욕조, 누워서 도시의 야경을 한눈에 볼 수 있는 커다란 침대를 꿈꾸었어. 그 꿈이 드디어 현실이 되었단 말이야."

이레네는 미소 지었다. 상냥하고, 즐겁게, 그러나 거리를 둔 미소. "정말 좋은 소식이네."

군트라흐가 참지 못하고 소리쳤다. "거짓말! 당신은 이미 몇 년 전에 뉴욕에서 첫 대규모 전시회를 가졌잖소. 당신이 꿈꾸었다는 건 그 첫 번째 전시회겠지. 그 다음에 베를린에서, 도쿄에서도 작품전이 있었고 이제 다시 뉴욕 작품전이 열리는 건데, 무슨 개막식 꿈 얘기를 아직까지 한단 말입니까! 게다가 당신이 꿈을 꾸기나 할까요? 내 동료한 명이 그럽디다. 당신은 머릿속에 계산밖에 안 들어 있다고. 관객들과 예술품 시장과 가격을 이리저리 가지고 노는 사람이라고. 나는 사업가예요. 그래서 계산이 문제라고는 전혀 생각하지 않습니다. 하지만 그렇다면 동화 같은 얘기로 이레네를 꼬득일 생각은 말아야지!"

슈빈트의 눈은 오직 이레네에게만 고정되어 있었다. 이미 과거에 내가 익히 알고 있던, 어린아이 같이 확신을 담은 시선으로 그녀를 뚫어져라 보면서 슈빈트는 말했다. "넌 단 한 번도 내 전시회에 온 적이 없어. 네 그림, 그리고 너 자신 둘 다. 다음 주에 열리는 뉴욕 전시회, 그건 모든 것이 완벽하게 갖추어진 내 첫 번째 전시회가 될 거야."

"모든 것이 완벽하게 갖추어진 내 첫 번째 전시회가 될 거야." 군트라흐가 슈빈트의 말을 우스꽝스럽게 흉내 냈다. "솔직히 당신은 그림을 가져가려는 생각뿐이겠지."

"저 작자가 뭐라는 거야?" 슈빈트는 어떤 명청이가 떠드는 소리냐 하는 식으로 이레네에게 묻고는 계속 할 말을 이어나갔다. "갤러리 책임자와 이미 얘기를 다 끝냈어. 그동안 줄곧 네가 내 그림을 관리해오고 있었다고 설명했지. 그리고 네 허락이 없이는 그림을 뉴욕으로 실어 보내지 못하는 그의 입장도 잘 이해한다고 했어. 그런데 이게 저 작가와 무슨 상관이 있다는 건지?" 슈빈트는 머리로 군트라

186

흐를 가리켰다.

군트라흐가 자신이 그 문제와 상관이 있는 이유를 채 설명하기도 전에, 이레네가 모두에게 아침식사의 시작을 알렸다. "뜨거운 커피가 준비됐어. 베이컨은 금방 식을 거야. 달걀만 프라이팬에서 익히면 돼." 그리고 내게 말했다. "가서 조종사 좀 데려올래? 그리고 마크에게도 커피 한 잔 할 생각 있느냐고 물어봐줘."

17

내가 두 명을 데리고 돌아오자, 이미 휴전은 성립되어 있었다. 슈빈트가 이레네에게 자신의 추상화 작품을 설명할 때도 군트라흐는 끼어들지 않았고 군트라흐가 기업 경영의 계승 규정에 대해서 이야기하는데도 슈빈트는 그의 말을 자르지 않았다. 이레네는 그 둘 사이에서 여왕처럼 군림했으며, 뿐만 아니라 인생의 첫 담배와 마지막 담배에 대해서 얘기를 나누던 우리 셋, 조종사와 마크 그리고 나에게도 마찬가지의 영향력을 발휘했다. 내가 여기 온 이후 그처럼 활기차고 환하게 빛나며 아름다운 그녀의 모습은 처음이었다. 코카인의 상승효과는 과연 얼마나 지속될 것인가?

아침식사 후 마크는 보트를 타고 돌아갔다. 일이 마무리되면 이레네 혹은 내가 슈빈트를 록 하버로 데리고 가면 된다. 조종사가 그를 헬리콥터로 실어다주겠다고 제안했다. 그러자 군트라흐는 당장 조종사를 야단쳤다. 자신이 헬리콥터를 빌렸으니 헬리콥터는 항상 자신을 위해 대기하고 있어야 한다고. 그러니 지금 나가서 필요할 때 즉시 뜰 수 있도록 준비를 갖추고 있으라고.

그 다음 군트라흐는 우리 모두를 돌아보았다. "우리 이성적으로 한번 얘기를 해봅시다. 서류상으로 증명된 그림의 최종 소유권자는 납니다. 슈빈트 당신은 그림을 나에게서 취득했다고 주장하지만, 근거가 뭐죠? 계약서 말인가요? 그 계약서는 아무 효력이 없어요. 그리고 계약서가 도대체 어디 있단 말입니까? 설사 있다고 해도 법정에서 내세울 수도 없는 거예요. 그랬다가는 당장 다음 날 신문에 당신이 그림과 여자를 교환했다고, 당신에게는 그림이 여자보다 더 소중했기 때문에, 이런 기사가 대문짝만 하게……"

"언론은 내 손에서 먹이를 받아먹는 자들이에요. 내가 얘기만 잘 만들어 건네주면 그들은 내가 아니라 당신에 대해서 입방아를 찧어댈 겁니다. 그 계약…… 그건 분명 풍속에 위배됩니다. 나도 그동안 알게 됐죠. 하지만 그동안 알게 된 게 또 있어요. 풍속에 위배되는 계약상의 거래라 할지라도, 그걸 반환청구 할 수는 없다는 겁니다. 당신이 그때 집에서 내게 그림을 넘겨주었으니까……"

"넘겨주다니? 그때 그림은 내 영역에, 내 집사의 손에 들려 있었고 당신의 영역으로 넘어간 다음에야 완전하게 넘겨주는 거였소. 그런데 그 과정이 완료되지 못한 겁니다. 당신이 그림을 실은 자동차는 당신의 영역이 아니에요. 도둑과, 그리고 지금 밝혀진 바와 같이, 그 도둑의 공범, 이들의 영역이었던 겁니다."

"그림의 소유권이 당신에게 있다고 주장하는 거라면, 왜 아직도 도난 신고를 하지 않았나요? 당신 말대로라면 그림은 지금 도난품 리스트에 올라 있어야 하지 않습니까?"

"내가 왜 도난 신고를 해야 한다는 거요? 난 그때 이미 이레네가 그림을 가져갔을 거라고 의심했기 때문에, 그녀에게 피해가 가는 일은 피하려고 한 건데."

"도난 신고만 하면 되는데 그게 왜 이레네에게 피해를 준다는 건지. 그 당시에 이레네에게 피해를 주고 싶지 않아서 가만히 있었다면 지금 이렇게 나서서 피해를 줘도 괜찮은 이유는 또 뭡니까?"

"이레네에게 피해를 줄 생각은 여전히 추호도 없습니다. 내가 바라는 건 단지 아트갤러리에 그림이 내 것이라고 확인만 해달라는 거죠. 그러기만 하면 그림을 한동안 더 아트갤러리에 전시하는 것도 가능하고, 당신도 원하면 그림을 뉴욕 작품전에 빌려갈 수도 있습니다." 그리고 군트라흐는 이레네를 향해 말했다. "하지만 네가 벌인 이런 장난은 이제 끝내는 것이 옳지."

그녀를 향하는 그의 시선에는 상처가 엿보였다. 그제야

나는 군트라흐가 왜 이런 일을 벌이는지 깨달았다. 그림도 돈도 물론 이유는 맞다. 하지만 그보다 더 중요한 뭔가가 있었다. 군트라흐는 웃고 있는 이레네 앞에서 패배감을 느끼는 것이다. 예전에 그녀가 그를 떠났을 때, 그리고 그녀를 되찾으려 했으나 실패했을 때와 같은 패배감. 이미 그 이전부터도 그는 저항하고, 거부하고, 고집을 꺾지 않는 이 여자를 자신은 절대 당해낼 수 없다는 느낌을 받았을 것이다. 이레네는 그의 삶의 패배였다. 그가 여기 온 이유는 그 패배를 청산하기 위함이었다.

군트라흐는 웃음을 터트렸다. 참으로 흉하고, 사악한 웃음이었다. "자, 다시 한 번 하나하나 짚어봅시다. 만약 저 사람이" 군트라흐는 머리로 나를 가리켰다. "아직도 그 계약서를 갖고 있다 해도, 절대 그걸 찾아서 꺼내놓지 않을 겁니다. 그런 계약서를 작성하는 것 자체가 미친 짓이죠. 아무리 젊은 신참 변호사라 할지라도 말입니다. 그러니 슈빈트 씨, 계약서 생각일랑 일찌감치 포기해요. 혹시 이레네가 증인이 되어줄 거라고 기대하고 있을지도 모르겠는데, 이레네도 당신을 돕지 않아요. 그렇지, 이레네, 넌 증인으로 법정에 설 생각이 없잖아, 너는……"

"맞아요. 난 법정에 서지 않을 거예요." 그녀는 몸을 일으키며 말했다. "그림은……"

그러나 승리감에 도취한 군트라흐는 말을 멈추지 않았다. "너는 독일에서 수배중이잖아, 그리고 네가 여기 산다는 사실이 알려지면 이 나라에서도 마찬가지겠지. 어떻게 지금껏 아무도 너를 알아보는 사람이 없었는지, 난 그게 신기해. 어떻게 한 번도 체포된 적이 없고, 그 뭐더라, 경찰 감시망에도 어떻게 한 번도 걸리지 않았단 말이야? 경찰 이 제대로 된 수배용 사진이 아니라, 네가 머리를 염색하 고 선글라스를 쓰고, 게다가 고개까지 숙인 채로 과속방지 용 카메라에 찍힌 사진만 갖고 있어서 그런가? 하지만 나 는 수배 전단에 나온 그 사진을 보는 즉시 바로 너인 줄 알 아차렸어. 네가 다시 나타난다면, 이번에는 다른 사람들도 모두 알아차리게 되겠지."

18

이레네는 아무 대답도 하지 않았다. 의심스런 눈으로 군트
라흐를 지켜보는 그녀는, 그의 폭로를, 그라는 인간을, 혹
은 자기 스스로를 어떻게 받아들여야 할지 모르는 사람 같
았다. 잠시 뒤 그녀는 미소와 함께 어깨를 으쓱거렸다. "그
래서, 날 고발이라도 하겠다는 거야?"

"넌 도대체 그때 무슨 짓을 저질렀던 거야? 우리가 어떻
게 사는지, 어떻게 생활하는지, 어디로 외출하는지, 너는
이런 내용을 다 알고 있었어. 그러니 네 친구들이 너를 얼
마나 필요로 했겠나."

"우리라고?" 이레네는 경멸의 눈길로 군트라흐를 바라
보았다.

"나는 너를 잘 알아. 네 고집, 반항심, 그리고 너는 나와,
저자만으로 만족한 게 아니잖아." 군트라흐는 머리로 다

시 슈빈트를 가리켰다. "그리고 저자가 끝도 아닐 테고." 그러면서 이번에는 나를 가리켰다. "너는 모든 사람들에게 앙갚음을 하려했지. 그래서 얼마나 성공했지? 어느 날 우리 집 초인종도 누르려했겠지? 마치 아무 일도 없었다는 듯이 태연한 얼굴로 말이야. 집 안으로 들어와 한네스를 쏘고 그 다음에는 나를 쏘아죽일 작정이 아니었어?" 군트라흐는 분노에 찬 목소리로 마구 떠들어댔다. "한네스는 너를 좋아했어. 내가 고용한 내 집사지만 나보다 너를 더 좋아했다고. 그러니 그는 당연히 너를 집 안으로 들였을 것이고, 너는 아주 손쉽게 그를…… 아니 어쩌면 네기 먼저이고 그 다음에 그를……." 이레네를 바라보는 군트라흐의 눈길은 마치 지금도 그녀가 자신을 위협한다고 느끼는 듯했다.

"내가 당신을 쏘아죽이고 싶어 했다고?"

"네가 아니라면 네 친구들이 했겠지. 네 도움을 받아서 말이야. 내가 기억하지 못하는 줄 알지? 나는 전부 기억하고 있어. 네가 우리 삶의 방식을 얼마나 증오했는지를, 위대한 일을 위해서 삶 전체를 내던지고 싶어 하던 너의 꿈을. 현실이 가장 밀도 깊게 응축된 그 지점으로 뛰어들고 싶어 했던 것을. 너도 기억하지? 그래서 만약 히틀러나 스탈린 통치 시대를 살았다면, 그런 모토로 무엇을 했겠느냐고 물었더니, 너는 반항적으로 입을 다물어버렸지. 그 다음에 네가 생각한 게 바로 예술가야. 예술가들이 그런 삶을 살고 있을 거라고. 그리고 그 다음에는 혁명이었고. 어차피 네가 떠나온 그 남자를 찾아가서 죽여버리기, 혁명을 위해서라면 그 정도는 결코 과한 것이 아니지!"

"누구도 당신을 죽이려 하지 않았어. 누구도 당신을 그 정도로 중요하게 생각하지 않았으니까. 당신은……"

군트라흐는 벌떡 일어섰다. 그리고 양손으로 식탁을 짚고 이레네를 향해 몸을 구부리고는 그녀에게 비난을 퍼부었다. "그러면 만일 네 친구들이 나를 중요한 인물로 생각했다면? 그러면 어떻게 되었을까? 너도 그들과 행동을 같이 했겠지? 너도 총을 쏘았겠지?"

나는 언제나 동작이 느린 편이었다. 하지만 슈빈트도 아무런 행동을 하지 않고 지켜보기만 했다. 이때 카리가 끼어들었다. 어디에 있었는지는 알 수 없지만, 군트라흐의 성난 고함 소리를 듣고는 이레네가 위험에 빠졌다고 오해한 나머지 살금살금 안으로 들어와 군트라흐의 뒤로 다가서서 그의 팔을 붙잡고 의자에 앉혀버린 것이다. 순식간에 낯빛이 창백해진 군트라흐는, 부들부들 떨었고 호흡곤란으로 허덕거렸다. 심근경색 발작이 어떻게 일어나는지 실제로 본 적은 없지만, 아마도 그렇지 않을까 싶었다.

이레네가 군트라흐에게 다가갔다. 그의 손목을 잡고 맥박을 재었다. 그리고 고개를 흔들었다. 별일 아니다. 그녀는 팔로 그를 감쌌다.

19

누구도 입을 열지 않았다. 슈빈트는 이마에 주름을 만든 채 이레네가 두 팔로 군트라흐를 안고 있는 모습을 지켜보 았다. 해변의 자갈 위로 밀려가는 파도 소리가 들렸다. 여 전히 한 마리의 새가 네 가지 음정으로 노래를 불렀다.

"아무리 그래도 난 당신에게 그런 짓을 하지 않았을 거 야. 삶이 아무리 광란이었다 해도, 내가 아무리 미쳐 있었 다 해도……" 이레네는 머리를 저으면서 말했다. "나는 혼돈 그 자체였어. 나를 가두는 것, 나를 붙잡는 것을 모조 리 벗어던져 버린 상태였어. 중독 같은 삶이었지. 그 시간 이 지나자 금단현상이 찾아왔어. 불면과 함께, 심장이 미 친 듯이 뛰고, 땀이 갑자기 비 오듯 쏟아졌어. 그 단계를 넘 어서자 이제는 거대한 공허뿐이었지. 모든 것이 참으로 아 득하기만 했어. 모든 색채가 흐릿해지고, 소리는 희미하게 멀어졌으며, 나 자신의 감정조차 느낄 수가 없게 되었어. 그리고 분노가 밀어닥쳤지. 내가 그렇게 엄청난 분노를 터트릴 수 있다는 사실을 나 자신도 몰랐어. 고래고래 고함을 지르고, 주먹으로 탁자를 치고, 벽을 때리고, 끝내는 눈물을 터트리는 거야, 분노의 눈물을……."

군트라흐가 안정을 되찾자 이레네는 그를 놓아주었다. 그리고 우리를 한 명 한 명 차례로 쳐다보고는, 우리가 그녀의 갑작스러운 고백에 다들 어리둥절해하고 있다는 것을 알아차렸다. 다시 자리에 앉은 그녀는 웃으면서 말했다.

"그게 말이야, 구동독에서는 색채가 서독보다 훨씬 더 흐릿했거든. 벽에 칠하는 모르타르는 브란덴부르크의 모래처럼 회색이 섞인 갈색이고, 한 번도 청소하지 않은 낡아 빠진 석조 건물, 칠이 벗겨진 제국 철도의 초록색 열차, 색 바랜 붉은 깃발과 현수막들. 하지만 그곳에서의 삶은 나에게 구원이었어. 광란에 빠진 세월을 지나온 뒤, 풍족하지는 않지만 적어도 안식이 있는 요양원에 들어온 기분이랄까. 그곳에는 눈을 찌르는 색채가 없었어. 피부 속으로 파고드는 음악이 없었고, 광고판마다 과시하는 에로틱한 약속이 없었고, 달려가서 획득해야 할 염가할인 상품도 없었어. 요양원의 일상은 변화가 없었어. 적어도 실질적으로는 아무것도 변하지 않았어. 매일매일 똑같은 일상이 변함없이 반복되었지."

군트라흐가 듣기 싫다고, 집어치우라는 듯이 손을 휘저었다. "우리에게 그런 걸 가르치려 들 필요는……"

"난 당신들에게 뭘 가르치려는 게 아냐. 온갖 조작과 형식주의, 물자 부족, 나도 다 알고 있어. 하지만 나는 그것이 괴롭지 않았단 거야. 그건…… 그건 마치 아미시교도*의 집에 손님으로 방문한 것과 같은 느낌이었어. 아미시교도의 집은 떠나버릴 수 있지만, 그곳에서는 불가능했어. 게다가 비록 그곳의 삶이 척박하고 힘들긴 했지만 나는 달아나고 싶지 않았고. 시간의 정지 상태, 고요, 센세이션의 결여, 이 모든 것이 내 마음에 들었어. 속임수를 쓰고 노력을 해서 간신히 구한 물자로 가족과 친구들이 전부 힘을 모아 여름 별장을 지어 올리고 축하하기, 함께 일하는 근무자 전원이 베를린으로 오페라 구경 가기, 여름휴가 때 텐트를 지고 보트로 슈프레 강을 노 저어 가기, 쉬운 고전 읽기, 그리고 구하기 힘든 다른 책들을 찾아서 읽기, 나는 이런 것으로 충분했어."

슈빈트가 웃으면서 빈정댔다. "비더마이어 같이 목가적이로군."

---

*스위스의 종교개혁자 야콥 아망이 창시한 재세례파 계통의 개신교 종파. 탄압을 피해 신대륙으로 이주하여 현재 미국과 캐나다 등지에 거주한다. 현대 문명을 받아들이지 않으며 병역과 의료보험, 공적연금 수령을 거부하고 소박한 공동체의 삶을 영위한다.

"아마 그럴지도." 이레네도 따라서 웃었다. "그런 비교도 그리 틀린 건 아닐 거야. 어차피 비더마이어 시대에도 정치적 자유는 없었으니까."

"하지만 아름다운 가구와 프랑스 여행은 있었지. 그리고 여유가 많은 사람은 미국으로 여행할 수도 있었고."

"나는 아름다운 가구는 필요 없어. 여행을 하고 싶다는 생각도 없고." 이렇게 말하며 그녀는 다시 웃었다. "어쩔 수 없이 해야 하는 여행이라면 할 수 없지만. 나는 그곳의 자연을 정말 사랑했어. 잘레 강과 운스트루트 강의 화사한 풍경, 멜랑콜리에 젖은 메클렌부르크포어포메른, 심지어는 갈탄을 캐는 노천광의 헐벗은 모습까지도. 가늘게 흩뿌리는 비터펠트의 미지근한 여름비조차도 사랑했어. 습기와 연기, 화학물질이 뒤섞인 안개에 불과한 건데도 말이야. 그런가 하면 망가진 아스팔트를 빗물로 닦아내고 구멍이나 틈새에서 겨울 동안의 쓰레기를 말끔히 씻어내며 내리는 봄비는 또 어떻고. 나는 그곳의 전차도 사랑했어. 다 낡아빠져서 너덜너덜했지만, 그래도 그건 오로지 전차 자신일 뿐이지, 결코 코카콜라를 위해서, 모델의 미끈한 다리를 보여주기 위해서 존재하지는 않았어."

"그쪽에서 있었던 온갖 추잡함은 나치 도당이 벌이던 요란한 겉치레보다 하나도 더 나을 게 없었어!" 군트라흐가 머리끝까지 화가 나서 버럭 소리쳤다. "정치적 진실이 말해준단 말이야……"

"난 어떤 화가와 함께 살았지. 어디서나 일상은 순전한 행복이나 불행만으로 채워지는 건 아니야. 옳은 것과 그른 것만으로 가득하지도 않고. 대신 아름다움이 있지. 물론 흉함도 있어. 그러나 난 그곳의 아름다움에 즐거워하며 살았어. 그곳에 있었던 아름다움, 앞으로 두 번 다시는 볼 수 없을 아름다움."

"그럼 그쪽에서 계속 살지 그랬어?"

"그럴 수가 없게 되었잖아. 1990년 이후로 '그쪽'은 영영 사라졌으니까. 오직 '이쪽'만 있었지. 머리를 염색하고 선글라스를 쓴 여자 사진과 함께."

"넌 어째서 체포되지 않은 거지?"

"왜 다른 사람들처럼 체포되지 않았냐고? 왜냐하면 나는, 장벽이 무너지자마자 떠났으니까. 내 옛날 물건들이 어머니 집에 그대로 있었는데, 거기에 옛날 여권도 있었어. 1980년에 발급받아 1990년까지 유효했으니까 이곳으로 오는 데는 아무런 문제가 없었어. 나는 한 번도 내 진짜 이름으로는 수배된 적이 없으니까. 통일이 될 때까지는 사진으로만, 그리고 통일 후에는 내가 사용했던 이름으로 수배가 되었지." 그녀는 자리에서 일어섰다. "가서 좀 누워야겠어. 그래도 괜찮겠지? 다섯 시에 모여 식전주를 마시고 저녁을 먹도록 해. 당신, 오늘 저녁식사는 어제 말한 대로 헬리콥터로 실어다줄 수 있겠지? 그리고 당신은 위층으로 올라가게 나를 좀 도와주겠어?"

20

나는 계단을 오르는 그녀를 도와 침대까지 데려다주었다. 그리고 가죽 주머니도 눈앞에 갖다 보여줌으로써 그녀를 진정시켰다. 오늘 저녁과 내일에 사용하고도 남을 만큼 코카인이 충분했던 것이다. 내가 방을 나오기도 전에 그녀는 잠이 들어버렸다.

한동안 관공서와 우체국 앞에 내걸렸던 전단, 텔레비전 뉴스 마지막에 나오던 지명수배 포스터가 기억이 난다. 나는 한 번도 그것을 유심히 보지 않았다. "테러리스트"로 지칭되던 그들 중에 이레네가 있었단 말인가? 머리를 염색하고, 선글라스를 쓰고, 고개를 숙인 모습으로? 살인 공모, 폭발물 사용, 그리고 은행 강도 용의자라고? 총이 있다고 경고를 했을까? 보상을 약속받고 한 일일까? 자세한 것은 기억이 나지 않았다.

내 아내는 얼굴을 잘 구별하지 못했다. 안면실인증(失認症)이라고 하는, 난독증이나 난산증과 같은 일종의 정신적인 기질이다. 얼굴을 봐도 잘 인식하지 못하고, 나중에 그 얼굴을 다시 잘 알아보지도 못한다. 정계에서 일하기에는 치명적인 핸디캡이었다. 그래서 아내는 지자체 정부에서 만난 사람들을 모른 척해서 모욕을 주는 일을 피하려고, 엄청난 에너지와 노력을 쏟아부어야만 했다. 그것이 일종의 정신적 기질이란 사실을 몰랐던 아내는 자책감에 빠졌고, 자신의 성격이 너무 무심하여 동료들에게 주의를 기울이지 않아 생기는 일이라고 여겼다. 나는 얼굴을 알아보는 데 문제를 겪은 적은 한 번도 없다.

슈빈트와 군트라흐는 주방에 없었고 발코니에도 없었다. 조금 뒤 해변에서 그들의 목소리가 들려왔다. 하지만 대화 내용까지 알아듣기는 힘들었다. 그들은 해변 집 포치의 긴 의자에 앉아 있는 것이 분명했다.

이제 둘은 싸우고 있지 않았다. 대신 서로의 상처를 다독여주는 것 같았다. 이레네는 군트라흐에게 그랬듯이 슈빈트에게도 패배감을 안겨주었을까? 정말로 군트라흐는 자신이 두 가지를 모두 차지할 수 있다고 믿었던 것일까? 슈빈트에게서는 그림을 샀고, 이레네는 자기 아내이기 때문에? 그런데 이레네가 그 두 가지를 모두 빼앗아간 셈이 된 것일까? 그림을 가져가버렸고, 그녀 자신도 그에게서 달아나버렸으니.

할아버지 생각이 났다. 할아버지는 종종 고등학교 졸업 시험을 치던 일이 꿈에 나온다고 했다. 당시의 나는 인간이 그토록 오랜 세월이 흐른 뒤에도 과거의 사건을 생생하게 기억한다는 것이 믿어지지 않았다. 할아버지는 고등학교 졸업시험을 우수한 성적으로 합격한 후 의대에 들어갔고, 병원을 개업하여 성공적으로 운영했다. 그런데 왜 하필이면 고등학교 졸업시험이 꿈에 나오는 걸까? 슈빈트는 현재 생존하는 가장 유명하고 가장 비싼 화가이고, 학생들의 존경과 평론가들의 찬사를 한 몸에 받으며 가만히 있어도 여자들이 구름같이 몰려드는 입장인데, 그런데 수십 년 전에 겪었던 패배 때문에 아직도 괴로워하다니. 군트라흐는 또 어떤가. 엄청나게 성공한 사업가이고 돈이 셀 수도 없이 많으며, 훌륭하게 성장한 두 아이의 아버지인데, 반항심 강한 이레네가 오래전 그를 떠난 일이 아직도 극복을 안 된단 말인가?

아니면 그것들이 전부 작은 패배이기 때문에 우리가 뛰어넘을 수 없었던 것은 아닐까? 새로 산 자동차에 최초로 생긴 흠집이 나중에 생긴 큰 흠집보다 더욱 가슴이 아픈 것처럼 말이다. 몸에 박힌 작은 가시는 큰 가시보다 뽑기가 더 어렵다. 바늘로 아무리 쑤셔도 소용이 없고, 나중에 상처가 곪아서 저절로 흘러나올 때까지 기다릴 수밖에 없다. 이른 시기에 겪은 커다란 패배는 우리 삶의 방향을 전환시킨다. 반면에 작은 패배는 당장의 변화를 유발하지는 않으나, 살아가는 내내 우리 곁에 머물면서 우리를 괴롭힌다. 살갗에 깊이 박혀 빠지지 않는 작은 가시처럼.

그런데 이제, 그 패배를 청산할 기회가 온 것이다. 그러나 손에 잡힐 듯 가까이 보였던 그 청산은 결국 신기루에 불과했다. 나는 군트라흐와 슈빈트가 이해되기 시작했다. 그렇다고 그들과 어떤 유대감을 느낀다는 의미는 아니다. 당시에 나와 이레네 사이에 있었던 일은, 이레네와 그들 사이에 있었던 일과 아무런 공통점이 없었다.

21

내가 해변으로 내려갔을 때, 그들은 막 자식들과 손자들 얘기를 나누고 있었다. 자식과 손자가 몇 명이나 되는지, 어떻게 자라났는지, 누구의 아이와 손자가 더 성공을 했는 지. 나는 대화가 잠시 끊어진 아주 짧은 찰나를 놓치지 않 고 끼어들어서, 내 아이들과 손자들에 관해서도 몇 마디 자랑을 거들었다.

그리고 나는, 슈빈트가 도착한 이후 내내 궁금하던 것을 물어보았다. "정말로 당신은 모든 작품에 대한 결정권을 유보시켜두었나요? 구매자를 정하고 임대 장소를 결정하 는 일까지 전부 당신에게 권한이 있는 겁니까?"

"뭐라고요?" 슈빈트는 영문을 모르겠다는 눈빛이었다.

"그때 그렇게 말하지 않았습니까. 이레네의 그림에 일 어났던 일들이 두 번 다시 당신 그림에 일어나서는 안 된다고. 그래서 당신의 전 작품에 대한 통제권을 행사하겠다고……."

그는 머리를 저었다. "내가 그런 말을 했다고요? 그런 일은 나보다는 차라리 당신 같은 변호사에게 더 어울릴 법하군요. 만사를 전부 법적으로 진행하려는 사람 말입니다. 나는 내 그림을 통제할 필요가 없어요." 그는 소리 내어 웃었다. "내 그림들이 관람자를 통제하고 있으니, 그것으로 충분합니다."

군트라흐가 경멸의 웃음을 터트렸다.

그 경멸이 슈빈트를 향한 것인지 아니면 나를 향한 것인지는 알 수 없었다. 나는 더 이상 군트라흐에게 화내고 싶지 않았다. "벌써 한 시네요. 다섯 시에 식전주를 마시기로 했는데 지금쯤 조종사를 보내야 하는 것 아닙니까?"

군트라흐는 별것 아니라는 식으로 손을 휘저었다. "그럼 변호사 양반이 가서 식사 좀 챙겨 오겠습니까? 호텔 계산서에 달아달라고 하면 돼요."

나는 조종사와 함께 갔다. 우리는 해안을 따라서 날았고, 발아래에 바다가 있었다. 파도는 끊임없이 흰 물보라를 일으켰고, 헬리콥터는 섬광처럼 눈부신 햇빛과 흐릿한 구름의 그늘을 지나갔다. 오른쪽에는 바위와 모래, 초록과 갈색이 섞인 육지, 마을과 도로가 있었다. 저 멀리에 시드니도 보였다. 도시는 해안 위로 거대한 몸집을 뻗고 있었다. 헤드폰과 귀마개가 있음에도 불구하고 비행은 너무

시끄러웠다. 우리는 아침식사 때 첫 번째와 마지막 담배를 주제로 이야기를 나누었지만, 그것 말고는 더 이상의 이야 깃거리가 떠오르지 않았다. 그리고 이야기보다는 아래를 내려다보는 것이 내게는 더 흥미롭기도 했다. 위에서 바라 보니 세상 모든 것이 마음에 들었다. 집들과 정원, 자동차, 공원, 해변, 알록달록한 돛이 바람에 잔뜩 부푼 요트, 그리 고 인간들까지. 이어서 우리는 도시의 절경들 위로 날았 다. 항구의 다리, 오페라하우스, 보타닉가든. 음악원 옆의 커다란 잔디밭에는 사람들이 누워 있었다. 그중의 하나가 바로 내가 될 수도 있었다.

헬리콥터는 내가 기대한 것처럼 고층 빌딩의 옥상에 착 륙하지 않고, 공항 가장자리에 내려앉았다. 택시를 타고 호텔로 가는 동안 조종사는 자신의 취미인 요리에 대해서 말을 쏟아놓기 시작했다. 배러먼디 생선과 악어, 캥거루 고기에 대해서 상세하게 설명했고, 오스트레일리아의 후 식, 오스트레일리아의 포도 품종과 재배지까지 늘어놓더 니, 마침내는 열성적으로 저녁식사 메뉴까지 짜는 것이었 다. 캐비아를 시작으로, 표고를 곁들인 배러먼디, 마카다 미아와 캥거루 고기, 후식으로는 파블로바와 패션프루트 가 나오고, 그 사이에 그래니 스미스 샤벳, 거기에 샴페인, 쇼비뇽 블랑, 그리고 카베르네 쇼비뇽, 멜롯, 시라즈*의 아

*모두 오스트레일리아 산 포도 품종들이다.

상블라쥬까지. 도중에 식어버릴 것이므로 호텔에서 요리
해갈 수 없는 음식은 자신이 이레네의 주방에서 직접 만들
겠다고 했다. 나야 아무래도 상관없는 일이다. 나는 그가
요리사와 의논하는 동안 호텔 테라스에 앉아서 항구를 내
려다보았다.

전화를 걸어야만 했다. 아이들은 내 걱정을 안 할지도 모
르지만, 아마도 내 생각 자체를 전혀 안 할지도 모르지만,
그래도 내가 어디 있는지는 알려야 했다. 지금 유럽은 다
섯 시나 여섯 시 경이다. 아이들 중 한 명을 깨우기에는 너
무 일렀다. 우리 가족들 사이에는 일정한 규칙이 작동해왔
고 지금도 작동한다. 시끄러운 소리를 내지 않는다, 사랑
이나 기쁨을 이유로 광란을 벌이지 않는다, 빈둥거리지 않
는다, 할 수 있는 한 최대로 일한다, 필요한 만큼 충분히 휴
식을 취한다, 낮은 낮이고 밤은 밤이다. 아이들은 자야 한
다. 그래도 사무실 책임자에게는 전화할 수가 있다. 그는
법률회사 일이 있으면 집에서도 대기하는 입장이다.

그는 이른 시간인데도 말똥말똥하게 깨어 있었다. "몸이
아프시단 말인가요? 그래서 언제 돌아올지 아직 모른단 말
입니까? 의사가 심각한 일은 아니라고 말했다는 거죠? 그
런데 연락이 힘들다고요?" 통신 상태가 좋지 않았으므로
그는 내 말을 일일이 되물으면서 자신이 정확히 알아들었
는지를 확인했다. "자녀들에게 전화를 해달라고요?" 그는
그 일도 맡아서 해주겠다고 했다. 또한 회사 동료들에게

전하는 내 인사에 대한 화답으로, 동료들의 인사도 미리 대신 전하겠다고 했다.

통화를 끝내고 전화기를 껐다. 나는 한 번도 보트를 가져 본 적이 없고, 가지고 싶어 한 적도 없었다. 바다와 낯선 해안, 이국의 항구는 한 번도 나를 유혹하지 않았다. 하지만 지금 나는 이 통화를 함으로써, 그동안 내 보트가 묶여 있던 밧줄을 마침내 풀어버렸다는 강한 느낌이 들었다.

22

조종사가 주방을 넘겨받았다. 버섯과 마카다미아는 데우기만 하면 되고, 배러먼디와 캥거루는 요리를 해야 했다. 나는 발코니에 식탁을 준비하고, 샤워크림을 곁들인 캐비아와 레몬, 양파, 달걀을 차렸다. 적당한 크기의 단지를 하나 찾아서, 호텔에서 가져온 아이스박스 속의 얼음으로 그 안을 채운 후 샴페인 병을 담아두었다. 호텔에서 공항으로 오는 길에 나는 노란 장미와 흰 장미 한 다발도 샀다. 새 린넨 바지와 새 셔츠로 갈아입은 내가 다섯 시 15분에 발코니로 나가자 군트라흐와 슈빈트도 서로 각자 다른 방향에서 나타났다.

　그리고 이레네도 왔다. 그녀는 내게 도움을 요청하지 않았으며, 나도 도와주겠다고 나서지 않았다. 이날 저녁은 그녀의 시간이었고, 그녀가 주인공이었다. 그녀는 침착한 걸음으로 발코니로 나왔다. 검은색 탑과 검고 긴 스커트 차림이었다. 머리는 위로 틀어 올렸고 입술에는 립스틱을 칠했으며 목에는 두 겹으로 감은 회색빛 진주 목걸이를 걸었다. 환하게 빛나는 미소를 지으며 우리의 감탄을 즐긴 그녀는 군트라흐로부터 잔을 건네받고 나는 그 잔에 포도주를 채웠다. 슈빈트는 마술처럼 주머니에서 옷핀을 꺼내더니 흰 장미 한 송이를 그녀의 탑에 꽂아주었다. 알갱이가 탱글탱글한 캐비아, 육즙이 촉촉한 배러먼디, 연하디연한 캥거루 고기, 대화는 심각하지 않은 가벼운 화제 위주로 무난하게 흘러갔다.

적어도 내가 이레네에게 이런 질문을 하기까지는. "그래서, 이제 과거가 무엇을 남겼는지 알 것 같아? 저들을 옛 모습을 다시 알아보겠어? 무엇이 너로 하여금 저들을 사랑하게 만들었는지, 왜 저들을 떠날 수밖에 없었는지도 모두 다 명확해진 거야?"

나를 바라보는 이레네의 눈빛은 뭐라고 규정하기 어려운 것이었다. 혹시 내가 그녀의 아름다운 꿈을 훼손해버린 것일까? 내가 섣불리 끼어들어서 그녀가 기분 나쁜 건 아닐까? 군트라흐와 슈빈트는 둘 다 어이없는 기색이 역력했다. 나는 그들의 당혹함을 이해했다. 그들이 여기 온 이후로 나는 거의 한 마디도 하지 않고 있었던 것이다.

"오, 그야 물론이지." 그녀는 미소 지었다. "나는 카를의 발을 알아보았어. 이 세상을 힘차게 디디고 서 있는, 커다랗고 강한 그의 발 말이야. 그리고 그의 자신만만함과 떠들썩함 역시 다시 알아보았지. 나는 그들 둘 사이에서 보호받는 기분을 느꼈던 것 같아. 페터의 의지와 강인함도 예전과 마찬가지야. 지금은 지팡이가 있어야 걸어 다니지만, 그가 지팡이로 바닥을 디디는 소리는 예전에 그가 징을 박아 넣은 구두를 신고 다니던 소리를 연상시켜. 두 사람이 얼마나 야심에 불탔는지 지금도 생생히 기억나. 예전에는 내가 그들에 비해서 지나치게 젊다는 생각을 많이 했어. 그래서 그들의 파트너라기보다는 마치 딸과 같다는 느낌. 그런데 지금은, 내가 마치 그들의 어머니 같아. 나는 그들이 이 세상을 분주하게 돌아다니며 성공을 거둔 것을 보아서 매우 기뻐. 그래, 내가 과거에 그들을 떠난 것도 맞아. 하지만 아이들이 자라면, 어머니는 떠나야 하는 법이야."

"어머니라니……"

이레네의 눈빛은 나에게 더 이상 말하지 말라고 부탁하고 있었다. 트로피와 뮤즈이던 과거의 역할 이외에 새로이 더해진 어머니의 역할을 의심하는 질문을 하지 말아 달라고. 그녀는 단순히 아름다운 여주인공으로 감탄의 대상이 되면서 오늘 저녁 이 시간을 즐기고 싶다는 것일까?

"네가 당시에 우리를 떠난 건 어머니로서 자식들을 세상에 내보내겠다는 의도는 아니었어. 그리고 지금 우리를 여기로 유인한 것도 저자의 발이나 내 구두 소리를 회상하려는 건 아니겠지. 그런데 저 사람은 또 뭐라고 한 거

212

야?" 군트라흐는 머리로 나를 가리켰다. "무엇을 남겼느
냐고? 우리가 함께 보낸 시간이 지금 무엇을 남겼는지 정
말로 알고 싶어 했단 말인가? 그리고 저자와 함께 보낸 시
간이 남긴 것도 궁금했다는 거야?" 이번에 군트라흐는 머
리로 슈빈트를 가리켰다. "남기긴 뭘 남겼겠어. 하나의 에
피소드, 그 이상은 아무것도 아니지. 우연히 시작된 에피
소드 말이야. 일본인 관광객들에게 박물관 안내를 해줘야
하는데 하필이면 안내원이 자리를 비웠던 그날, 네가 슈테
델 박물관에 있지만 않았더라면, 그리고 원래 생각했던 화
가가 하필이면 로마에 가 있는 바람에 내가 그 화가 대신
에 저자에게" 군트라흐는 다시 한 번 더 슈빈트를 가리켰
다. "그림을 부탁하지 않았더라면…… 게다가 또 저 변호
사가……" 군트라흐가 이번에는 다시 나를 가리켰다. "일
을 이처럼 복잡하게 만들지만 않았더라면, 하여간 우연히
시작된 에피소드는 우연히 끝나버렸고, 그것도 이미 오래
전 일이야. 삶은 그 이후에도 계속되었고. 뭐가 중요하다
는 건지……"

"당신은 당신 인생이 그저 에피소드의 연속으로만 생각
되나 봅니다."

갑자기 들려온 이 말에 깜짝 놀란 군트라흐는, 의심스런
눈길로 슈빈트를 살피다가, 그가 진지한 의도로 말했음을
확인하고는 입을 열었다. "그야 당연히 그렇지 않죠. 내 아
버지는 개인 작업장에서 시작해서 공장을 차렸고 나는 공

장에서 시작해서 기업을 세웠습니다. 내 삶에는 항상 목적이 있었어요. 내 길과 내 목적을 바꾸지 못하는 만남들은, 설사 아무리 아름답다 해도 에피소드에 지나지 않습니다."

"그렇다면 당신의 아내들, 당신의 아이들, 손자들은……"

"그들 역시 내 목적의 일부인 거죠. 내가 이룩한 것들이 영속되어야 하니까. 이보시오, 나는 전쟁 중에 대공포대 소년 보조병이었습니다. 그리고 도이체 방크의 견습생으로 들어가 아브스*의 조수가 될 때까지 일했어요. 첫 번째 오일쇼크가 왔을 때 기업을 인수했고, 통일이 되기도 전에 아메리카에 지사를 냈지요. 통일 이후에는 동유럽과 중국으로 사업체를 확장했습니다. 이제 우리는 더 이상 규모를 키울 필요가 없어요. 하지만 우리의 세계가 변화하지 않는다 해도, 항상 움직이고 있는 것만은 사실입니다. 그러니 현재의 위치를 지키기 위해서라도, 우리는 끊임없이 움직여야만 하는 거죠. 내 자식들과 손자들이 과연 그걸 해낼지……. 가족기업의 유전자 풀이란 제한적이어서."

슈빈트가 웃으면서 물었다. "그럼 이제 역사의 종말인가요?"

"역사야 계속 굴러가죠. 하지만 우리의 세계는 더 이상 변하지 않아요. 그 무엇도 우리를 위협하지 못합니다. 공

*헤르만 요제프 아브스, 도이체 방크의 경영자.

214

산주의도, 파시즘도, 뭐든지 다 바꾸려고만 드는 젊은 세대도 다 마찬가지예요. 냉전시대가 끝난 이후로 우리를 대신할 대안은 어디에도 없으니까요. 지금 자본의 법칙에서 자유로운 나라가 있으면 한번 대보시오. 하나도 없을 겁니다. 중국 공산주의조차 자본주의로 바뀌었으니까. 무슬림들에게 살인과 죽음을 명령하는 예언자의 법도 대안이 아닙니다. 경찰과 정보국의 숙제일 뿐이죠. 그러면 가난한 사람들이 뭔가 문제를 일으키지 않을까 두려운가요? 텔레비전이 나오고 탁자에 맥주가 있는 이상 가난한 자들은 아무런 위협도 되지 못합니다. 그리고 텔레비전과 맥주는 절대로 모자랄 일이 없고요."

23

"그 말은……" 슈빈트는 적당한 표현을 찾아 뜸을 들였다.
"암울하군요."

"그렇다면 당신의 예술도 암울하다고 해야 하나요? 나
야 예술에 대해서 잘 모르긴 하지만, 우리가 만난 이후
에……"

"에피소드로?"

"맞습니다, 에피소드로. 그러고 나서 나는 당신이 그린
그림들을 추적했고, 당신이 유명해지고 비싼 화가가 되는
과정을 지켜보았죠. 구상화, 추상화, 재료로서 사진의 활
용, 유리 작품, 회화, 구조와 색채, 당신은 가능한 모든 재
료를 갖고 놀더군요. 마치 형과 누나들이 이미 하루 종일
갖고 놀았던 장난감들 한가운데 앉아서, 이것저것 손을 뻗
어 하나하나 만져보는 어린아이처럼. 당신은 세상의 모든

사물을 마음대로 지배하고, 모든 사물을 사용해버리는 예술가, 어떤 대안도 제시하지 않는 그런 예술가가 아닙니까."

이레네는 슈빈트를 향해 미소 지었다. "당신은 그런 예술가야?"

"나는……"

"금방 끝낼 테니 들어봐요. 당신은 그런 예술가예요. 왜냐하면 세상은 바뀌지 않으니까. 세상은 움직이고 있지만, 경제 금융 문화 정치의 움직임은 제자리에서의 반복일 뿐이고, 그것이 세상을 바꾸지는 않는단 말입니다. 당신이 하는 예술 역시 마찬가지요, 한번은 이런 작품, 다른 한번은 저런 작품으로 끊임없이 움직이죠. 그래서 아름답기도 하고요. 하지만 그것은 아무것도 변화시키지 않습니다." 여기서 군트라흐의 목소리는 정색을 하고 진지해졌다. "그렇습니다. 나는 이레네의 그림을 다시 내 집에 가져가기를 원합니다."

"예술이 뭘 변화시켜야 한다는 겁니까? 나는 내가 본 것을 그릴 뿐인데. 어떨 때는 존재하지 않는 것을 보기도 했죠. 존재할 수 없는 것들을요. 그래도 어쨌든 그걸 그렸습니다. 할 수 있는 한 최대로 잘 그렸죠. 그게 전붑니다."

"물론 나도 알아요. 당신이 일부러 대안 없는 예술을 하겠다고 나서지는 않았죠. 하지만 이 세상과 예술은, 그렇듯 변함없고, 대안이 없으면서, 한눈에 파악 가능한 속성인 거죠. 그러니 그 일에 한번 뛰어든 사람은 달리 선택의 여지가 없어요. 개그를 펼쳐 보이거나 스캔들을 일으킬 수는 있겠지만, 무엇을 하든 결국 항상 똑같은 겁니다."

"그 암울한 납덩이를 어떻게 하면 녹일 수 있을까요?"

"나도 모릅니다. 핵전쟁이나 운석의 충돌, 혹은 우리가 아는 세계를 멸망시킬 만한 다른 종류의 재앙. 하지만 나는 이 세계를 암울하게 보지 않아요. 나는 세계를 있는 그대로 사랑합니다. 당신도 그렇잖아요. 세계는 과거 공산주의와 파시즘이 온통 들쑤셔놓기 이전의 그 모습으로 돌아왔습니다. 부자와 그리고 부자 아닌 사람들이 있어요. 부자는 고민하고, 다른 사람들은 순응합니다."

"흠, 고민을 한다……"

군트라흐는 웃었다. "변화가 일어나지 않도록 고민한다는 말이죠."

나는 이레네를 보았고, 순간 공포가 밀려왔다. 코카인의 효력이 떨어지고 있었다. 그녀의 얼굴은 지친 기색이 역력했고, 또다시 질병의 위력에 굴복당하고 말리라는 절망감이 짙게 드리웠다. 내 시선과 마주치자, 그녀는 반항적인 표정으로 자리에서 일어섰다. 그리고 무거운 걸음으로 계단으로 다가가, 위층으로 올라갔다.

"그런 여자들이 있었지." 슈빈트가 60년대 후반 혹은 70년대 초반의 희망과 각성을 회상하는 목소리로 말했다. "정치적인 확신을 갖고 좌파가 되었던, 좋은 집안 출신의, 아름다운 여자들. 그녀들은 아방가르드가 실현되는 곳, 생생하고 짜릿한 일이 일어나는 지점이 어디인지 알아차렸던 거죠. 당신 집에서 이레네를 만나기 전에, 이미 어느 대학의 토론회장에서 나는 그녀를 본 적이 있어요. 그녀는 가만히 앉아서 듣기만 했는데, 그래도 그녀가 앉아서 귀를 기울이는 그 모습에서, 아 이곳이 바로 미래가 협의되는 자리로구나, 하는 느낌을 받을 수 있었거든요."

"미래라고?" 군트라흐가 비웃었다.

조종사가 왔다. 우리는 빈 그릇을 치우고 후식을 차렸으며, 다 먹은 다음에는 설거지를 함께 했다. 나는 다른 일을 하면서도 신경은 항상 계단 쪽에 가 있었다. 주방을 다 치우고 나자 조종사가 붉은 포도주 한 병을 가져다주고는 자신은 나가버렸다. 나는 해변으로 내려가는 그의 뒷모습을 지켜보았다. 그는 선착장 판자에 앉아서 포도주를 마시며 담배를 피웠다. 어둠 속에서 그의 담뱃불이 빨갛게 타들어 갔다. 밤이 되었다.

24

그때 이레네가 계단을 내려왔다. 어두워지기를 기다린 것일까? 내가 두 개의 초를 발코니로 가져가려고 하자, 그녀는 한 개면 충분하다고 했다. 나는 그사이 군트라흐와 슈빈트가 무슨 얘기를 하는지 듣지 못했다. 그들은 잠시 동안 언성이 높아졌다가 다시 조용해진 참이었다. 이레네가 자리에 앉자 군트라흐가 기다렸다는 듯 물었다. "넌 네가 당시에 무슨 일을 저질렀는지 아직 말하지 않았어."

"내가 사람이라도 죽였다는 거야? 당신은 그 말을 하고 싶은 거지? 내가 그 현장에 있었으니까. 그래, 어떤 변화도 일어나지 않는다는 것을 당시의 나는 알지 못했어. 나뿐 아니라 누구도 몰랐지. 우리는 단지, 서구와 동구로 나뉜 이 세계에, 그 둘 어느 쪽도 아닌, 그 둘보다 더 나은 것이 가능하다고 생각했을 뿐이야……. 나는 당신이 말하는 것을 이해해. 아마 이미 동독에서 살던 무렵부터, 다 알고 있었을 거야. 동독은 끝장나버렸어. 이데올로기 과잉으로 지치고, 공허한 의례에 지치고, 아무런 성과도 없는 발버둥에 지쳤지."

"갑자기 왜 그렇게 슬프게 말하는 거야?"

"당신들 알고 있어? 그런 감정, 마지막이 다가와서, 당신들 자신만 죽는 게 아니라, 그와 함께 이 세계도 함께 멸망해버린다는 느낌 말이야. 사람이 죽고 나면 그 다음에 세상이 멸망하든 그렇지 않든 사실상 아무런 차이가 없다고 말을 하지만, 그렇지 않아. 분명 차이가 있어."

군트라흐는 개별 인간의 죽음이나 세계의 멸망에는 아무런 의미를 두지 않았다. "불법 체류자 신분으로 어떻게 살아온 거야?"

"여기서 지내는 건…… 힘들지는 않아. 돈은 전부 독일 계좌에 있지만 여기서 신용카드를 쓰거나 돈을 인출하면 되니까, 나라가 필요하지는 않아. 그 그림을 이곳까지 가져오는 것이 좀 힘들긴 했어. 여행하면서 들고 다니기에는 부피가 큰 짐이었으니."

슈빈트는 군트라흐와 이레네의 대화를 좀 초조한 기색으로 듣고 있었다. "세계의 종말, 동독의 종말, 그래 다 좋다 이거야. 그런데 내가 궁금한 것은, 내 그림을 어떻게 돌려받느냐 하는 거지. 내 그림말이야. 내가 그렸고, 저 사람이 망가뜨렸을 때도 내가 복구를 했던 내 그림." 슈빈트는 손가락으로 군트라흐를 가리켰다. "내가 대가도 다 지불을 한⋯⋯"

"대가를 지불했다고?" 군트라흐가 버럭 화를 냈다. "당신은 이레네의 단물을 다 빤 다음에 지겨워져서 내 집으로 데리고 온 거잖아. 그런데 그걸 대가를 지불했다고 표현하다니! 나는 왜 당신이 그 그림을 되찾으려고 죽자 살자 애쓰는지 이유를 잘 알고 있어요. 이후로 두 번 다시는 그런 그림을 그리지 못했으니까. 예술사 여기저기를 기웃거리고 다니는 보기 좋은 아류에 불과했으니까."

"나는⋯⋯"

"당신은 화가로서 끝장났어. 이제는 초창기가 그리워 질질 짜기나 하는 거지. 울려면 다른 데 가서 펑펑 울어요. 이 자리에서 당신은 도덕적으로나 법적으로 아무 할 말이 없으니까. 당신이 한 번 팔아치운 그림에 대해서 권리를 주장할 수도 없고, 당신이 배신한 이레네에 대한 권리도 없어. 그러니 당장 짐을 싸서 저 사람에게" 군트라흐는 머리로 나를 가리켰다. "데려다달라고 해요."

"무슨 그따위 개 같은 소리가 다 있어! 돈 좀 가졌다고 세상이 다 손바닥 안에 있는 줄 아나 보지? 돈으로 여자를 살 수도 없고, 그림도 마찬가지라고! 당신이 열심히 긁어모은 건 아무 의미 없는 맥주잔 받침과 다를 바가 없어. 당신은 맥주잔 받침 수집가라고. 그리고 당신이 말한 대안 없는 세계란 것도 맥주잔 받침으로 이루어진 세계인 거지.

이해가 안 간다고? 중요한 건 바로 당신의 그 돈으로 살 수 없는 것들이란 말이야!"

"하!" 군트라흐는 냉소를 지었다. "글로벌 자본주의 화가가 자본주의 비판자로 돌변하셨군. 그러면 당신은 왜 자기 그림들을 수백만 유로에 파는 거지? 박물관에 공짜로 기증하지 않고 말이야."

이레네는 뭔가 하고 싶은 말이 있는 듯했지만, 입을 열 틈이 없었다. 그래서 나는 둘의 싸움에 끼어들었다. "이제 그만들……"

"가만있어요, 변호사 양반." 군트라흐가 손을 휘저었다. 그리고 머리로 슈빈트를 가리키면서 말했다. "어쨌든 저자는 작품이란 걸 만들어냈고 그림으로 한 재산을 모은 사람이고, 또 나는 내 자리에서 내가 할 수 있는 일을 했지. 그런데 당신은? 나도 물론 알아요, 부티 나는 법률회사에 커다란 건수들. 하지만 어쨌든 그건 모두 다른 사람들의 구린 일을 뒤처리해주는 거잖소. 그러니 당신은 그냥 하수인이지. 처음에는 저자의 하수인이었고," 군트라흐는 머리로 다시 슈빈트를 가리켰다. "그 다음에는 나, 그리고 마지막에는 그녀의 하수인." 그는 이레네를 가리켰다. "그러니 당신은 입 다물고 있어야겠지."

"무슨 말을 그렇게……" 나는 군트라흐의 무례한 표현에 항의하려 했다.

"하수인!" 슈빈트가 소리 내어 웃었다. "집사 놈들이 바로 그렇지. 잘난 척 으스대지만 사실은 하수인에 불과한 놈들. 당신 집 집사가 바로 그랬다니깐. 천하기 짝이 없는 주제에……"

"그래도 당신보다는 나았어. 집사가 자기 입으로 말한 적은 없지만 그는 그림이 없어져서 속으로 참 많이 슬퍼했거든. 그가 두 번 다시 원래 자리에 걸려 있는 그림을 보지 못해서 내가 마음이 다 아파. 그러니 이레네." 그녀를 향하는 군트라흐 목소리는 마치 말 안 듣는 아이를 달래듯이 부드럽고 참을성이 넘쳤다. "네 삶을 방해하지 않겠어. 경찰에 신고하지도 않고, 형사소송도 없어. 그림 문제도 소송하지 않을 거야. 우리가 과거에 잘못한 일들을 이제 와서 전부 제자리로 되돌려놓을 수는 없지. 하지만 그림만은, 원래의 자리로 돌아가야해."

"무슨 헛소리를 하는 거야!" 슈빈트가 커다란 양손을 들어 올린 다음 탁자에 탁 내리쳤다. 바로 그 당시와 똑같았다. "뭐든지 다 합당한 자리가 있는 법이야. 그런 자리에 있지 않으면……. 이제 그만해요, 군트라흐. 가만히 들어주는 것도 지긋지긋하군. 결정은 이레네가 할 것이고, 그게 곧 옳을 테니까. 이레네가 그림을 당신에게 준다면 그림은 당신 것이 되고, 그렇지 않다면……"

군트라흐는 머리를 세차게 흔들었다. "이레네에게는 단한 가지 선택밖에 없어. 그게 뭔지는 당신이나 나나 잘 알고 있고. 저 하수인에게 물어봐. 이제 와서 이레네에게 아부를 해봐야 당신이나 그녀에게 아무런 도움이 안 돼."

"이레네, 저따위 개새끼랑 네가 결혼을 했었단 말이야? 목구멍까지 탐욕이 가득 찬 놈이랑……"

"탐욕이라고? 당신도 그림을 차지하려고 덤벼드는 건 마찬가지면서 뭘 그래. '결정은 이레네가 할 것이고……' 이렇게 살랑거리면서 수작을 부릴 생각은 안 하는 게 좋을 걸. 나도 이레네도 속아 넘어가지 않으니까. 당신은……"

이레네가 자리에서 일어섰다. 그녀는 처량해 보였다. 늙고, 병들고, 참으로 피곤해 보였다. "난 몇 주 전에 그림을 아트갤러리에 기부했어. 그래서 당신들에게 그림을 줄 수가 없어. 당신들 누구에게도 말이야. 난 당신들을 다시 한 번 더 만나고 싶었을 뿐이야." 그녀는 시선으로 나에게 도움을 청했다. 나는 오른팔로 그녀를 안고 왼팔로 부축하며 계단으로 갔고, 그녀가 계단을 올라가는 것을 도왔다. 그녀는 옷을 입은 채로 그대로 침대에 누웠고, 나는 그녀 아래 깔린 이불을 빼서 몸 위로 덮어주었다. 내가 방문을 닫기도 전에 그녀는 이미 잠들어 있었다.

25

내가 다시 발코니로 나오자, 군트라흐와 슈빈트는 한창 대화 중이었다. "자기 것이 아닌 물건을 어떻게 기부해버릴 수가 있지?"

"당신이 그림을 도난 미술품 데이터베이스에 올렸어야하는 건데. 분명 아트갤러리는 사전에 문의했을 테고, 그림이 등록되어 있지 않으니까 그녀를 믿고 소유주로 인정을 해버렸겠지. 자세한 사항이 궁금하면 당신 하수인에게 물어보면 되겠죠."

"그렇다면 그림을 대여전시한다고 쇼를 벌인 이유는, 순전히 우리를 여기로 유인하기 위해서였단 말인가? 우리를 불러서 뭘 어쩌려고?" 군트라흐는 머리를 휘휘 내저었다. "여자들이란! 과거의 일은 과거일 뿐인데 여자들은 그걸 이해하지 못해. 앞으로 전진하려는 사람은 지나간 일에 연

연해서는 안 되지. 옛날의 사랑이니 옛날의 우정이니 그런
걸 죄다 질질 끌고 다니면……. 그런 것들은 헌 옷을 벗어
던지듯이 벗어던져야 하는 법이지. 세월이 흐르면 곰팡내
가 나기 마련이거든."

아마도 군트라흐의 말이 맞을 것이다. 하지만 그의 말이
내 신경을 거스른 것도 맞았다. "그러는 당신은 시간을 붙
잡아두고 싶어 하지 않았습니까? 당신이 그림을 되찾으려
고 애쓴 것도 결국은 젊은 모습의 이레네를 곁에 두고 싶어
서가 아닌가요?"

"아니, 저 사람이 그런 말을 했나요?" 슈빈트가 웃었다.

"젊은 이레네의 그림으로 젊은 기분을 유지하기 위해서
라면, 늙은 이레네를 꼭 봐야 하는 건 아니죠. 그리고 당신
이 이곳에서 찾는 게 뭔지, 그 얘기는 아직 한 마디도 안 했
습니다."

나는 일어섰다. "그게 당신과 무슨 상관입니까?" 나는
나가서 해변으로 내려가 앉았다. 그리고 군트라흐와 슈빈
트가, 내가 과연 여기서 무얼 하려는 건지 자기들끼리 추
측하고, 이 먼 곳까지 찾아와서 허탕을 친 이번 여행은 남
들에게 들려줄 심심풀이 얘깃거리가 되어버렸다고 떠들
어대는 소리를 들었다. 그러더니 군트라흐는, 자기 아버지
의 이름을 따서 설립했으며, 브란덴부르크와 메클렌부르
크 지방의 마을 교회 복구를 지원하는 한스 군트라흐 기금
에 대해서 떠벌이기 시작했다. 그러자 슈빈트는, 기금이란

유언장에 명시하는 것으로 여자들과 자식들에게 돌아가고
남은 몫을 활용하는 거라면서, 네 번의 결혼으로 얻은 다
섯 명의 자식들 이야기를 꺼냈고, 예술의 민주화와 통속화
로 넘어가더니, 장애인들을 위한 미술치료와 청소년 대상
미술경진대회를 야유했다.

　나는 신발과 양말을 벗었다. 바닷물은 따뜻했다. 나는 옷
을 벗고 달빛이 환하게 비치는 바다로, 발코니의 말소리가
들리지 않고 발코니의 촛불 빛도 보이지 않는 곳까지 헤엄
쳐 들어갔다. 만의 끝에는 바위 하나가 바다로 불쑥 튀어
나와 있었다. 바위 표면은 아주 매끄러웠다. 나는 그 위에
누워 온몸을 쭉 뻗었다. 한낮의 태양열을 간직한 바위가
내 등을 따스하게 데웠고 온화한 바람이 얼굴과 가슴 배를
부드럽게 쓸며 지나갔다.

　이레네는 지금 와서 또다시 예전처럼 군트라흐와 슈빈
트에게 어울리는 그런 여자가 되고 싶은 것일까? 어머니의
역할을 언급하며 관심을 끌려하고, 두 남자의 칭송에 즐거
워하고, 농담을 들으며 환하게 웃고, 자신의 인생을 대담
하게 털어놓던 모습. 그녀는 두 남자에게 잘 보이려고 했
다. 그들을 이곳으로 유인하고 싶었다고? 그들이 어떤 인
간이었는지 더 잘 알아보기 위해서? 아마도 그녀는 그들에
게만큼은 당시의 이레네로 영원히 머물러 있는 걸까? 부모
앞에서는 아무리 나이가 든 어른이라도 영원히 아이로 머
물러 있다는 말처럼?

나와는 상관없는 문제였다. 어떤 일이 나와 상관이 있는
지 없는지를 구분하는 데 나는 유난히 민감했다. 이곳에
서 일어나는 모든 일이, 사실상 군트라흐와 슈빈트와 이레
네에게 상관이 있을 뿐 나와는 무관했다. 이레네는 자기를
드러내 보일 수 있고, 군트라흐와 슈빈트는 마음껏 자신
을 과시할 수 있었다. 나는 그 자리에 우연히 있게 된 구경
꾼일 뿐이었다. 그러자 이해할 수 없게도 갑자기 죄책감이
밀려들었다. 당시 이레네가 그림을 훔치는 걸 도와주어서
가 아니고, 지금 그 둘과 이레네가 벌이는 이 게임에 내가
끼어들어서도 아니고, 내 아내가 탄 자동차가 나무를 들
이받아서도 아니고, 내 자식들을 오랫동안 만나지 못해서
도 아니었다. 자식들은 다 자랐고 내 아내 역시 마찬가지
로 자기 행동을 생각할 만한 성인이었고, 지금 여기서 나
는 거의 입을 열고 있지 않으며, 당시에 이레네를 도울 때
도 나 말고 다른 조력자는 할 수 없을 만한 특별한 일을 해
준 것도 아니었다. 내 죄책감은 뚜렷한 이유가 없었다. 그
것은 아무런 위협이 없는데도 느껴지는 공포감과 흡사했
고, 아무런 일도 일어나지 않았는데 밀려오는 슬픔과도 같
았다. 그것은 육체로 느껴지는 감정이었다. 물론 육체는
컨디션이 좋은가 나쁜가를 느낄뿐, 죄책감을 느끼지는 못
한다는 것을 나도 잘 알고는 있지만, 그래도 그건 분명 육
체적인 죄책감이었다.

집 안은 조용하고 어두웠다. 계단 아래에 카리가 웅크리

고 있었다. 서로 고갯짓으로 인사를 주고받으면서 나는 그에게 미소를 지어 보였으나 그는 미소 짓지 않았다. 발코니에는 유리잔과 포도주 병이 그대로 있었다. 나는 포도주를 한 잔 따르고 의자에 앉았다. 내일이라도 록 하버로 가서 법률회사에 전화해 직원에게 알아볼 수 있었다. 머리를 염색하고 선글라스를 쓰고 고개를 숙인 여자 테러리스트가 누구를 해친 것인지. 하지만 아마도 군트라흐가 옳았을 것이다. 이레네가 무슨 짓을 했건, 그것은 지금 우리가 사는 세계와는 무관한 과거에 속한 것이다.

잠자리에 든 다음에도 나는 파도 소리와 사갈의 속삭임에 귀를 기울였다. 소리는 아주 희미하여 거의 들리지 않을 정도였다. 집의 숨소리 역시 마찬가지로 희미했다. 집안에는 독특한 불안이 고여 있었다. 마치 이레네가 손과 다리를 가만히 두지 못하고 끊임없이 뒤척이는 듯한, 군트라흐가 침대에서 이리저리 움직이는 듯한, 슈빈트가 잠결에 중얼거리는 듯한, 그리고 조종사가 방 안에서 담배를 피우며 서성이는 듯한 불안이었다. 집이 흔들리는 듯한 느낌, 바람 때문이 아니고 지진의 충격 때문도 아니고, 단지 견딜 수 없는 인간들의 숙박이 힘겹기 때문에. 나는 꼼짝도 하지 않고 가만히 누워 있었다.

3부

Bernhard
Schlink
Die Frau auf
der Treppe

1

다음 날 아침 조종사가 가만히 방문을 두드리더니 문틈으로 얼굴을 내밀며 물었다. 함께 타고 갈 건지? 슈빈트도 같이 간다고 했다. 나를 시드니까지 데려다줄 수도 있고 아니면 록 하버에 내려줄 수도 있다고. 괜찮다고? 그는 손을 흔들더니 문을 조용히 다시 닫았다. 나는 그들 세 명이 집의 아래층으로 내려가는 소리, 해변으로 향하는 바깥 계단을 디디는 소리를 들었다. 그들은 말이 없었고, 조심조심 걸음을 옮겼다. 몰래 달아나고 있군, 하는 생각이 문득 떠올랐으나, 곧 그건 말도 안 된다고 혼자 중얼거렸다. 엔진소리가 들렸다. 작동을 시작한 회전날개가 금방 쉭쉭거리며 빠르게 돌아갔다. 헬리콥터는 지상에서 떠올랐고, 소리가 잦아들었다가 다시 커지며, 만과 집 위로 커다랗게 커브를 그리는 듯 날면서 멀어져 갔다. 헬리콥터 소리에 새들이 놀라 흩어졌다. 새들은 요란하게 날개를 퍼덕이며 날아올랐고, 흥분하여 일제히 까옥까옥 울부짖었다.

열 시가 되어도 이레네가 일어나지 않자 나는 그녀의 방문 앞에서 귀를 기울였다. 아무 소리도 들리지 않았고 노크를 해도 응답이 없어서 문을 열고 안으로 들어갔다. 방에는 질병의 냄새만 풍기는 것이 아니었다. 창을 열어두었는데도 코를 찌르는 악취, 똥과 오줌 냄새에 숨이 막히는 듯했다. 두 눈을 뜨고 침대에 누운 이레네는 수치심이 가득한 얼굴로 나를 내쫓으려고 했다.

"나가줘. 금방 일어날 거야. 아무것도 아니고 봄이 좀 안 좋은 것뿐이니까."

"목욕 물 받아줄까? 아니면 샤워만 할래?"

그녀의 눈에서 눈물이 흘렀다. "이런 일은 처음이야. 일어나서 욕실로 가려고 했는데 정신을 차릴 수가 없었어. 몸을 일으킬 수도 없어서 누워 있는데 그냥 몸 밖으로 나와버리고 말았어."

"내가 금방 데려다줄게." 나는 욕실로 가서 욕조의 물을 받고, 목욕용 오일을 물에 떨어뜨린 후 물 온도를 알맞게 맞추고 거품도 적당하게 생기도록 했다. 그렇게 욕조가 가득 찰 때까지 기다렸다. 어린 시절 나는 목욕하기를 좋아했다. 보일러가 달린 스토브에서 물이 나와 욕조를 채웠는데, 나는 더운물 수도꼭지를 손가락으로 막아서 물줄기가 새어 날아가도록 만들곤 했다. 하지만 오직 샤워만 한

지가 수십 년이나 되었다. 욕조에 앉아 있는 것은 시간 낭비였기 때문이다. 그러나 이레네는 시간이 많았다. 샤워를 한 다음에 내가 침대를 깨끗하게 치울 때까지 욕조에 몸을 담그고 있는 것이 그녀에게도 좋으리라. 적어도 시간 하나만큼은 충분했으니까.

그녀를 욕실로 데려왔다. 그녀는 팔로 내 어깨를 안고 절반은 내게 기대고, 절반은 내게 들린 자세로 움직였다. 옷을 벗기고, 샤워기 아래에서 그녀의 몸을 씻기는 동안 그녀는 수도꼭지를 붙잡고 서 있었다. 나는 내 아이들의 기저귀를 갈아준 적이 한 번도 없었다. 그래서 말라붙은 똥이 피부에 얼마나 단단하게 달라붙어 있는지, 알 길이 없었다. 이레네를 다 씻긴 다음 안아서 욕조에 앉혔다. 이 모든 과정 내내 그녀는 두 눈을 꼭 감은 채였고, 한 마디도 입을 열지 않았다. 나는 그녀를 깨끗하게 씻기는 일에 몰두하면서, 내 몸에 물이 튀지 않도록 신경을 썼다. 하지만 그래도 옷이 젖었다.

그러나 일을 완전히 다 끝마치기 전에는 옷을 갈아입고 싶지 않았다. 일단 침대 시트를 물에 불린 다음 그녀의 잠옷과 함께 프로판가스 세탁기에 넣었다. 매트리스를 발코니로 끌고 가 닦아낸 다음 햇빛에 말렸다. 다른 방에서 매트리스를 가져와 그녀의 침대에 깔고 시트를 씌웠다. 차를 끓이고 오트밀 죽을 만들어 식사 준비를 한 다음, 그녀의 몸을 닦고 침대로 데려다주었다. 그녀는 입을 다물고 아무 말도 하지 않았다.

"다시 올게. 옷을 갈아입어야 하거든."

"다른 사람들은 갔어?"

"그래."

방을 나가기 전 나는 문간에 서서 그녀를 바라보았다. 그녀의 얼굴에 마침내 미소가 떠오를 때까지. "그렇게 자세히 쳐다보지 마!"

"어디가 아픈 건데?"

"있다가 말해줄게. 옷부터 갈아입어."

그러나 내가 다시 방으로 돌아오자 그녀는 이미 잠들어 있었다. 그리고 잠에서 깨어난 다음에는, 건강에 대한 얘기는 입에 올리려 하지 않았다. 미지근해진 차와 미지근해진 오트밀을 먹은 후, 이웃 두 농장으로 태워달라고 했다. 식료품도 구입해야 하고, 이제 앞으로는 첫 번째 농장의 메레딘이 두 번째 농장의 남자에게 주사를 놓아주어야 하기 때문이라고.

나는 이레네에게 외투를 입히고 지프 좌석에 벨트로 단단히 고정한 후 이웃 농장으로 차를 몰았다. 타이어 자국이 보이지 않는 곳에서는 그녀가 길을 가르쳐주었다. 도중에 나타나는 마른 개울이나 웅덩이, 나무들 군락지와 바위 등의 지형을 나는 머릿속에 새겨두었다. 다음에는 어쩌면 나 혼자 운전할 일이 생길지도 몰랐으니까.

두 농장에 도착한 후 이레네는 지프에 앉아 있었다. 첫

236

번째 농장에서 내가 메레딘을 불러오자, 이레네는 그녀에게, 이제 앞으로는 싫어도 그녀가 직접 주사를 놓아야 한다고 이른 다음, 식료품 구입을 부탁했다. "그리고 그것도 좀 구입해야 할 텐데……" 이렇게 내가 입을 열자, 이레네는 내가 무슨 말을 하려는지 금방 알아차렸다. "그래, 기저귀도 좀 필요해." 두 번째 농장에 다다르니 나이 든 여자가 부루퉁하게 우리를 맞았다. 질문도 없고, 감사하다는 말도 없고, 그냥 이레네가 앞으로는 올 수 없으며 대신 메레딘이 올 거라는 말만 듣고는 기분이 나쁜 것이다.

이레네는 그녀의 뒷모습을 지켜보며 말했다. "해변에 있는 집 때문에 저 여자의 남편에게 신세를 많이 졌어. 그래서 어떻게든 보답하려는 마음으로 그가 죽을 때까지 돌봐주려고 했거든. 그런데 그가 나보다 더 오래 살게 될 줄은 몰랐지." 의아해하는 내 시선을 느낀 그녀는 대답했다. "췌장암이야. 길어야 몇 주 정도. 아니면 한 주일. 정확한 건 나도 몰라."

2

이레네는 방보다 발코니에 누워 있는 편이 더 좋다고 했
다. 나는 방마다 다 뒤지며, 발코니로 운반해올 수 있을 만
큼 가벼운 침대를 찾아냈다. 아침에 내다놓은 매트리스는
보송하게 말라서 햇살 냄새가 났다.

"너도 다른 사람들과 함께 갔으면 좋았을걸." 이레네가
침대에 누우며 말했다. "이제 어쩔 수 없이 최후까지 남아
있어야 하잖아." 그녀는 미소를 지었다.

"누가 그 진단을 내렸지?"

"시드니 암센터의 의사들이."

"아무런 치료법이 없다고 의사들이 말했단 말이야?"

그녀가 소리 내어 웃었다. "내 말을 믿으라니깐. 뭔가 시
도해볼 방법을 알고 있었다면 당연히 했겠지. 의사들은 그
걸로 먹고 살잖아."

"상세 소견도 들어봤어?"

"상세 소견도 들어봤고 치료법에 관해서도 들었고 심지어는 여기저기서 보도된 기적의 치유법이라는 것들도 조사해봤어. 그러니 더 이상 나를 취조할 생각 말아줘."

나는 상처받았다. 정말로 그녀를 생각해서 한 말이기 때문이다. 그리고 또다시 바보짓을 한 셈이라서 화가 나기도 했다. 내 감정을 눈치챈 이레네가 말했다. "나도 알아. 할 수만 있다면…… 나도 안 죽고 싶지."

그제서야 나는 정신이 번쩍 들었다. 이레네는 죽을 것이다. 법률회사의 동료 한 명도, 작년 휴가 기간 동안 이상하게 기운이 떨어지고 입맛도 없다고 하더니 휴가가 끝난 후 의사에게 갔고, 진료 후 큰 병원에 입원을 했다. 그는 3주 후에 죽었다. 내 치과의사는 진단을 받고 죽기까지 두 달이 걸렸다. 그래서 이후로 나는 누군가 갑자기 죽었다는 말을 들으면, '췌장이야?' 하고 묻게 되었고, 대개 맞아떨어졌다. 가장 악성이고, 가장 빠르고, 가장 치명적인 암. 하지만 또 내가 듣기로는, 운이 좋기만 하다면, 통증이나 혈전증, 호흡곤란 없이, 점점 더 기운이 떨어지는 느낌만 받는다고도 했다. 육체가 작동을 멈추고, 작동을 거부하고, 작별을 고한다. 운이 좋기만 하다면, 잠이 들었다가, 영영 깨어나지 않는다.

"더 필요한 것 없어? 내가 가져다줄게."

"베개 하나만 더 있었으면 좋겠어."

내가 베개를 가져다주고 가려고 하자 그녀가 말했다.
"의자 가져와서 내 곁에 앉아 있어줄래?"

"빨래 널어야 하는데."

"그럼 빨래 다 널고 다시 와줘."

그녀는 뭘 원하는 걸까? 내 아내도 예전에 폐렴에 걸렸
을 때 내가 그녀의 침대 옆에 앉아서 손을 잡아주기를 원한
적이 있었다. 하지만 그녀는 내게 뭘 묻지도 않았고 내 질
문에 단답형으로만 대답했으므로 나는 그녀의 침대 곁에
앉아 무엇을 해야 할지 알 수가 없었다. 그래서 일하던 중
인 서류를 들고 가서 작업을 하곤 했다. 이레네의 방에는
책이 꽂힌 책장이 있으므로 거기에 뭔가 읽을 만한 것이 있
을지도 몰랐다.

하지만 내가 자리에 앉자마자 그녀가 물었다. "말해봐,
어떻게 되었을 것 같아?"

나는 무슨 소리인지 이해할 수가 없었다.

"어떻게 되었을 것 같아, 그때 내가 당신에게 갔었더라
면?"

3

아이들이 어릴 때 나는 종종 옛날이야기를 들려주곤 했다.
나는 대부분 귀가가 늦었으므로 집에 가면 아이들은 이미
잠들어 있기 일쑤였다. 하지만 간혹 이른 시간에 귀가하여
아이들이 아직 잠들지 않은 날, 아내는 내가 아이들과 함
께 시간을 보내고 대화도 해야 한다고 고집을 부렸다. 그
런데 무슨 대화를 한단 말인가, 40대의 변호사와 아홉 살
에서 열두 살 사이의 여자아이 하나와 사내아이 둘 사이에
어떤 공통의 화제가 가능하단 말인가? 다행히도 아이들은
내가 들려주는 이야기를 좋아했다. 30년 전쟁 동안 한 소
년이 겪는 모험 이야기였는데, 그 이야기를 꾸며내면서 나
도 무척 재미있었다. 그때 법률회사에서 자동차를 마련하
고 운전수를 고용했으므로, 나는 자동차 뒷좌석에 앉아 집
으로 돌아오면서 이야기의 뒷부분을 이어서 짜내곤 했다.

하지만 지금 이레네가 듣고 싶어 하는 이야기, 그런 이야기를 어떻게 만들어낸단 말인가? 그녀에 관한, 나에 관한, 우리에 관한, 픽션이긴 하지만 그 안에 우리 자신이 과거 실제의 모습 그대로 등장하는 픽션.

"나도 모르겠어……."

그녀는 말없이 나를 주의 깊게, 기대에 찬 눈빛으로 가만히 바라보기만 했다.

"잠시 생각할 시간이 필요해."

그녀는 고개를 끄덕이고, 나를 계속해서 바라보았다.

"나는……" 두 눈을 감고 기억 속 오래된 이미지를 뒤졌다. 담장 위에 앉아 있던 이레네, 그녀의 웃음, 뛰어내리는 모습, 내 팔에 안긴 이레네, 운전대를 잡은 이레네, 나에게 내려야 한다고 말하는 이레네, 한 번의 입맞춤과 작별, 그렇게 나를 떼어버린 다음 차를 몰고 떠난 이레네. 나는 그런 과거의 이미지들이 싫었다. 내가 왜 이레네의 부탁에 응했는지도 알 수가 없다.

"나는 마을에서 차를 가지고 집으로 갔어. 토요일에 네가 왔을 때, 집 안을 네 마음에 들도록 꾸며놓은 걸 혹시 알아차렸어? 일요일에도 마찬가지였어. 집 안을 온통 돌아다니면서 이걸 치우고 저걸 다시 갖다놓고, 여기 저기 일부러 약간씩 어지럽히기도 했지. 집 안이 항상 똑같이 반듯하기만 하면 혹시 융통성 없이 답답하다고 생각할까봐. 네가 나를 창의적이고 여유만만한 사람으로 봐주기를 원했으니까. 네가 오지 않을까봐 겁이 났어. 1초가 멀다하고 창밖을 내다보았고, 차를 한 주전자나 끓여놓고는 찻잎을 꺼내는 걸 까맣게 잊었고, 그래서 두 번째 차를 끓인 다음에도 마찬가지로 똑같은 걸 잊어버렸어.

하지만 너는 왔지. 너는 걸어서 왔어. 나는 아주 멀리서 네가 오는 것을 보았어. 너의 반듯한 자세, 가볍고도 안정된 걸음걸이, 네가 흔들흔들 하는 모습을 단 한 번이라도 본 적이 있었던가? 너는 길을 건넜어. 나는 달려 내려가서 건물 입구 문을 열었고, 너를 다시 두 팔로 안으려다가, 문득 알아차린 거야. 아직 이건 아니다. 너에게 이건 아직 너무 이르다.

차를 마시면서 너는 물었어. '여기 며칠 머물러도 돼? 오누이처럼 말이야. 나도 집이 있지만 카를과 페터가 알기 때문에 거기 가고 싶지는 않아. 호텔에 있으면 페터에게 발각되고 말 거야. 사람을 풀어서 호텔이란 호텔은 모조리 다 뒤질 테니까. 아예 멀리 여행을 떠나버릴 수도 있겠지만, 난 내일 일하러 가고 싶어.'

'직장에 그들이 찾아오면 어떻게 하려고?'

'그건 상사에게 말해두면 괜찮아. 내가 여기 있는 걸 알리지 말아달라고.'

'작장에 가는 도중에 들킬 수도 있잖아? 박물관으로 들어갈 때……'

'그래, 오랫동안 숨어 있을 수 없다는 건 나도 잘 알아.

단지 며칠만 그들 눈에 띄지 않으면 충분해.'

우리는 찻잔을 사이에 두고 발코니에 앉아 있었어. 나는 매일 아침 여기 발코니에서 우리가 함께 하루를 시작하는 삶을 꿈꾸었지. 이 발코니일 수도 있고, 다른 집의 더 크고 더 아름다운 발코니일 수도 있고. 늙은 나무들이 서 있는 정원의 삶, 그리고 결혼을 꿈꾸었지. 네가 내 집에서 피난처를 구하는 것이 어떤 약속이라고, 그렇게 생각하고 싶은 마음이 컸지만, 네 행동이 약속이 아님을 잘 알고는 있었어. 영화 속의 주인공은 여자를 가슴에 와락 끌어안아버리지. 여자는 처음에는 저항하지만, 나중에는 달라져. 처음에는 주인공의 넓적한 가슴을 주먹으로 때리지만 결국은 그에게 고분고분해지고 말지. 하지만 나는 그러지 않는다는 걸 너는 알고 있었던 걸까? 나는 그럴 만한 능력이 없고, 그러니 나와 있으면 무조건 안전하다고 생각한 거겠지. 너는 그래서 나를 경멸했을까?

그런 이유로 사실 난 무척 불안했지만, 네가 며칠 동안 함께 지낼 거라고 생각하니 기뻐서 날아갈 듯했어. 어쨌든 며칠 동안은 같이 있는 거니까. 함께 요리하고, 먹고, 이야기하고, 신문이나 책을 읽고, 텔레비전을 보고, 장을 보고, 산책을 하고. 나는 너를 보며 웃었고, 너도 웃음으로 화답했지. 내가 강요하지도 않고, 애걸하지도 않고, 극적인 장면을 연출하지도 않으니 안심이 된 거야. 너는 그림이 없어지자 카를이 불같이 화를 냈다는 것, 카를과 페터가 서로 싸우느라 둘 다 아무도 너를 신경 쓰지 않다가, 네가 정원으로 나온 다음에야 너를 불렀다는 이야기를 했어. 마치 코미디처럼 그런 이야기하면서도, 네 목소리는 불행하게 들렸어. 그 둘 때문에, 너 자신 때문에, 그리고 아마도 나 때문에. 왜냐하면 너는 남자들이 지긋지긋해졌으니까. 그렇게 우리는 프랑크푸르트에서의 일상을 시작했지. 우리가……"

"난 어디서 잤어?"

"내 침대에서."

"그럼 너는?"

"소파에서."

그녀는 고개를 끄덕였다. "아침에 넌 법률회사로 출근하고 나는 박물관으로? 저녁에는 둘이 함께 요리하고? 그리고 일요일에는……"

4

"그렇게 너무 앞서 가지는 말고. 화요일에 네 집에 도둑이 들었어. 관리인이 박물관에 있는 네게 전화로 알려주었지. 도난당한 물건이 없었기에 사람들은 도둑이 제풀에 놀라서 달아났다고 생각했지만, 너는 그들이 그림을 찾으려 했다는 걸 알았지. 그림 말고 다른 건 어차피 가질 생각도 없었을 테니까. '아마도 내일은 네 집을 뒤지러 올 거야.' 저녁을 먹으면서 네가 이렇게 말했어. '어쩌면 그사이에 내가 이곳에 산다는 걸 알아차렸을 수도 있으니까. 내가 그림을 돌려주어야 한다고 생각하니?'"

"아니, 나는 그런 질문을 하지 않았어."

"진짜 그렇게 질문했다는 말이 아니잖아. 들어봐. 너는 왼쪽 눈썹을 위로 치켜 올렸어. 바로 지금, 그렇게 하듯이 말이야. 우리는 어떻게 하면 예견된 침입을 막을 수 있을

지 궁리했지. 그렇지만 그들은 내일 못 온다면 모레 올 것이고, 그것도 아니라면 다음 주에 올 것이 분명했어. 우리가 할 수 있는 최선의 방책은 추가로 설치한 최신식 자물쇠를 잠그지 않고 그냥 두는 거야. 그러면 그들이 도구만 사용해서 문을 열 수 있을 테니까.

그래서 우리는 최신식 자물쇠를 일부러 잠그지 않았어. 수요일뿐 아니라 목요일과 금요일에도. 그러면 문을 부수고 강제로 열지 않아도 되었기 때문에, 그들이 우리 집을 실제로 뒤졌는지 아닌지 우리로서는 알 길이 없었지. 없어진 물건은 아무것도 없었고. 그리고 넌 박물관으로 출근했어. 평소보다 더 이른 시간에 출근했고, 평소보다 더 늦게 퇴근했어. 카를과 페터를 피하기 위해서였어. 나는 평소처럼 법률회사로 출근했고, 저녁이면 함께 요리를 했어. 일요일에는 발코니에서 아침을 먹었지. 황금빛으로 찬란한 가을날이었어. 우리는 그 주를 아무 문제없이 무사히 넘겼고, 이제 앞으로 다 잘될 거라고 믿었지. 너는 곧 이사를 나갈 계획이었어. 그런데 그사이 나는 네가 오페라 팬이라는 사실을 알게 되었고, 〈라 보엠〉을 보러가자고 널 초대했어. 너는 초대를 받아들였고."

"잠깐만, 내가 아무 잔소리도 안했다고? 너의 그 환상적인 아담한 세계에서 나는 그저 사랑스럽고 어여쁜 여인이기만 했단 말이지?"

"이야기 그만할까?"

그녀는 웃었다. "그만두란 말은 아니야. 하지만 마치 한 쌍의 노부부처럼 발코니에서 인생을 몽땅 보낼 수는 없잖아!"

나는 그래도 상관없었지만 그녀는 아니었다. "월요일 아침 카르힝어 씨와 쿤체 씨가 나를 사무실로 불렀어. 그들은 참으로 유감이라고 하면서, 더 이상 나와 함께 일을 할 수가 없겠다고 하더군. 내가 의뢰인 배신행위를 했다는 소문이 있다는 거야. 그야 물론 소문일 뿐이고, 설사 그 소문 때문에 앞으로 고소와 재판이 따른다고 해도, 그들은 내 무죄가 입증될 것으로 믿는다고 했어. 하지만 그렇게 되기까지는 시간이 오래 걸릴 것이고 그동안 나는 어쩔 수 없이 회사에 부담스런 존재가 될 거라고. 그러니 제발 이해해주었으면 좋겠다고. 내가 회사에 그대로 남아 있을 경우, 우리 법률회사의 아주 중요한 고객 하나의 의뢰 건이 벌써 위태로운 지경이라고. '군트라흐인가요?' 내가 묻자 그들은 대답을 회피하면서, 구체적인 이름을 언급할 수는 없다고, 그 또한 이해해주기 바란다고 말하는 거야."

"의뢰인 배신행위라니, 그게 뭐야?"

"어떤 소송에서, 양측 당사자 모두를 위해서 일했다는 말이지. 군트라흐가 분명 뒤에서 조종 질을 한 거겠지만. 내게만 그런 게 아니야. 네가 일하던 박물관 견습 일자리도 사라졌어. 관장은 예산과 공간의 부족을 이야기하면서, 연속해서 고용할 수 있는 견습생만을 유지하고 싶다고, 그런데 처음에 자신이 너를 채용할 때 말해준 것과는 다르게, 상황이 이렇게 바뀌고 보니 참으로 안타깝게도 너는 연속 고용의 대상이 아니라는 거야."

"그래서, 우리는 월요일 저녁에 발코니에 앉아서……"

"아니, 우리는 발코니에 앉아 있지 않아. 대신 '솔레도로' 같은 그 시절의 최고급 레스토랑으로 가서 축배를 드는 거지. 이제 프랑크푸르트에서 더 이상 우리를 붙잡는 것이 없어졌으니, 가구를 몽땅 고물상에 팔아버리고, 가방을 싼 다음, 넓은 세계로 나갈 수 있게 되었어. 우리는 자유였어."

5

"그거 마음에 드는걸."

"그래서 우리는 그렇게 했지. 가구를 고물상에 팔고, 가방을 쌌어. 그 그림은……"

"……내 어머니 집에 있었어."

"그림은 네 어머니 집에 있었고, 뉴욕으로 갈까 부에노스아이레스로 갈까, 배를 타고 갈까 아니면 비행기를 타고 갈까 너에게 채 묻기도 전에, 너는 이미 뉴욕 행 티켓을 사버렸어."

이레네는 그동안 조용히 누워 내 말을 듣고만 있었다. 양손은 이불 속에 넣고 머리에는 베개 두 개를 받친 자세로, 두 눈으로는 나를 빤히 응시하면서. 그러다가 몸을 일으키고 발을 바닥에 내리면서 일어서려고 했다.

"기다려, 내가 도와줄게."

"우리 여기 얼마나 오래 있었지? 난 이제⋯⋯." 그녀는 더 이상 말은 하지 않고 뭔가를 묻는 눈길로 나를 바라보았다.

"아무것도 안 해도 돼. 내 이야기가 너무 길었던 거야? 이제 그만하고 저녁을 차릴게. 생각해보니 점심 먹는 것도 잊었어."

"난 이제⋯⋯ 몸이 이렇게 피곤하지만 않다면 정말 좋겠는데." 그녀는 다시, 뭔가를 묻는 눈길로 나를 빤히 바라보았다. 이번에도 역시 나는 그녀의 시선에 담긴 질문이 무엇인지 알 수 없었고, 그녀를 도와 일으켜주어야 할지 아니면 그대로 누워 있으라고 해야 좋을지 판단이 서질 않았다. 그러나 그 순간 그녀의 눈이 스르르 감기며, 몸이 침대 모서리에서 미끄러져 내렸다. 나는 그녀를 붙잡고 다시 침대에 눕혔다.

시간은 늦었지만 아직도 환했다. 그러나 태양은 이미 산 뒤로 사라진 다음이니 곧 어둠이 내릴 터였다. 나는 테라스 아래쪽에서 수도와 물뿌리개를 발견하여 시들어빠진 그녀의 채마밭에 물을 주었다. 어쩌면 내일 아침이면 다시 살아나서 약간의 샐러드를 공급해줄지도 몰랐다. 오늘은 어제 먹다 남긴 음식만으로 충분했다. 게다가 이레네는 배고파하지도 않았다. 잠기운에 빠져서 아무 말 없이 한두 입 씹더니, 내 부축을 받고 화장실을 갔다가 다시 침대로 가 누웠다.

"내일 메레딘에게 가야해."

"장보기 때문에? 내가 갈 수 있어."

"기저귀……"

낮 동안 그녀는 몸의 기능을 통제할 수가 있었지만, 밤이 되는 것에 두려움이 컸다. 그사이 나는 침대 시트와 수건이 있는 장소를 찾아냈고, 아내가 아이들이 어릴 때 기저귀를 어떻게 채웠는지 떠올려보았다. 오래 사용해서 얇아진 타월을 하나 골라 한쪽을 길게 찢어내어 사각형으로 만들고 그것을 다시 삼각형으로 접은 다음 그녀의 몸 아래에 놓고 허리에 묶었다.

"역시 아이를 키운 사람은 달라." 그녀가 우스개처럼 말했다.

나는 별 말 없이 어깨만 한 번 으쓱해 보이고 말았다. 내가 요즘 아버지들과는 달리, 내 아이들을 이렇게 손수 돌봐준 적이 없다는 사실을 굳이 알리고 싶지는 않았던 것이다. 그러나 결국 내 입으로 털어놓고 말았다. "나는 구식 아버지였어. 아이들 기저귀 갈아주는 일은 항상 아내 몫이었지."

그녀가 고개를 끄덕였다. "그래도 이렇게 만들어내는 걸 보니 간혹 유심히 바라본 적은 있나 보구나. 아이들에게 잘 자라는 밤 인사는 해주었어?" 나를 바라보는 그녀의 시선은 오늘 아침과 마찬가지로 수치스러워하면서 물리치는 눈빛이었다. 하지만 그러면서도 동시에, 새 시트가 깔린

252

잠자리가 아주 기분 좋은 듯이 무척이나 편안해 보이기도
했다.

"잘 자, 이레네." 나는 그녀 위로 몸을 숙이고 이불을 끌
어올려 덮어주었다. 그러자 그녀는 며칠 전에 그랬듯이,
두 팔로 내 목을 감쌌고, 그 친밀한 행동은 며칠 전과 마찬
가지로 내 마음에 울컥 감동을 일으켰다. 나는 얼른 일어
서서 방을 나갔다. 그러지 않았다가는, 이유는 알 수 없지
만, 눈물이 왈칵 쏟아질 것 같았기 때문이다.

6

그렇게 며칠이 흘러갔다. 이레네는 아침까지 잠을 잤고, 깨어나면 내가 발코니에 그녀의 침대를 만들어주었다. 가끔은 그녀 혼자서 계단을 올라갈 때도 있었고, 가끔은 내가 안고 갔다. 심지어 어떨 때는 발코니에서 해변으로 향하는 계단도 혼자서 내려갔고, 만의 가장 끄트머리 바위까지 걸어가기도 했다. 맨발에 닿는 모래의 감촉과 종아리에 와 부딪히는 파도에 즐거워하면서.

처음에 그녀는 원하지 않았지만, 결국 나 혼자서 메레딘에게 운전해 가도록 허락했다. 메레딘과 나는 빗물에 자동차 바퀴 흔적이 다 씻겨 나가고 풀들이 무성하게 자라난 길을 달려서, 과거 고속도로와 합류하던 지점까지 갔고, 차단된 도로를 우회하여 반시간쯤 후에 슈퍼마켓이 있는 한 마을에 도착했다. 메레딘과 나는 엄청난 양의 물건을 골랐고 내 신용카드로 결제했다. 그 물건들은 자연에 동화된 삶의 윤리로 볼 때 합당하지 않을 것임이 분명했다. 메레딘은 자신의 농장 사람들에게 아무 말도 하지 말 것을 내게 약속시켰고 이레네에게도 말하지 않는 것이 좋다고 했다. 메레딘의 쇼핑 카트는 산더미 같은 감격과 양심의 가책으로 가득했다.

나는 아무런 양심의 가책이 없었다. 하지만 상점들과 광고판, 레스토랑과 자동차가 있는 이곳이 낯설었으며, 슈퍼마켓의 환하고 차가운 불빛, 커다랗고 텅 빈 통로, 넘쳐나는 과잉의 상품들이 불편하게 느껴진 것도 사실이다. 계산을 해보니 나는 14일 전에 아트갤러리에서 이레네의 그림과 마주쳤고 8일 전에 이레네가 있는 곳에 도착한 것이다. 그런데도 벌써 몇 주일이나 지난 느낌이었다.

대개 오전에는 이레네의 채마밭을 돌보거나 빨래를 했고, 간혹은 고장 난 물건을 수리하기도 했다. 무너진 계단, 물방울이 떨어지는 수도꼭지, 지프의 스페어타이어 등을 손보았다. 그런 일들을 하면서 시간을 내서 우리들의 이야기를 어떻게 이어갈지 궁리했다. 그런데 이레네가 오전부터 다음 이야기를 해달라고 조르는 날은, 어쩔 수 없이 즉흥적으로 꾸며내면서 질질 끌거나, 이런저런 곁가지를 만들어내어 진행을 더디게 할 수밖에 없었다. 그런 날 우리는 점심을 건너뛴 채, 오후 늦게까지 발코니 침대 곁에 앉아 나는 이야기를 하고 그녀는 귀를 기울였다.

나는 대서양 위를 날아가는 비행을, 비행기 창을 통해 저
먼 하늘에서 날아가는 다른 비행기를 바라보는 우리를 묘
사했다. 그것은 마치 아득한 대양을 항해하던 배가 다른
배와 마주쳤을 때처럼, 우리가 지금 향하고 있는 머나먼
낯선 세계로부터 어떤 인사라도 받은 것 같았다. 뉴욕에
도착한 우리는 '발도르프 아스토리아' 호텔에 방을 빌리
고, 돈이 다 떨어질 때까지 부유한 관광객처럼 도시를 마
음껏 즐겼다. 엠파이어스테이트 빌딩에 올라갔고 자유의
여신상을 구경했으며 메트로폴리탄 미술관, 구겐하임 미
술관, 프릭 미술관을 갔고, 센트럴파크 북쪽 끝까지 걸어
위험한 구역으로 접근했고, 그런 다음 대담하게 계속 더
걸어가, 할렘으로, 바워리 거리까지도 들어가 보았고, 카
페 데 자르티스트와 러시안 티룸, 그래머시 타번에서 식사
를 했다. 이레네는 한 번도 뉴욕에 간 적이 없었고 영화도
오랫동안 보지 않았으므로, 요즘은 영화에서 흔하게 나오
고 실제로 가보기도 해서 거의 누구나 익숙한 뉴욕의 거리
풍경인데도 신기해하면서 자꾸만 상세히 듣고 싶어 했다.
우리가 머무는 발도르프 아스토리아 호텔 방에는 침대가
둘 있었는데, 이레네는 우리 둘 중에서 누가 먼저 한 침대
에서 잘 것을 제안했는지 알고 싶어 했다. 그러나 그녀는
나를 사랑하는 건 아니었다. 단지 좋아할 뿐이었다. 그래
서 나는 침대 두 개를 사용하는 것이 당연하다고 보았다.
  우리의 일과가 어떻게 진행되는지, 언제 이레네가 휴식

을 취하고, 언제 우리가 식사를 하고, 언제 내가 이야기를 들려주는가는, 오직 이레네의 컨디션에 달려 있었다. 그녀는 기저귀가 필요 없었다. 군트라흐와 슈빈트가 떠나던 날 있었던 불운은 다시 일어나지 않았다. 하지만 자주 구역질을 느꼈고, 금방 먹은 것을 토하기도 했다. 게다가 항상 식욕이 없었다. 내가 요리한 카르보나라 스파게티, 버섯을 넣은 리소토, 감자가 들어간 굴라시를 칭찬은 하면서도, 그녀가 정말로 맛있게 먹는 건 샐러드뿐이었다.

우리의 나날은 사뭇하고도 조화로웠다. 이것은 옛날 내가 프랑크푸르트에서 꿈꾸었던 그녀와의 삶과 약간은 비슷하지 않은가. 언젠가 나는 한번 감정에 휩싸인 나머지, 이레네에게 이 말을 했다.

"그래 맞아." 그녀가 미소를 지으며 대답했다. "하지만 이건 죽음으로 향하는 삶이야."

7

매일매일 점점 더 더워졌다. 바다에서는 바람 한 점 불어오지 않았고, 아무런 무게감 없던 대기는 갑자기 미지근한 천처럼 우리의 몸에 무겁게 달라붙었다. 새들은 날갯짓과 노래를 멈추었으며 채마밭에서는 작물이 시들어갔다. 이레네는 내가 밭에 물을 주지 못하도록 했다. "이제 곧 물이 부족해질 거야."

"아래쪽 집으로 옮겨 갈까?"

"내일쯤 가면 될 거야."

하지만 다음 날 그녀는 다시 "내일쯤 가면 될 거야"라고 말했고, 그러다 보니 어느새 아래쪽 집 역시 산 위의 집이나 마찬가지로 더워지고 말았다. 밤이 되어도 식기는커녕 더 더워졌다. 돌들이 낮 동안 빨아들인 열기를 밖으로 내뿜었다. 밤의 서늘함이란 어디에도 없었다.

나는 그녀에게 팔월의 뉴욕에 대해서 이야기했다. 에어
컨이 가동되는 건물을 나서기가 무섭게 습기로 가득한 뜨
거운 공기가 축축하게 젖은 천처럼 우리에게 덤벼들었다.
가진 돈이 바닥이 났으므로 우리는 일자리를 찾아다녔다.
일단 발도르프 아스토리아 호텔에서 나왔다. 새로이 발견
한 허드슨 강변의 저렴한 호텔은, 객실 두 개마다 그 사이
에 공동욕실이 있는 구조였다. 만일 옆방 사람이 욕실을
사용할 때 우리 방으로 향하는 문을 잠그고서 나중에 다시
열어두는 것을 잊어버리면, 우리는 옆방 문으로 가서 노크
해야만 했다. 만약 그가 외출이라도 해서 방에 없으면, 툴
툴거리는 문지기를 불러와서 욕실 문을 열게 만들어야했
다. 우리 방에는 침대도 하나뿐이었다.

"그래서?"

"나는 바닥에서 잤지. 날이 너무 더워서 이불도 필요 없
을 정도였어. 잠이 오지 않는 밤이면 창문으로 나가 비상
계단 층계참에 앉아 불빛으로 환한 거리와 밤의 어둠에 싸
인 강물을 내려다보았지. 종종 너도 함께 나와서 앉아 있
곤 했어."

"우리는 무슨 얘기를 나누었어?"

"너는 브루클린에서 웨이트리스 일자리를 구했고 나도
맥도날드에서 일하게 되었어. 그래서 서로의 일에 대해
서 주로 대화를 했지. 맥도날드에 자체 대학이 있다는 사
실 알아? 햄버거 대학이라고? 내가 노동 허가를 획득하고

능력이 입증된다면, 나중에 대학에 갈 가능성도 열릴 거라고, 채용 당시에 그런 약속도 있었지. 하여간 처음에 주방에서 일하다가 마침내 계산대 앞으로 승진했을 때는 정말이지 기뻤어."

이레네가 웃음을 터트렸다. "그렇지, 넌 한 자리에서 만족하지 못할 거야. 경력을 쌓아야지."

"하지만 맥도날드 경력은 아니야. 난 다시 변호사로 일하고 싶었으니까. 그러던 중 뉴욕에서는 변호사가 될 방법이 없지만 캘리포니아에서는 현지 대학을 나오지 않아도 필요한 시험을 치르면 가능하다는 사실을 알아냈어. 그런데 우리는 뉴욕을 정말로 좋아하게 되었거든. 뉴욕은 돈이 없는 사람도 충분히 살아갈 방법이 있는 도시였고, 그사이 아는 사람들도 생겼고, 집을 구할 가능성도 보이는 중이었지. 하지만……"

그 다음에 머리에 문득 어떤 상상이 떠올랐지만, 그걸 그대로 이야기해야 할지 말아야 할지, 알 수 없었다. 내 이야기는 사실 순전한 상상은 아니었다. 처음으로 뉴욕을 여행했을 때 나는 호텔 방을 빌릴 여유조차 없어서, 브루클린에 사는 어느 친구의 친구 집에 묵었다. 어느 날 아침 커피 마실 곳을 찾아 헤매다가 우연히 한 식당에 들어갔는데 그 식당이 바로 내 이야기 속에서 이레네가 일하는 식당의 모델이 된 것이다. 별 특징 없는 평범한 식당이었다. 다른 식당과 다름없는 평범한 메뉴에 주문대 위에 걸린 텔레비전에서는 별 특징 없는 평범한 풋볼 시합이 중계되었고, 웨이트리스 역시 다른 식당과 다름없이 투박하면서 친절했으며, 그 어떤 에로틱한 분위기도 없었다.

"하지만?"

"하지만 난 어느 날 네가 일하는 식당을 찾아갔다가, 가슴을 훤히 드러낸 채 일하는 너를 보고는 그대로 잡아끌고 나와버렸지. 그 길로 우리는 중고차를 한 대 사서 바로 다음 날 길을 떠난 거야."

"넌 그럴 수가 없는 거잖아……. 좋건 나쁘건 그건 내 일자린데, 안 그래? 내가 아무 반응도 안 보였다니……. 그런데 너 혹시 질투한 거야?"

"하고 싶은 대로 생각해. 난 이야기를 할 테니까. 한 방에 사는 나는 볼 수도 없는 네 몸을, 식당에서 누구나 쳐다봐도 상관하지 않아야 한다는 거야?"

"알겠어." 이레네가 미소 지었다. 놀리는 것도 같고, 너 그렇게 봐주는 것도 같고, 혹은 동정하는 것도 같은. 그런데 무슨 권리로 동정의 미소를 짓는단 말인가? 하지만 나도 잘못이 있었다. 이야기가 좀 위험한 분위기로 흘러갔기 때문이다. 마지막 부분은 말하지 말았어야 했다. 나는 질투나 하는 사람이 되고 싶진 않았다. 오직 멋진 남자로 그녀 곁에 있고 싶었다. 센트럴파크에서 강간범에게 당하기 직전의 그녀를 구출하고 싶었고, 횡단보도로 질주하는 음주운전 차량으로부터, 혹은 5번가의 소매치기에게서 그녀

를 구하고 싶었다. 나는 그녀의 영웅이고 싶었다. 하지만
내 머리에는 그럴듯한 예가 하나도 떠오르지 않았다. 생각
나는 거라고는 전부, 잘난 척하기 위해 꾸며낸 듯한, 한심
하고 유치한 행동들뿐이었다.

"자동차 좋아해? 우리 차는 낡은 거야. 1956년 산 시보
레 벨 에어, 차체는 녹색인데 지붕은 흰색, 흰색 테일핀, 측
면이 흰색으로 칠해진 타이어. 보닛 위에는 비행기와 로켓
이 반씩 섞인 마스코트가 우리 앞에서 질주하는 모양으로
달려 있어서, 우리는 그저 여행 내내 그 뒤를 따르는 수밖
에 없었어."

8

그날 저녁 이레네를 안아 침대에 내려주자, 그녀는 한쪽으로 몸을 비키면서 옆 자리를 가리켰다. 나더러 앉으라는 거였다.

"파르치발이 왜 아무 질문도 하지 않았는지 알아?"

"쓸데없는 질문은 하지 않는 법이라고 어머니로부터 배웠기 때문이 아닐까? 그랬기 때문에 말 그대로 철저하게 따른 것이겠지."

"그럼 너는 왜 아무런 질문도 않는 거야?"

"내가 여기 온 첫날에 넌 내 질문을 피했잖아. 그래서……"

"네가 온 첫날은 아주 한참 전이야."

나는 어깨를 으쓱했다. "조부모님들은 내게 반드시 필요한 질문만을 했어. 너 피아노 배우고 싶니? 테니스는? 댄스는? 그리고 나도 반드시 필요한 질문만을 했고. 극장에 가고 싶거나 오페라를 가고 싶거나 할 때, 그리고 방학 때 친구들과 스페인으로 여행가고 싶을 때, 그때 이렇게 묻는 거지. '돈 좀 주실 수 있어요?' 하고. 그러자 어느 날 조부모님은 내가 더 이상 그런 질문을 할 필요가 없을 정도로 내 용돈을 올려주시더군. 정말로 너그러운 분들이었지."

"그러면 네 가족과는 어땠어? 아내랑 아이들과 말이야. 그들에게는 질문을 많이 했어?"

이레네의 물음은 나를 불편하게 만들었다. "너무 캐묻지 말아줘. 질문은 네가 아니라 내가 해야 하는 것 같은데."

"미안해." 이레네는 내 손 위에 자신의 손을 얹었다. "그럼 잘 자!"

나는 해변의 집 포치에 앉아 바다를 바라보았다. 물살은 아주 잔잔하여 거울 같은 수면 위로 초승달의 모습이 가만히 비칠 정도였고 자갈 위를 스치는 파도 소리도 들리지 않았다. 나는 늘 듣던 그 소리가 그리웠다. 파도 위에서 춤추듯이 너울거리는 달그림자가 더 좋았다. 속에서 화가 치밀었다. 이레네는 나를 분석하려 들었단 말인가? 심리 치료라도 해주려고 했단 말인가? 내가 아내와 아이들에게 질문을 얼마나 많이 했는지, 그게 그녀와 무슨 상관이란 말인가? 질문과 대화를 많이 하는 가족이 있는 반면에 그렇지 않은 가족도 있는 법이다. 우리 아이들에게 질문하고 대화하는 역할은 아내가 모두 떠맡았었다. 그리고 우리 부부

사이에는, 참으로 다행인 것이, 굳이 질문을 하지 않고도 서로 이해하는 데 아무 문제가 없었다. 그녀는 그녀의 생활을 했고 나는 내 생활을 했다. 하지만 그녀가 나를 필요로 할 때 나는 언제나 그녀 곁에 있었다. 그런 삶에 대해서 내가 이레네에게 해명을 해야 한단 말인가? 왜 이렇게 되었을까?

파르치발. 지금 기억나는 대로라면, 파르치팔은 성을 처음으로 방문했을 때 노인의 고통에 대해서 묻지 않았고 고통에서 해방시켜주지도 않았으므로 그로 인해 어떤 저주를 겪어야만 했고, 두 번째 방문에서 질문을 함으로써 노인의 고통을 없애주었다. 그런데 파르치발은 질문을 해야 한다는 것을 어떻게 알 수 있었을까? 나는 이레네가 한 질문의 의도도 아직 모르고 있지 않은가. 파르치발이 노인에게 한 질문과는 달리, 나는 그녀의 병에 관해서 물었다.

9

다음 날 우리는 자동차를 타고 서쪽으로 향했다. 고속도로
를 달리다보니 기나긴 다리들을 지났고, 도시 변두리를 통
과하여, 다른 고속도로의 아래위로 교차하는 수많은 만곡
형 도로들을 지났으며, 그동안 우리는 붕괴된 도로와 황폐
화된 주차장, 폐쇄된 집들, 쓰레기 더미와 그 뒤로 솟아 있
는 고층 건물의 실루엣을 보았다. 간혹 고속도로는 도심
복잡한 교차로의 신호등 앞으로 우리를 이끈 다음, 경적을
울려대는 다른 차들과 마구 밀치고 나오는 보행자, 상점
과 사무실들이 가득한 시내 한가운데에 그냥 팽개쳐버리
곤 했다. 시골을 지날 때 고속도로는, 이정표로 알 수 있는
도시와 마을로부터 멀리 떨어진, 공장이나 농장과도 멀리
떨어진, 간혹 완만한 오르막이나 내리막을 이루는 널따랗
고 편평한 띠와 같았다. 우리는 숲과 너른 옥수수밭, 목초

지를 보았으며, 아마도 목초지에는 소들이 한두 마리, 옥수수밭 뒤로는 사일로, 혹은 연기를 내뿜는 굴뚝, 혹은 냉각탑이 하나 있었을 것이다. 셋째 날이 되자 눈에 보이는 것은 오직 경작지뿐이었다. 사방 어디나 드넓은 하늘 아래 경작지가 지평선까지 끝없이 뻗어 있었다. 시야가 너무도 아득하고 멀리 펼쳐지는 바람에 눈길이 가 닿을 곳을 찾지 못했다. 또한 라디오에서 흘러나오는 음악도 달라졌다. 벤조와 바이올린, 아코디언과 하모니카 연주, 가슴을 파고드는 여인과 사랑의 노래, 전쟁과 죽음을 노래한 소박한 발라드였다. 뉴스에서는 로데오, 분쟁, 싸움, 출생, 사망사고, 학교나 교회 축제, 차에 치어 죽은 개와 집 나간 고양이, 잘못된 경보 소식, 그리고 예수님이 우리를 사랑한다는 말도 나왔다. 차선이 많은 고속도로가 2차선으로 줄어들었고, 아스팔트 위로 열기가 아지랑이처럼 가물거렸다.

우리는 천천히 달렸다. 이레네는 창문을 내리고 등받이를 뒤로 젖힌 뒤 다리를 쭉 뻗었다. 그녀는 첫 소절만 들으면 노래의 다음 소절은 저절로 알아서 콧소리로 따라 부르곤 했다. 어쩌다 라디오 뉴스에서 그녀의 상상력을 자극하는 내용이 나오면, 거기에 살을 붙여서 이야기를 꾸며냈다. 어떻게 존 뎀프시가 올 여름 최대 크기의 고기를 잡았는지. 크로스로드 카페의 손님들은 무엇 때문에 싸움을 벌였는지. 카탈리나 피스크는 앰뷸런스를 부를 수도 있었는데 왜 그러지 않고 그냥 죽었는지.

"넌 죽는 게 두려워?"

이레네는 한참 동안이나 눈을 감고 생각에 잠겨 있었으므로, 내 질문을 잊어버린 채 그냥 잠이 든 것 같기도 했다. 실제로 종종 그녀는 한창 대화 도중에 완전히 다른 생각에 빠져버리거나 아니면 그녀를 결코 놓아주지 않는 집요한 피곤 때문에 정신이 흐려질 때가 있기 때문이다. "내가 놓쳐버린 것이 무엇일까…… 죽음이 두렵냐고? 영원히 말도 없고, 행위도 없고, 삶도 없을 것이기 때문에? 하지만 따지고 보면 지금 여기의 삶도 마찬가지야. 한참 전부터 그랬어. 이미 한참 전부터 내 삶은 제자리를 벗어나버렸으니까."

여기서 더 물어봐야 하나? 파르치발은 노인에게 연속적으로 질문을 했었던가? 어디쯤에서 감정의 공유가 사라지고 귀찮다는 생각이 들까? "무엇이 제자리를 벗어났다는 거지? 네가 머리를 염색하고 선글라스를 끼고 행했던 그 일을 말하는 거야?"

그녀가 눈을 뜨고 나를 바라보았다. "아, 그거…… 아니야. 내 말은 그저, 딸을 한 번 보고 싶다는 거야. 아니면 딸이 어떻게 지내는지, 무얼 하고 사는지, 소식이라도 들었으면 좋겠어." 내 얼굴에 떠오른 의문을 눈치챈 그녀가 설명했다. "구동독에 있을 때 결혼을 했어. 그리고 전혀 예상치 못했는데, 그때 이미 난 나이가 꽤 많았으니까, 딸 하나가 생긴 거야. 헤어질 때 차마 그 아이까지 데려올 수가 없었어. 나 혼자서 흔적 없이 사라진 것만으로도 남편에게는 상당히 큰 충격이었을 테니까. 그런데 율리아까지 없어진다면…… 옹졸한 방식이기는 했지만, 그래도 그는 나름대로 나와 율리아를 매우 사랑했으니까."

그럼 왜 하필이면 그런 남자를 골라서 결혼을 했지? 하고 나는 묻고 싶었다. 왜 남편과 딸을 떠나왔으며, 연락을 완전히 끊고 사는 이유는 무엇인지, 머리를 염색하고 선글라스를 썼던 그 시절 이후로 도대체 무엇이 두려웠던 건지. 그녀는 정말로 누군가를 죽였던 것일까? 그녀가 군트라흐에게 한 말은 무엇이었을까? 그녀도 바로 그 현장에 있었다고 했다. 하지만 그것만으로는 아무것도 명확하지 않다. "내가 록 하버로 가서 법률회사에 전화를 걸면 될 거야. 율리아에 대해서 알아보라고 할게."

"내가 죽은 다음에 그렇게 해주겠어? 그래서 그 애에게 필요한 건 뭔지 알아봐줄래? 내 어머니의 유산 중에서 남는 게 있다면 그 애에게 가도록 신경써줄 수 있겠어?" 그녀는 내 손을 잡으며 물었다.

나는 기분이 썩 좋지 않았다. 율리아에게 실제로 필요한 것이 있다면 그게 무엇일까? 직업교육? 의료보험이 지불해주지 않는 치료? 심리상담? 금단요법? 만약 율리아가 단순한 약물 중독자가 아니라 약물을 살 돈을 구하느라 마약 딜러를 하거나 몸을 팔거나 자잘한 범죄라도 일으키고 다닌다면? 아니 진짜 중대 범죄를 저지른다면? 변호사 비용에 치료 비용에 나중에 직업교육까지 돈 들어가는 건 시작일 뿐이다. 어쩌면 나는 그녀를 찾아 밤마다 베를린 사창가를 뒤지고 다녀야 할지도 모른다. 그리하여 마침내 찾아낸 어느 아둔하고 상스러운 인간이, 최소한의 정상적인 삶을 살 수 있을 때까지 돌봐야 할지도 모른다. 환경이 좋은 친구들로부터 자기 아이들의 대부가 되어달라고 부탁받았을 때도 나는 거절을 했다. 그 책임이 나에게는 엄청나게 크기 때문이다. 나는 고개를 끄덕였다.

"좋아?"

"좋아."

"그 애는 참으로 사랑스러웠어. 내가 집을 떠났을 때 막 반항기로 접어든 참이었지. 그런데 반항기 나이에도 그 애는 반항하기보다는 입술을 삐죽이고 눈에는 눈물이 글썽글썽한 얼굴로 토라지는 편이었어. 하지만 갖고 싶은 것을 가질 수 없는 이유를 잘 설명해주면, 금세 마음을 풀곤 했지."

이레네는 울었다. 처음에는 조용히 훌쩍이더니, 나중에는 큰 소리로 엉엉 통곡했다. 그녀의 얼굴은 알아보기 힘들 정도로 일그러졌다. 이마에는 깊은 주름이 잡히고 입은 찢어질 듯 커다랗게 벌어졌으며 머리를 이리저리 찧어대느라 얼굴이 베개에 움푹 파묻히고 말았다.

눈물, 여자들이 우리 남자들을 가해자로 만들어버리는 가장 손쉬운 술책이다. 눈물은 내가 가장 참을 수 없는 것

중의 하나이다. 내가 아내에게서 가장 높이 평가했던 점도, 그녀가 결혼 직후에 현명하게도 눈물 연기를 포기해버렸다는 것이다. 아내는 그것이 공정하지 않다고 깨달았고, 내가 그것을 아주 싫어하며 절대로 넘어가지 않는다는 것을 알아차렸다. 뿐만 아니라 내 아이들 역시 울지 않았다고, 나는 자랑스럽게 밝힐 수 있다. 큰딸은 여덟살 때 팔을 부러뜨렸는데, 부러진 팔로 놀이터에서 집까지 달려왔고, 그 다음 아내와 내가 차에 태워 병원으로 데리고 가는 동안 단 한 방울의 눈물도 보이지 않았다.

하지만 내가 그녀의 걱정거리를 떠맡을 수 없다고, 나에게 눈물은 아무런 효력이 없다고, 그걸 이레네에게 어떻게 말한단 말인가. 그녀가 울음을 그치지 않으면서 내 손을 붙잡고 있는 바람에 나는 방을 나가버릴 수도 없었다.

그녀의 눈물, 베개에 짓눌린 그녀의 얼굴, 들썩이는 어깨, 거기다 더해서 어색하고 서툴게 그 곁을 지키고 있는 역할을 도저히 참을 수 없게 된 내가 그녀를 팔에 안고 살살 흔들며 다정하게 달래주자 그녀는 겨우 잠이 들었다.

내 팔에 안긴 상태로 잠에서 깨어난 그녀는 나를 향해 상냥한, 심지어 기쁨에 넘치는 미소를 지으면서, "고마워"라고 말했다. 무엇이 고마운 건지 알 수가 없었지만, 그녀를 기쁘게 하는 것이 분명한 그 무엇에 대해서 캐묻지 않기로 한 나는, 그녀에게 말없는 미소로 화답했다.

10

그러다 서부 중심부의 경작지에서 수확이 시작되었다. 예
전에 경작지 들판 위에서 대열을 맞추어 행진하는 탈곡기
들 영상을 본 적이 있는 이레네는, "탈곡 기계는 어디 있는
거야?" 하고 물었다. 그녀의 기억 속에서 탈곡기 위에 달
린 깃발이 나부꼈고 트랙터를 모는 남자와 여자들의 흥겨
운 웃음소리가 바람결에 퍼져나갔다. 그건 미국의 풍경이
라기보다는 소비에트 선전 영화의 한 장면에 가까웠지만,
서부 한가운데의 탈곡기 위에 깃발 한두 개쯤 나부낀다고
해서 뭐 그리 큰 문제가 되겠는가. 게다가 탈곡기를 운전
하는 사람의 얼굴은 우리 자동차 안에서는 보이지도 않았
다. 그렇게 여행하는 긴 시간 동안, 탈곡기는 자주 우리의
눈앞에 모습을 나타냈다. 여러 대가 반듯하게 대열을 짓는
경우도 있었지만, 대부분 한두 대가 제멋대로 등장했다.

그러나 모두 깃발을 달고 있었다.

우리는 모텔에서 묵었다. 방들은 언제나 커다랗고, 침대 두 개와 벽에 나사로 고정된 텔레비전이 있었으며, 모텔 입구 자판기에서는 항상 콜라와 스프라이트, 얼음을 팔았다. 우리는 매일 밤 잠이 들기 전 침대에 누운 채, 모텔에 오기 직전 눈에 띈 상점에서 산 맥주를 마시고 칩을 먹으며 텔레비전을 보았다.

"나는 우리가 샌프란시스코에 도착한 다음에 어떻게 정착해나갈지, 그 생각에 골몰했어. 너와 그것에 대해 얘기를 해보려 했지만 넌 원하지 않았지. 넌 계획을 세우지 말고, 그냥 가서 직접 부딪혀보자는 편이었어. 나를 좀스럽다고 여기는 것 같았지. 그런데 넌 왜 하필이면 그런 옹졸한 남자와 결혼한 거야?"

그녀는 다시 뭔가 수상하다는 눈길로 나를 응시했다.

"착각하지 말아, 네가 생각하는 것처럼 질투심 때문에 묻는 게 아니야. 난 그저, 네가 한 일의 이유가 궁금한 것뿐이니까. 내 질문이 귀찮은가? 하지만 왜 질문이 없느냐고 물은 건 너 아니었어?"

"괜찮아, 네가 하는 질문은 결코 귀찮지 않아. 헬무트는 그 자체로 동독과 같은 사람이었어. 완전히 믿고 의지할 수 있어서 좋았지. 항상 배려심 있게 나를 돌봐주고 챙겼어. 내가 너를 예전에 어떻게 생각했는지, 그게 기억이 안 나. 그런데 넌 깐깐한 편이야?"

어떻게 그런 질문을 할 수가 있는가! 난 뭐든지 진지하게 받아들이는데, 솔직히 간혹은 지나치게 진지하기도 하고, 만사에 꼼꼼한 편인데, 솔직히 간혹은 지나치게 꼼꼼하기도 하다. 나는 심각한 일이 닥쳤을 때 이성적으로 문제를 해결하려 하지 않고 대신 감정에 마구 휘둘리는 사람들을 도무지 이해할 수가 없다. 종종 사소하게 보이는 별것 아닌 일들을 내버려두었다가 나중에 비틀거리거나 좌초하는 경우가 많지 않은가. 그렇지만 나는 단 한 번도 스스로를 쪼잔하거나 뒤끝이 있거나 인색하다고는 생각하지 않았다. 그런데 껀껀하다니? 기가 막힌다.

그래서 나는 그 질문에 대답하지 않은 채 계속해서 이레네와 함께 로키 산맥을 넘어갔다. 울창한 숲과, 자연 그대로인 고요한 강들과, 높은 절벽에서 골짜기 아래로 떨어지는 폭포를 보았다. 멀리서는 곱고 섬세한 한 줄기 은빛 광선처럼 보였던 것이, 가까이 다가가자 요란하게 물방울을 흩뿌리며 낙하하는 물줄기의 광란이었다. 산봉우리에는 흰 눈이 쌓여 있고, 날씨는 순식간에 변하여 미친 듯한 비바람이 휘몰아쳤고, 산봉우리에 부딪힌 천둥소리가 마치 전장의 함성처럼 은은한 메아리로 되돌아왔다. 곰이 습격해올 경우 나는 이레네를 멋지게 구해주고 싶었으나, 우리는 한 마리 곰도 마주치지 못했다. 물론 어떻게 멋지게 구해낼 수 있을지, 방법은 나도 몰랐다. 곰 대신 우리는 휴게소에서 누군가 잃어버린, 혹은 일부러 버리고 간 듯한 개

한 마리를 만났다. 몸체는 검고, 주둥이와 가슴 앞발은 검
은 얼룩이 있는 흰색이었던 개는 겁먹은 동시에 친근함
을 호소하는 태도로 우리 주변을 뛰어다니거나 빙빙 돌면
서, 우리 곁을 떠나지 않고 내내 따라다녔다. 차를 타고 가
면서 이레네는 앞좌석의 열린 차창 밖으로 발을 내뻗었고,
개는 뒷좌석 창밖으로 고개를 내민 채 이 세상의 냄새를 지
치는 법 없이 들이켰다.

"그 개는 이름이 뭐였어?"

"나도 몰라. 네가 지어봐!"

"수캐였어, 아니면 암캐?"

"암캐였어."

하지만 이레네는 이름을 생각해내기도 전에 잠이 들었
다. 저녁이지만 여전히 더웠다. 이미 며칠째, 건조하고, 타
는 듯이 뜨겁고, 천지를 바싹 말려버리는 열기가 아침에
눈들 때부터 밤에 잠들 때까지 온종일 이어지고 있었다.
나는 통조림 토마토로 가스파초를 만들었고, 이레네는 그
것을 몇 술 떠먹은 후 다시 잠이 들었다. 나는 그녀가 발코
니에서 자게 두었고, 내 매트리스도 발코니로 가져왔다.
발코니라고 해서 집 안보다 시원한 건 아니었지만 그래도
최소한 숨쉬기는 더 편했다.

한밤중에 잠에서 깨어나자, 과거의 기억이 떠올랐다. 내
가 묘사한 개는 오래전 어느 날 아이들이 집으로 데려온 바
로 그 개였다. 낮에 친구들과 만나서 놀던 운동장에서 발

견한 개라고 했다. 친구들 중 누구도 개의 주인이 아니었고, 개의 목에는 명찰도 없었다. 아이들은 그 개를 정말로 좋아했다. 실제로 개는 붙임성도 좋았다. 아내가 소파에 앉아 있으면 개는 옆에 누워 머리를 그녀의 다리에 올리곤 했는데, 그러면 아내는 개를 '난방 주머니'라고 부르며 좋아했다. 그렇지만 나는 개가 우리 집에서 계속 살지 못하게 했다. 개 때문에 지저분한 오물이 생기고 아이들과 뛰어다니며 집 안을 난장판으로 만들고 아내가 없을 때 비더마이어 소파를 핥고 물고 하여 망가뜨리는 것이 싫었고 또 나중에 아이들이 흥미가 사라지면 내가 개를 산책시켜야 할 것이 분명했기 때문이다. 개가 우리 집에서 없어진 날, 그 누구도 불만을 입에 올리지 않았다.

나는 항상 스스로를 관대한 남편이고 아버지라고 생각해왔다. 아내는 원하기만 하면 얼마든지 집안일을 돕는 사람을 둘 수 있었고, 게다가 자기 차도 있었다. 아이들은 자기계발을 위해서 필요한 지원은 뭐든지 다 얻었고, 자기들이 필요하다고 말은 했지만 사실은 필요하지 않은 것들조차도 나는 군말 없이 제공해주었다. 어쩌면 나는 사소한 점에 있어서는 약간은 깐깐했는지도 모른다. 어째서 나는 나중에 아이들이 개에게 흥미를 잃을 거라고 생각했을까? 개가 없어져도 아내나 아이들이 전혀 마음의 상처를 입지 않을 거라고 어떻게 자신했을까? 가족들이 불만을 말하지 않은 것은 단지 우리들 사이에 어차피 대화가 거의 없었기 때문은 아닐까? 그 이외에 입을 다물고 말하지 않았던 건 또 무엇이었을까?

아내의 사고가 생각났다. 나는 등을 대고 똑바로 누워 양팔을 머리 뒤에서 깍지 낀 채로 하늘을 올려다보았다. 오스트레일리아와 뉴질랜드의 국기에서 본 남십자성을 찾아보려 했으나 실패했다. 은하수를 보면서 거의 아무런 기억이 남아 있지 않은 내 어머니를 생각했다. 내가 아는 것은 단지 어머니가 나를 제왕절개로 낳았으며, 당시의 의사가 제왕절개 후의 수유를 금지했으므로 내게 젖을 먹이지 못했다는 사실이다. 작게 반짝이는 점 하나가 궤도를 그리며 밤하늘 위를 움직였다. 나는 시선으로 그것을 좇다가 어느새 잠이 들었다.

11

이레네는 로키 산맥에서 태평양으로 향하는 드라이브를 마음에 들어했다. 눈부시게 환한 태양 빛, 건조한 풀들은 갈색이지만 아침 햇살이나 석양을 받으면 신비로운 황금빛으로 물들었다. 반듯하게 줄을 지어 심긴 올리브나무의 그림자들은 저녁이면 정확하게 박자를 맞추어 우리의 자동차 위로 스치고 지나갔다. 그리고 산비탈이 아니라 계곡에서 자라는 포도나무들. 이 고장의 지명들은 한때 여기 거주했던 스페인이나 러시아 사람들이 붙여놓았다. 이레네는 스스로 세바스토폴에서 온 이주자가 되어서, 크림 반도에서 캘리포니아까지 어떤 경로로 왔는지, 그리고 어떻게 여기에 세바스토폴이란 도시를 세웠는지 상상의 나래를 펼쳤다. 차가운 겨울밤, 포도나무 그루터기 사이에 설치한 화로에서는 불이 빨갛게 타오르고, 봄이면 과실 나무들이 화사한 붉은 꽃을 피워낸다. 태평양 연안에 닿기 전 마지막 산등성이에 올라섰을 때, 우리의 눈앞에는 계곡과 바다를 가득 뒤덮은 안개가 펼쳐졌다. 태양 빛조차 막아낼 만큼 짙은 안개였다. 정오가 가까운 무렵이었고 우리는 차에서 내려 갈색 풀밭에 앉았다. 개도 우리의 발치에 자리 잡았다. 도중에 와이너리에서 산 포도주를 함께 마셨다. 그러다 피곤해진 우리는 나른하게 졸다가 잠이 들었고, 다시 깨어났을 때 안개는 걷혔고, 한낮의 태양 아래서 태평양이 영롱한 빛을 반짝이고 있었다.

"나는 가만히 누워 있었어. 잠을 자는 사이 너는 내 쪽으로 몸을 돌렸고, 팔을 내 가슴에 얹은 자세였지."

이레네가 미소 지었다. "너 대담해졌구나."

"네가 내 가슴에 팔을 얹었다고. 내 팔을 네 가슴에 얹은 게 아니라."

그녀가 웃었다. "그래, 알아들었어. 그래서 무슨 일이 일어났는데?"

"너도 잠에서 깨어났지. 하지만 잠시 동안은 더 팔을 내 가슴에 얹은 상태로 두었어. 그런 다음 몸을 일으키고는 태평양을 바라보았지. 나도 일어나 앉았어. 너는 어깨를 내 어깨에 가만히 기댔어."

"내 팔이 네 가슴에 있을 때, 내 어깨가 네 어깨에 닿았을 때, 기분은 어땠어?"

왜 여자들은 항상 남자들이 어떤 기분이었는지 묻는단

말인가! 여자들은 그 말을 꼭 들어야만 직성이 풀린다. 자기들도 알고 있으면서, 아는 것만으로는 만족하지 못한다. 그러니 군대와 다를 바가 없다. 충실하게 복무하고 있는 것만으로는 충분하지 않아서, 매일 아침 점호 시간에 깃대 앞에서 충성의 맹세를 말해야 하는 것이다. 그것은 결속과 복종의 의례이다. 나는 내 아내에게 한 번도 그런 의례를 허용하지 않았고, 그녀도 언젠가부터 스스로 포기해버렸다. 언젠가부터 나에게 기분이 어떠냐고 묻지 않게 된 것이다.

"좋았지." 나는 이렇게 말했고, 우리는 해안을 향해 내려간 다음 해안도로를 타고 샌프란시스코로 향했다. 이레네는 히치콕의 영화 〈새〉를 본 적이 있으므로, 나는 보데가에서 그 영화에 실제로 나왔던 학교 건물을 알려주었다. 우리는 차에서 내려 해변으로 다가가 바다를 따라 걸었다. 나는 그녀에게, 잔잔한 물살 위로 깜짝 놀랄 만큼 갑작스레 솟아올라, 바다에 너무 가까이 걷는 사람들을 순식간에 휩쓸어버리고는 두 번 다시 되돌려주지 않는 산더미 같은 파도에 대해서 이야기했다.

불현듯, 그녀 때문에 겁이 났다. 그녀는 아무런 선택의 여지가 없었다. 그녀는 위험에 너무 가까이 걷고 있었고, 암은 그녀를 순식간에 휩쓸어버리고는 두 번 다시 되돌려주지 않으리라.

우리가 금문교 옆을 지나갈 때 해가 막 지는 중이었다.

태양은 안개 속으로 가라앉았고, 순식간에 태평양은 무자비하고 냉담한 회색으로 변해버렸다. 그러나 도시에는 아직도 환한 기운이 남아 있었다. 그 순간 나는 언젠가 한번 듣고 좋았던 노래, 가사에 샌프란시스코가 나왔던가, 아니면 캘리포니아가 나왔던가, 아니면 둘 다일 수도 있고, 그 노래가 라디오에서 흘러나온다고 말하고 싶었으나 아무리 애써도 제목이 생각나지 않았고, 기껏해야 몇 소절의 멜로디만 떠오를 뿐이었다. 그래서 생각나는 소절을 이레네에게 불러주었다. 이레네도 그 노래를 알았지만 역시 제목을 기억해내지 못했다. 그러나 어쨌든, 우리는 도착했다.

"드디어 도착했어." 나는 이레네에게 미소 지었다.

"그래, 드디어 도착했어." 그녀도 미소와 함께 대답했다.

12

나는 살면서 별로 아픈 적이 없었다. 만약 몸이 아프게 되면, 조부모님들이 내게 가르쳐준 대로 대처했다. 즉 최소한으로 일하고, 최소한으로 필요로 하고, 최소한으로 원하는 것. 원인이 병이든 뭐든, 사람이 자기 능력을 발휘하지 못하게 되면 괴로운 일이다. 그러므로 불가피한 경우가 아니라면 자신이 아프다는 이유로 타인들의 능력 발휘를 저해해서도 안 된다. 나와 아내는 이것을 우리 가족의 규칙으로 삼았다. 게다가 우리는 설사 아파서 병상에 누워 있더라도 감사하고 만족해야 하는 처지가 아닌가? 전쟁터에서 아픈 몸으로 축축한 참호 속을 뒹굴거나 눈과 얼음을 뚫고 달아나야 하거나 차가운 지하방공호에서 이제나 저제나 폭탄이 떨어질까 두려움에 떠는 사람들을 생각하면 말이다.

처음에는 이레네도 비슷했다. 정말로 달리 해결책이 없이 궁지에 몰렸을 때만 내 도움을 요청했고, 그 다음에는 어찌할 바를 모르고 난감한 기색이 역력하게 사과하고 감사의 표시를 했다. 그러나 날이 갈수록 내 도움은 점점 당연한 것이 되어갔고, 이레네의 요구와 희망 사항은 늘어만 갔다. 하루 세끼 정식 식사 대신에 더 자주 소량의 음식을 원했고, 침실의 침대 대용 잠자리와 발코니의 갖다놓은 침대로 만족하지 못하고, 발코니의 이쪽과 저쪽에, 해변가 집 포치에, 층계 옆 아카시아 나무 아래에 각각 침대를 놓아달라고 했으며, "물 한 잔 가져다줄래?" 하고 묻는 대신에 "나 목말라"라고 했고, 고맙다는 인사 대신에 미소 한 번으로 때우거나 혹은 아예 아무런 감사 표시를 하지 않는 경우도 있었다. 속이 울렁거려서 구토를 해도 편해지지 않으면 그녀는 질식할 듯이 숨이 막혀 침을 뱉어야만 했고, 그럴 때 양동이가 너무 멀리 있거나 내가 당장 휴지를 대령하지 않거나 그녀를 제대로 부축해주지 못하면 나에게 화를 내기 일쑤였다.

나는 그것이 힘들었다. 그런 취급을 받으면 그녀도 기분이 나쁠 것이 아닌가. 그런데 어떻게 나에게 그런 행동을 할 수가 있지? 암에 걸리거나 죽음이 임박한 사람은 그럴 권리가 있는 것일까? 나는 그렇게 생각하지 않았다. 그리고 설사 내가 마찬가지의 상황에 놓인다 해도 그런 특별대우를 요구하지 않으리라고 결심했다. 하지만 예의를 차린 부탁과 감사의 인사를 하지 않는다고 그녀의 요청을 거절할 수는 없었고, 뭐든지 당연하게 도와주겠다고 내 입으로 말했으므로 달리 행동할 수도 없었다. 그래서 군말 없이 그녀를 도왔다. 어쩌면 그녀가 내 도움을 당연하게 여긴 것이 차라리 다행이었을 수도 있다. 공정함이 항상 최고인 것만은 아닐 테니까.

우리가 샌프란시스코에 도착한 날 저녁, 그녀는 다시 달라졌다. 뭔가가 필요하면 부탁을 했고 원하는 걸 얻은 다음에는 감사의 인사를 했으며 자신 때문에 나를 힘들게 해서 미안하다는 사과도 했다. 그것은 마치 우리 사이에 다시금 거리를 두려는 의도 같았고, 나를 아무런 연관이 없는 타인으로, 그래서 언제든지 돌아서면 그만인 사람으로 대우하는 것 같았다. 그런 그녀는 내 딸이 어렸을 때의 모습을 연상시켰다. 여름캠프에 참여해서 우리 없이도 혼자서 잘 해나갈 수 있다는 사실을 깨달은 딸은, 캠프에서 돌아온 후에도 독립적으로 굴었고, 자신이 우리에게 당연히 속한 존재가 아님을 행동으로 주장하곤 했다. 이레네는 그처럼 낯설어졌다.

"혼자 할 수 있어." 저녁식사를 마치고 계단으로 향해 가면서 이레네는 말했다.

"어디서 잘 건데?"

"발코니에서."

그녀는 느리게, 무거운 동작으로, 몸을 앞으로 숙인 채,

손으로 계단을 한 칸 한 칸 디디며 올라갔다. 나는 언제든지 그녀에게 달려갈 만반의 태세를 갖추고 있었지만 그녀는 나를 부르지 않았다.

설거지를 마치고 주방을 치운 나는 다음 날 아침을 위해 식탁을 정돈했다. 그런 다음 술병에 남은 술을 잔에 따라 발코니로 나갔다. 이레네가 침실에서 욕실로 가는 소리, 샤워하는 소리, 다시 침실로 가는 소리가 들렸다. 더웠다. 하루 종일 그랬던 것처럼, 전날 밤에도, 전날 낮에도 그랬던 것처럼. 나는 밤의 더위를 좋아하게 되었다. 맹렬한 공격성이 수그러든 더위는 낮보다 결코 열기가 덜하지는 않았으나, 훨씬 더 침착해진 느낌이었다.

그때 이레네가 나를 불렀고 나는 주방으로 갔다.

13

그녀는 계단을 내려왔다. 넘어지지 않기 위해서 필요할 때마다 오른손으로 계단을 짚기는 했으나, 몸을 바로 세우고 한 발 한 발 안정되게 내디뎠다. 고개를 살짝 숙인 그녀는 나를 바라보았다. 그녀는 나체였다.

계단을 내려오는 그녀를 발견한 순간, 내 머릿속에 스쳐 간 생각을 어찌 다 말할 수 있을까! 그녀는 마지막 남은 코카인을 복용한 것이 틀림없었다. 시체처럼 창백한 그녀의 몸은 햇볕에 그을린 얼굴, 목, 팔과 극명한 대조를 이루었다. 이 얼마나 지친 몸이란 말인가. 지친 젖가슴, 배 주변의 지친 피부, 그러면서 동시에 얼마나 아름다운가. 지친 아름다움이라도 역시 아름다움은 아름다움인 것을. 아트갤러리에서 그녀의 엉덩이, 허벅지, 발에 대해서 논하던 애송이들은 아무것도 알지 못한다. 부드러움과 유혹, 고집과 반항심이란 특성에 대해서 나는 얼마나 큰 환상을 품었던가. 그녀는 자기 자신의 삶을 산 평범한 한 여인이었다. 차이라면 그녀는 용감하게 삶을 살아왔고 나는 겁내면서 살아왔다. 그녀는 내가 내 자식들에게 준 것보다 더 큰 사랑을 데려온 아이들에게 베풀었다. 이제 그녀의 몸을 점령한 피곤이 내 마음을 건드렸다. 감동과 욕정은 종이 한 장 차이였다.

그녀는 눈빛으로 말했다. 나를 위해서 지금 어떤 역할을 연기하고 있다고, 하지만 거짓으로 꾸며낸 연극은 아니라고, 물론 그녀가 더 이상 젊은 이레네가 아닌 늙은 이레네이며, 나 또한 젊지 않다는 것을 우리 모두 알고 있다고, 하지만 생의 바로 이 순간, 그녀는 사랑 이외에는 줄 것이 없으며, 나 또한 그러하도록 초대하고 싶다고, 나 또한 그것을 원하고 있음을 고백하기를 바란다고. 그녀는 지금 자기 자신을 연기하는 이 역할을, 감탄하는 내 시선을 즐기고 있노라고.

그녀는 계단을 마지막까지 내려왔고, 우리는 서로를 온몸으로 얼싸안았다. 가슴과 가슴이, 배와 배가, 허벅지와 허벅지가 밀착했다. 내 손은 그녀의 피부를 느꼈다. 비단 종이처럼 부드럽고, 건조하며, 살짝 거칠었다. 나는 이제 곧 그녀를 안고 그녀의 침실로 가게 될 것이다. 하지만 서두를 필요는 조금도 없었다.

14

다음 날 나는 그녀의 방에 침대 두 개를 이어 더블베드를
만들었고, 발코니의 매트리스 두 개도 서로 붙여놓았다.
나는 언제 어디서 갑자기 카리가 나타날지도 모르는 발코
니에서 그녀와 한 침대에서 자는 것이 좀 망설여졌다. 하
지만 그녀는 고개를 저었다. "그 애는 내가 위험할지도 모
른다고 생각할 때만 와. 헬리콥터나 보트가 나타난다든지
아니면 낯선 사람들이 모습을 보일 때 말이야."

그날, 가지고 있는 최후의 코카인을 흡입한 날 저녁처럼
이레네가 생기발랄한 모습을 보인 적은 없었다. 그날 이후
로 우리는 두 번 다시 사랑을 나누지 않았다. 그녀가 너무
허약하기도 했고, 또 서로가 함께라는 사실만으로 충분히
만족했기 때문이다. 그밖에 또 달라진 것이 있었다. 계속
이야기를 듣고 싶어 한다는 점은 같았지만, 우리가 샌프란

시스코에 도착하여 서로를 발견한 이후, 그녀는 조금 다른 이야기를 원했던 것이다. "우리가 대학생 때 서로 만났더라면 어땠을 거 같아?"

"대학생 때 서로 만났더라면 어땠을 거 같으냐고? 너는 정치 활동에 열심이고, 숭배자들을 거느리고 다녔어. 전시회 오프닝이나 파티 등에 항상 초대를 받았고 일찍 결혼을 했지. 반면에 나는 강의와 세미나에 참석하거나 도서관에 앉아 있는 일 이외에는 거의 아무런 활동도 없었어."

"그래도 한번 생각을 해봐, 만약 대학생 때 네가 나를 만났더라면……. 넌 한 번도 케이브에 간 적이 없어?"

"없어."

"그래도 그게 뭔지는 알지? 어디인지도 알고?"

그래서, 밤 열 시에 도서관을 나온 나는 집으로 가지 않고 케이브로 갔다. 그건 지하 2층으로 된 식당이었다. 위층은 바와 식탁이 있고 아래에는 무대와 댄스 플로어가 있었다. 실내는 담배 연기로 자욱했고 젊은이 몇 명이 재즈를 연주하고 있었다. 멜로디가 없는 음악이었다. 이런 것이 프리 재즈인가? 온통 검고, 검은 스커트와 검은 청바지, 검은 스웨터, 검은 재킷, 실존주의? 그래서 다들 이렇게 온통 나른한 분위기 속에서, 움직이고, 앉고, 서고, 불을 건네고, 담배를 피우고, 잔을 들어 비우는 것인가? 그래서 남자들은, 아름다운 여자들 곁에 다가갈 기회를 노리면서도, 그토록 거만한 눈빛으로 쳐다본단 말인가? 그리고 여자들은 마치 남자들이 귀찮다는 듯이, 그렇게 행동하는 것일까? 주변을 둘러보자 거기……

이레네가 소리 내어 웃었다. "넌 어디서 누벨바그 클리셰를 읽은 모양이로구나? 60년대 후반에는 아무도 검게 차려입지 않았어. 여학생들은 소녀 시절을 보낸 지방 여학교에서 못해본 일을 만회하려고 안달했고, 남학생들은 비판 이론이나 혁명적 프락시스 등을 커다란 소리로 떠들면서 우리에게 깊은 인상을 남기려고 애를 썼지. 이런 걸 정말로 전혀 모른단 말이야?"

"말했잖아. 난 공부 말고는 아무것도 해보지 못했다고."

"그럼 대학 졸업하고 바로 일을 시작했고, 그게 전부야? 법률회사에 입사해서 회사를 인수하여 크게 더 크게 키운 것 말고는 없어?"

"네가 뭘 원하는지 모르겠어."

"너에게서 아무것도 원하는 건 없어." 그녀는 내 팔을 잡았다. "네 삶을 상상해보는 것뿐이야. 케이스 속에 들어 있는 삶. 그런 케이스 속에서 일생을 산다면 바깥세상은 정말로 클리셰가 되어버릴지도 몰라."

나는 뭐라고 말해야 할지 몰랐다. 직업상 많은 해외여행을 했고 항상 열린 마음과 눈을 유지했다. 집에서는 두 종류의 신문을 구독하면서 경제와 금융 면을 주로 읽었지만 정치와 문화도 소홀히 하지 않았다. 나는 이 세계에서 일어나는 일을 다른 누구보다 더 많이 알고 있는 편이다. 그런데 단지 60년대 후반의 대학생 패션 유행을 잘 모른다고 해서 일평생 케이스 속에서 산 셈이 되어버린단 말인가?

그녀의 팔에서 벗어나려는 내 몸짓을 느낀 그녀는 나를 더욱 가까이 끌어안았다. "넌 네 아이들이 대학 생활을 어떻게 하는지 한 번도 보러 가지 않았구나? 아이들과 함께 학생 주점에 가거나 대학 축제를 구경한 적도 없지?"

"내 아이들은 열네 살 때 영국의 기숙학교로 갔고 대학도 거기서 다녔어. 케임브리지 졸업식에는 나도 참석했지. 화려하고 위엄 있는 대단한 행사였어. 막내아들이 옥스퍼드 대항 보트 레이스에 출전해서 우승한 날도 거기 있었고."

"아이들과 자주 만나?"

"아이들은 영국에서 계속 살아. 큰딸과 큰아들은 변호사고 막내아들은 소프트웨어 회사를 갖고 있지. 손자나 손녀가 태어나거나 뭔가 함께 축하할 일이 있으면 나도 영국으로 건너가. 그 이상은 아이들에게 부담 주는 걸 원치 않고."

이레네는 조심스럽게, 천천히 내 등을 쓰다듬었다. "순진한 바보 같으니, 넌 만사를 다 훌륭하게 하려고만 하는구나." 그녀는 상냥하면서도 슬프게, 다시 한 번 더 반복했다. "순진한 바보 같으니."

그녀가 왜 그런 말을 하는지 이해할 수 없었다. 그리고 나는 눈물을 흘리기 시작했는데, 도대체 왜 울어야 하는지, 그것도 하필이면 지금 이 순간에 그래야 하는지, 도무지 이해할 수 없었다. 나는 수치스러웠고, 스스로가 정말이지 한심했지만 울음을 멈출 수 없었다. 내 아이들이 그리웠다. 지금 영국에 사는 그 아이들 말고, 과거 틴에이저였던 아이들, 그 애들의 사춘기, 학교에서의 갈등, 연애 사건, 친구들과의 관계, 첫사랑, 학과 선택의 고민, 이런 문제들을 함께 해주지 못했던 아이들. 당시에 나는 방학을 맞은 아이들을 공항에서 맞은 뒤, 그들을 집으로 데려온 것이 아니라 곧장 방학 캠프로 보냈고, 캠프가 끝나면 대개는 바로 이어서 이학 코스나 테니스 강습이 기다리고 있었다. 아이들은 한 번도 불평을 한 적이 없긴 하지만, 그럼에도 지금 나는 아이들이 불쌍했다. 나 자신도 불쌍했다. 지금 내 눈물은 나와 아이들, 그리고 영국 유학을 늘 반대했던 아내를 위한 눈물이었다. 나는 정말로 그것이 아이들을 위한 최선의 선택이라고 믿었던 걸까? 아니면 아이들을 떼어놓고 마음대로 편하게 살고 싶었던 걸까?

"마음껏 울어." 이레네는 내 등을 계속 쓰다듬었다. "울어. 그러면 마음이 편해질 거야."

그녀가 왜 그런 말을 하는지 이해할 수 없었다. 하지만 그녀가 보여주는 위로와 애정이 자책과 자기연민에 빠진 나를 이불처럼 포근히 덮었으므로, 그 이불 아래 잠든 나는 꿈속에서도 계속 눈물을 흘릴 수 있었다.

15

"아마도 이번이 마지막이 될 거 같아." 이레네는 다음 날 아침 이렇게 말했다. "마지막으로 한 번 더 계단을 걸어 해변으로 내려가보고 싶어."

한 손으로 난간을 짚고 다른 한 손은 내 어깨에 올린 그녀와 함께 계단을 내려가는 동안, 나 역시 이번이 마지막이 될 것임을 알고 있었다. 그녀는 계단의 모든 칸마다 멈추어 서서 힘을 모아야만 했다. 항상 오른발로 아래 계단에 먼저 내려선 다음 왼발을 디뎠으며, 그 자리에서 한참을 쉬면서 다음 칸을 내려갈 만한 기운이 생길 때까지 기다렸다. 그러면서도 숨쉬기가 힘들어 거의 아무 말도 하지 못했으며, 간혹 지쳐빠진, 혹은 사과하는 눈빛으로, 혹은 냉소적인 미소를 띠고서 나를 바라보았다. "내 꼴이 이렇게 되다니!"

또다시 눈물이 쏟아질 뻔했다. 어제저녁부터 오늘까지, 내가 왜 이러는 거지? 이레네와 내가 서로를 발견한 그때 이미 우리는 남은 시간이 거의 없음을 알고 있었다. 하지만 그것은 외부의 진실일 뿐이지, 우리들 사이의 진실은 아니었다. 이레네와 나 사이에는 수많은 일들이 일어났으며, 수많은 삶이, 수많은 약속이 있었다. 하지만 지금 계단을 내려가는 기나긴 길 위에서, 우리 앞에 남은 짧은 시간은 우리들 사이의 진실이 되었고 나는 그것이 참으로 견디기 힘들었다. 나는 그 누구도 필요하지 않다고, 항상 생각해왔다. 누군가가 있으면 행복질 수는 있겠지만 나중에 홀로 살아남는 건 싫다. 나는 이미 아내를 보내고 홀로 살아남았다. 이제 나는 이레네 없이 살아갈 자신이 없다. 이레네 없이 어떻게 혼자서 과거와 다른 방식으로 내 아이들을 대할 것인지, 내 일을 어떻게 다른 방식으로 설계할 것인지, 삶을 어떻게 다르게 구상할 것이지 알 수가 없다. 그녀 없이 어떻게 홀로 잠이 들고 홀로 깨어난단 말인가.

그러나 나는 울지 않았다. 대신 그녀와 보조를 맞추어, 한 발 한 발 한 칸 한 칸 느린 속도로 계단을 내려가는 데 집중했다. 마치 그것이 세상에서 흔하게 일어나는 일상사라는 듯이. 계단 중간에서 한참을 멈춘 채 숨을 고른 그녀가 말했다. "네가 그랬지, 영국 법률회사들이 독일 회사들을 인수하고 있다고. 그러면 네 두 아이들과 함께 영국에 네 법률회사의 지사를 차리는 것도 가능하지 않아?" 나는 아이들과 나 사이에 항상 놓여 있는 거리감을 생각했다. "어쨌든 그 애들은 너와 같은 직업을 스스로 선택한 것이 잖아."

몇 칸을 더 내려간 뒤 그녀는 다시 멈추어 서서 말했다. "내 딸을 만나거든, 그 애에게 내 이야기를 해야 할지 말아야 할지, 네가 알아서 판단해줘. 그 아이를 혼란스럽게 만드는 건 원치 않아. 그 애에게 그냥 잘 해줬으면 좋겠어. 만약 그 애에게 아무것도 해주지 않는 편이 그 애에게 잘해주는 거라고 본다면, 그 애에게 아무것도 해주지 않아도 돼."

마침내 우리는 계단을 끝까지 내려왔다. "아, 정말 좋아." 그녀는 맨발을 바닷물 속에 담그고 서서 행복해했다. 모든 것이 아름다웠다. 따뜻한 바닷물, 눈부시게 매끄러운 바다, 수 미터 아래의 바닥과 자갈, 해초와 물고기들까지 그대로 들여다보이는 투명한 물 속, 아직은 뜨겁게 이글거리는 열기 없이 아침의 싱그러운 기운이 남아 있는 하늘. 이레네는 내 팔에 몸을 기대고 사방을 둘러보면서 휴식을 취했다. "우리, 만의 끝에 있는 저 바위까지 가볼까?"

그러나 몇 걸음도 걷기 전에 구역질을 느낀 이레네는 조금 전에 먹은 음식들을 몽땅 토하고 말았다. 우리는 잠시 쉬기로 하고 해변 집 포치에 나란히 앉았다. "우리가 학교 다닐 때 만났다면 어땠을까?"

"초등학교 말이야? 난 지금도 기억나. 우리 학교 노란 벽돌 건물에는 붉은 사암 장식이 있었고, 건물 절반은 여자

아이 교실, 나머지 절반은 사내아이 교실이었지. 건물뿐
아니라 운동장도 마찬가지로 절반이 나뉘어 있어서, 쉬는
시간이 되면 1학년부터 4학년까지의 여자아이들과 사내아
이들이 교실에서 운동장으로 쏟아져 나와 커다랗게 두 무
리를 이루었지. 항상 두 개의 무리로 나뉘어 움직이는 거
야. 상급생들이 작은 아이들을 감독했고, 그리고 전체를
총괄하는 감독 교사도 한 명 있었지. 반면에 쉬는 시간 감
독 업무를 맡지 않은 상급생들은 자유롭게 이동이 가능했
으니까, 우리를 약 올리고, 때리고, 우리 손에 들린 브레첼
이나 사과를 빼앗아 갔어. 그들에게는 그것이 놀이였어.
브레첼이나 사과가 탐나서가 아니라, 그런 짓을 하고도 잡
히지 않기, 그게 중요했지.

나는 겁 많은 아이였어. 학교가 무서웠고, 교사들이 무
서웠고, 큰 상급생들이 무서웠고, 종종 상급생들이 나타나
약 올리거나 때리거나 뭔가를 빼앗아 가는 학교 가는 길이
무서웠어. 그리고 지각이 무서웠어. 나는 지각을 자주 했
는데, 제 시간에 집에서 출발을 해도 도중에 학교 가기가
무서워 자꾸만 늑장을 부리곤 했으니까. 오랜 시간 동안
내게 학교와 관련된 것들은 모두 안개 속처럼 형상이 희미
한 느낌이었어. 그게 뭔지 정확히 이해할 수 없었고, 왜 그
런 것들이 있어야 하는지도 몰랐어.

어느 날 학교에서 쉬는 시간에 다른 쪽 무리에서 금발머
리를 땋아 내린 한 소녀를 발견할 때까지는 말이야. 그 소

녀는 할머니의 심부름으로 내가 종종 가던 식료품 상점에서 몇 번 마주쳤던 아이였어. 소녀도 나처럼 양철 우유 통을 상점으로 들고 왔고, 그러면 상점 주인은 어떨 때는 우유를, 혹은 어떨 때는 탈지유를 담아주는 거야. 그리고 우리가 집에서 가져온 쪽지를 건네주면 거기 적힌 물품을 장바구니에 담아주었지. 소녀가 나와 달랐던 점은, 주인에게 지갑을 건네주는 대신에 어른처럼 돈을 세어서 계산했다는 거야. 천천히, 입술 사이로 혀끝을 조금 내밀고, 지폐와 동전을 지갑에서 꺼냈지. 최대한 딱 맞는 금액으로. 마찬가지로 거스름돈도 꼼꼼하게 세었어. 우리는 단 한 번도 이야기를 나누지 않았어. 나는 감히 말을 붙일 용기가 없었고, 어른처럼 돈을 셀 줄 모르는 입장에서는 더더욱 엄두를 낼 수 없었지.

그 일을 계기로, 난 처음으로 산수 과목을 열심히 공부하게 된 거야. 드디어 최초로 내가 지폐와 동전을 딱 맞게 지갑에서 찾아 꺼냈고, 거스름돈도 셀 수 있었던 날이 아직도 기억나. 그날 그 소녀는 상점에 없었지만. 우리가 다시 상점에서 마주친 건 몇 주일이나 지난 뒤였어. 자신이 할 수 있는 일을 내가 해내는 광경을 본 소녀는 짧은 시선을 내게 던졌어. '그럴 때가 되긴 했지.' 소녀는 두 번 다시는 혀끝을 입술 사이로 내밀지 않았어. 아마도 내가 그러지 않았기 때문일 거야. 뿐만 아니라 나는 상점 주인에게 쪽지를 건네는 일도 하지 않았어. 대신 살 물건 품목을 읽어주었지. 그러자 소녀도 나처럼 하는 거야. 우리는 같은 길로 집에 갈 수도 있었을 거야. 누군가 한 사람이 일부러 먼 길을 돌아서 갈 필요는 없이, 단지 평소와는 다르게 뛰어서 가기만 하면 되었는데 말이지. 그사이 나는 소녀의 집이 어딘지도 알게 되었거든.

가끔 나는 학교를 마치고 집에 가는 소녀를 몰래 뒤따라간 적이 있었어. 상당한 거리를 두고 따라갔으므로, 소녀가 알아차린 것 같지는 않아. 적어도 내가 흔히 겪는 그런 일이 소녀에게 닥치기 전까지는. 덩치 큰 소년 두 명이 처음에는 소녀의 뒤를 따르더니, 소녀를 사이에 두고 양옆으로 붙어 섰고, 결국 소녀를 울타리 쪽으로 몰아붙였어. 소녀는 반항했지만 소리를 지르지는 않더군. 나는 소년들의 웃음소리를 들었고, 소녀에게 '빨리 해' '내놔' 하고 말하는 것을 들었지. 그래서 전속력으로 내달려서, 온 힘을 다해 한 소년에게 덤벼들었고, 다른 소년의 배에 힘껏 주먹을 날렸어. 그리고 소녀의 손을 잡고 얼른 그 자리에서 달아나, 다음 모퉁이에서 어느 채마밭의 수풀 뒤에 숨었지. 하지만 소년들은 우리를 쫓아오지 않았어. 잠시 뒤 나는 소녀를 집으로 데려다주었어. 하지만 여전히 소녀의 손을 잡은 채였고, 소녀도 손을 빼려고 하지 않았어. 집 앞에 도착한 다음에 나는 소녀에게 물었지, 좀 어떠……"

"그거 실화야?"

"소녀의 머리는 금발이 아니라 짙은 색이고, 이름도 지금 막 내가 명명하려고 했던 이레네가 아니라 베르벨이었지. 이삼 주일 정도 우리는 학교를 마치고 함께 집으로 갔어. 서로 손을 잡고서. 그다음 소녀는 어디론가 가버렸고, 나도 소녀를 잊었어. 지금까지 까맣게 잊고 있다가, 네가 학교 이야기를 꺼내자 비로소 기억이 난 거야. 네가 그 소녀였다면, 그리고 어디론지 가버리지 않고 계속 있었다면, 그랬더라면 좋을 텐데……." 나는 이레네의 손을 잡았다.

"그래."

16

우리는 만 끝의 바위에 결국 도달했다. 그녀는 한 걸음도 더는 걷지 못했다. 나는 그녀를 안고 층계까지 왔고, 층계를 올라 발코니의 침대에까지 데려갔다. 아직도 시간은 일러서, 태양 빛은 침대에 이르지도 않았다. 나는 파라솔을 침대 위에 펼치고, 적당하게 고정시켰다.

"이상한 냄새가 나."

"모르겠는데, 무슨 냄새?"

"불 냄새. 하지만 착각일지도 몰라."

나는 집 안으로 들어가 주방의 가스 화덕과 가스보일러를 확인했고, 요즘 우리가 종종 켜놓곤 하던 촛불도 점검했다. 점검하는 김에 식료품 저장고도 살폈다. 아마도 이삼 일 내로 한 번 더 식료품을 사러 가야 할 것 같았다. 이레네가 심한 통증을 겪을 경우에 대비해 모르핀도 마련해

놓고 싶었다. 모르핀이 없을 경우 혹시 카리가 헤로인을 구해다줄 수 있을까?

발코니로 돌아오자 이레네는 잠들어 있었다. 나는 그녀 곁에 앉아 가만히 얼굴을 들여다보았다. 뒤로 빗어 넘겨 목덜미에서 묶은 머리칼, 이마의 가로 주름, 두 뺨에 난 깊은 고랑, 가늘게 얇아진 입술, 둥글고 강한 턱, 살이라고는 하나도 없는 턱 아래와 목의 피부. 그녀는 참으로 강인해 보였다. 나는 여러 모양으로 얼굴을 찡그려보았지만, 어떤 표정을 지어야 뺨에 그런 깊은 골이 패는지, 눈가에 그런 잔주름은 어떻게 하면 만들어지는지 알아낼 수가 없었다. 세상을 향해 환희의 웃음을 지을 때, 아니면 두 눈을 질끈 감으며 이 두려운 세상을 거부할 때? 이레네는 사랑스러운 얼굴이 아니었다. 하지만 나에게는 참으로 사랑스러웠고, 나는 그 얼굴을 보며 그녀가 가졌던 환희와 두려움, 그리고 그녀 삶의 깊은 단절을 만든 사건들을 생각했다.

오래 들여다볼수록 그녀의 얼굴이 점점 더 잘 이해된다는 느낌이었다. 눈 주변에는 환희와 두려움이, 뺨에는 경직과 부드러움이란 두 가지 성질이 공존하는 것이 보였다. 그때 얇은 두 입술이 막 신비로운 미소를 띨 태세로 살짝 흔들렸다.

그녀가 눈을 떴다. "뭘 그렇게 쳐다보고 있어?"

"너를 쳐다보고 있어."

내 대답이 마음에 안 든 그녀는 웃는 얼굴로 그런 뜻이 아니라고 고개를 저었다.

"너를 보고 있으면, 네 얼굴에는 내가 알고 있는 너의 모습이 떠올라. 심지어는 내가 모르고 있는 네 모습까지도 거기 더해져. 그래서 매번 너를 점점 더 잘 알게 되지. 매번 점점 더 너를 사랑하게 되고."

"꿈을 꾸었어. 기차를 타고 여행 중이었는데, 처음에는 급행열차를, 그 다음에는 교외열차를 타고 갔지. 기차에서 내리면서 나는 원래 내리려는 곳이 아닌 다른 정류장에서 내리고 있음을 이미 알았지만, 그래도 내렸어. 정말로 잘못 내린 것이 맞았어. 사방이 온통 황량한 폐허였어. 오랫동안 그 어떤 기차도 서지 않은 듯한 모습이야. 나는 역사를 통과하여 역 앞 광장으로 나갔어. 그곳도 마찬가지로 황폐했어. 택시도 없고, 버스도 없고, 사람은 그림자도 보이지 않았어. 그런데 그때 카를과 페터를 발견한 거야. 둘 다 가방 위에 걸터앉아 있는데, 그들의 가방은 잡아끄는 손잡이도 없고 바퀴도 안 달린 구식이었어. 그렇게 앉아서 누군가 마중 나오기를 기다리는 듯했어. 내가 그들에게 다가갔는데 그들은 고개를 들지도 않았고 움직이지 조차 않았어. 그들은 마치, 오래전부터 죽어 있었고, 죽은 상태로 가방 위에 앉아 있는 것 같았어. 나는 깜짝 놀랐지, 하지만 번개에 맞은 듯한 그런 충격이 아니라, 소름 끼치는 냉기가 등줄기를 서서히 타고 오르는, 그런 오싹한 느낌이었어. 그리고 난 깨어난 거야."

"나는 꿈 해몽은 못 해. 꿈은 공상이야. 이건 내 아내가 생전에 늘 하던 말이지. 하지만 너희가 세상의 끝을, 예술과 대안의 종말을 이야기한 걸 생각해봐. 더 이상 기차가 지나가지 않는 역에 앉아 있는 것과 무엇이 다를까? 죽은 채로 가방 위에 앉아서 말이야." 나는 원래 그 두 사람이 어디론가 떠났는지, 그걸 물어보려했지만 잊고 말았다. "너희 셋이 나눈 말들을, 너는 정말로 그대로 믿는 거야?"

이레네는 주변을 두리번거렸다. 일어나려고 그런다는 것을 눈치챈 나는 베개를 가져다 받쳐주었다. 일어나 앉은 그녀는 슬프고도 다정한 시선으로 나를 물끄러미 응시했다. 이제 어느 정도 익숙해진 시선이다. 그것은 다정하면서도 동시에 슬픈 그녀의 마음을 전달하는 듯했다. 왜냐하면 그녀 자신이 이해해주었으면 하고 바라는 그 무엇을 내가 이해하지 못하고 있기 때문에. "순진한 바보 같으니." 그녀가 말했다. "너는 살아오는 내내 너의 투쟁을 치렀어. 마치 기사가 무술시합에서 상대와 싸우듯이 말이야. 하지만 기사들이 자기 시대의 종말을 알지 못했듯 너 또한 그 투쟁이 어느새 허상의 투쟁이 되어버렸고, 진즉에 전부 종말에 이르렀음을 알지 못한 거야. 그토록 열심히 계약과 계약을 성사시키며 다니고, 합병과 인수 건을 매번 충실하게 해치우고, 그것이 이 세상을 위해서 참으로 중요한 사안이라고, 그렇게 진심으로 믿고 있는 네가 나는 정말 좋아, 그런 네 태도는 나를 감동시키지. 그리고 동시에 슬프게 만들어."

나는 항의하려고 했다. 내가 하는 일에 대해서 해명하려고 했다. 합병과 인수가 왜 중요한지, 이유를 설명하려고 했다. 내가 싸웠던 투쟁들이 허상이 아니라고, 아무것도 끝나지 않았다고, 모든 것이 계속해서, 계속해서 앞으로 전진해나갔다고 말하고 싶었다.

"심각하게 생각하지 마. 사람들이 세상에 대해서 얘기하는 내용은, 대개 그들 자신에 관한 내용이니까. 아마도 내가 지금 유일하게 견딜 수 없는 건, 세상은 계속해서 굴러가는데 나 홀로 종말을 맞는다는 그 사실 때문일지도 몰라. 그러니까 진정해!"

우리는 서로 각자의 생각에 잠긴 채, 그러나 서로 몸을 상대방에게 기댄 채 앉아 있었다. 생각하다 보니 이상하게 맥이 빠지면서, 나도 슬픈 기분에 잠겨버렸다. 서로를 도저히 이해할 수 없고 서로에게 공감할 수 없는 어느 경계가 우리 사이에 가로놓였음을 느꼈기 때문이다. 이레네와 나 사이뿐만이 아니라, 이미 오래전부터, 나와 타인 사이에는 유리벽이 가로막혀 있어서, 그들에게 진정으로 가 닿지는 못했다는 생각이 들었다. 내 아내, 내 아이들, 그리고 친구들, 그 누구에게도. 나는 항상 나 혼자였다.

하마터면 다시 울 뻔했으나, 눈물이라면 전날 저녁 이미 충분히 많이 흘리지 않았던가. 나는 우리의 포옹을 풀지 않고 계속 서로 안고 있으면서, 밀려드는 모든 감정을, 모든 생각을, 그냥 흘려보내려고 했다. 결코 쉽지 않은 일이었지만.

17

다음 날 아침 이레네는 다시 불 냄새가 난다고 했다.

"무슨 일이 생기면 카리가 여기로 오겠지? 오늘 내가 차를 몰고 메레딘에게 가면 어떨까? 식료품이 떨어져서 그래."

이레네는 고개를 저었다. "가지 마. 무슨 일이 생기면 카리가 오긴 하겠지만, 그래도." 그녀의 눈동자는 겁에 질려 있었다. "오늘 분명히 컨디션이 안 좋아질 것 같아. 기운이 하나도 없어. 이렇게 기운 없기는 정말 처음이야. 난 예전에 이 집에 아이들을 데리고 있을 때 한 번 아팠던 적이 있어. 열이 점점 올라서, 결국 침대에 누워야만 했어. 그땐 내가 딱히 하는 일 없이 누워서 지낼 수 있다는 사실이 감사했지. 누워서 지내도 된다는 건 참 좋아. 눕고 잠자고 그리고 죽는 일. 내게 뭐라고 말 좀 해봐."

"난 어머니에 관한 기억이 두 가지가 있어. 부모님은 전쟁이 끝난 직후에 나를 데리고 북 독일에서 남독으로 옮겨 왔어. 우리 가족이 타고 온 차는 이삿짐 트럭의 트레일러였지. 앞에 창유리가 달리고 보통 트럭처럼 운전석과 보조석이 이어진 좌석이 있지만 운전대나 엔진은 없는 트레일러. 그 자리에서 어머니의 무릎에 앉아 창밖을 내다보던 것이 하나의 기억이야. 그리고 다른 하나는, 어머니와 함께 놀이터에서 놀던 것. 놀이터는 1938년까지 유대교 시너고그 자리였던 공터 뒤쪽, 길쭉하고 작은 공간인데, 나무들과 벤치 몇 개, 모래 상자가 하나 있었지.

때는 저녁이었고, 사방은 이미 어두워지기 시작했던 것을 기억해. 어머니는 나와 함께 모래 상자 속에 앉아 성을 쌓았지. 어머니는 납작한 판자를 하나 가져와서, 탑의 1층을 세운 뒤 판자를 덮어 지붕을 만들고 그 위에 2층을 쌓았지. 그리고 양동이에 물까지 떠 와서 모래를 단단하게 쌓으면서, 정말이지 근사한 작품을 만들어냈어. 탑의 1층에난 문과 사방 벽면에 뚫린 창을 통해서 내부가 들여다보였어. 어머니는 성 쌓기 프로젝트에 너무도 집중해서, 마치 그 자리에 있는 나의 존재는 아예 잊어버린 것 같았지. 하지만 그래도 나는 마냥 행복해서 어쩔 줄을 몰랐어. 어머니가 나와 함께 있다. 오직 나와만 함께 있다. 나를 위해서 무언가를 만든다. 오직 나만을 위해서 만든다. 아주 어두워진 다음에 성은 완성되었어. 가로등 불이 켜졌지. 가스등의 부드러운 불빛 아래 나란히 앉아, 우리는 성을 바라보았어. 분명 성벽도 있었고, 성의 부속 건물도 몇 개 있었을 거야. 하지만 내 기억 속에는 오직 두 개 층으로 이루어진 그 탑만 남아 있어. 라푼첼이 머리카락을 늘어뜨려 왕자를 끌어올리는 탑. 문득 고개를 들어보니, 조그만 금발 여자아이 하나가 우리 곁에서 함께 성을 바라보고 있는 거야. 눈동자는 밝은 청회색이고, 입가에는 신기해하는 미소를 살짝 머금은 채. 여자아이는……"

"그 부분은 지금 지어내는 이야기잖아." 이레네가 다정한 비난의 어조로 끼어들었다.

"그래 맞아. 그런데 이상하게도, 어쩌면 내 기억 전부가 지어낸 이야기일지도 모른다는 생각이 들어. 놀이터는 분명히 있었어. 그런데 왜 집 안이나 바깥의 다른 장소에서 어머니와 함께 놀았던 기억은 전혀 없는 걸까? 그리고 왜 하필이면 밤이 다 된 저녁에 거기서 놀았던 걸까? 그리고 어머니는 유난히 재주가 좋은 사람도 아니고 참을성이 많은 사람도 아니었어. 두 층짜리 모래 탑을 쌓기에는 참을성이 한참 많이 부족했지. 어머니는 종종 동화책을 읽어주곤 했어. 나도 내 동화를 꾸며낸 걸까? 하지만 내 기억 속에서 일어난 사건은 상상이 아니야. 그건 실제야. 지금도 눈앞에 그 광경이 선명해. 모래 상자, 푸른 옷을 입은 어머니, 저녁 어스름 속에 서 있는 모래성, 그리고 곧 어둠이 내리고, 하나씩 밝혀지던 가로등 불빛."

"어머니가 죽었을 때 넌 몇 살이었어?"

"네 살. 놀이터에서의 기억 직후였어."

"사망 원인은 뭔데?"

"운전하다가 나무를 들이받았어."

이레네는 설명을 기다리는 듯 나를 바라보기만 했다.

"어머니는 운전에 능숙했어. 종종 나를 태우고 다니기도 했고. 나는 어머니 옆 조수석에 앉거나 서서 가곤했지. 당시에는 안전벨트니 아동용 시트니 하는 개념이 없었거든. 난 어머니가 속력을 내서 운전할 때 더 기분이 좋았어. 조금도 무섭거나 불안하지 않았고."

이레네는 여전히 듣고만 있었다.

"조부모님이 언젠가 말하길, 어머니가 술을 마시고 운전을 했다는 거야. 어머니가 주정뱅이였다고. 원래 조부모님은 부모님의 결혼을 반대했고 내 어머니를 좋아하지 않아서 항상 어머니를 나쁘게만 얘기했지. 만약 어머니가 주정뱅이였다면 나는 분명 술 냄새를 맡았을 거야. 아이들도 냄새는 분간할 줄 아니까."

이레네는 내 손을 잡았다. 그녀는 아무 말도 하지 않았지만 나는 그녀가 무엇을 떠올리는지 알았다. 바로 네 아내처럼, 하고 생각한 것이다. 나는 그 생각이 마음에 들지 않았다. 하지만 그녀의 무거워지는 눈꺼풀을 보고는, 굳이 반박하지 말고 그녀가 잠들면서 그 생각에 잊게 내버려두는 편이 낫겠다고 판단했다. 그녀는 잠이 들었다. 나는 그녀의 손을 잡고, 그녀를 원망했다.

18

어느 순간, 나도 연기 냄새를 맡았다. 유칼립투스나무가 타는 독하고 달콤한 냄새가 약하긴 하지만 머리가 어질 거릴 만큼 분명하게 코로 밀려들었다. 나는 일어서서 사방을 둘러보았으나 그 어디에도 연기나 불길은 보이지 않았다. 산과 만, 나무들, 수풀, 선착장, 바다, 모든 것이 평소와 다름없었다.

불현듯 카리가 내 곁에 불쑥 나타나 나에게 어디론가 함께 가자는 몸짓을 했다. 나는 쪽지에 카리가 와서 뭔가를 보여주려 하니 잠시 나간다는 내용을 남겼다. 지프를 타고 가야 하지 않을까 생각했지만 카리는 손을 내저었다. 그는 빠르고 날렵한 걸음으로 산 위쪽으로 올라갔고, 나는 힘겹게 그 뒤를 따랐다. 내가 아는 길은 지프로 다니던, 해안 가까운 산 사이를 통과하여 구릉이 많은 평원으로 향하는 것이 전부였으나, 카리는 나를 산 위로 난 작은 샛길로 이끌었다. 우리는 점점 높이 올라갔고, 멀리 발아래 놓인 만은 《로빈슨 크루소》나 《보물섬》의 삽화처럼 작고 푸르게 보였다. 반시간쯤 뒤 우리는 정상에 도착했다.

평원 반대편에 솟아난 먼 산줄기까지 시야가 탁 트였다. 산등성이를 따라 주황색 줄무늬로 길게 번져가는 불길의 흔적보다, 맑은 하늘을 향해 시커멓게 치솟는 연기 기둥이 먼저 눈에 들어왔다. 불타는 협곡을 넘어갈 때 연기는 주황색 섬광으로 번쩍였다. 또한 산을 넘어갈 때도 마찬가지 섬광을 내뿜었는데, 그건 반대편 산등성이가 이미 화염에 휩싸여 있다는 의미였다. 주황색 불꽃은 이제 곧 불이 정상에 도달할 것이며, 산 정상에 이글거리는 화염의 왕관을 씌우게 되리라는 신호였다. 다음 순간 불은 산을 완전히 집어 삼켰고, 불길이 산 아래 도달할 때 즈음 이미 산 전체는 초토화된 다음이며, 타다 남은 잉걸불과 재의 그을음, 숯처럼 새까맣게 변해버린 나무들만이 남았다.

눈에 들어오는 고속도로의 구간들 위로 소방차들이 비상등을 깜빡이며 달려갔다. 공중에는 헬리콥터가 날고 있었다.

"불이 여기까지 올까?"

"평원은 여기서 멀어요. 하지만 땅이 온통 건조하니까 만약 불길이 고속도로를 넘어버린다면……." 카리는 어깨를 움찔거렸다.

"넘어버린다면?"

"그다음은 나도 몰라요. 바람에 달린 문제니까. 아직은 냄새도 많이 나지 않고 연기도 많지 않아요, 바람이 약하거든요. 하지만 바람이 강해진다면……"

"여기에 산불이 나는 걸 본 적이 있니?"

"여기선 없어요. 하지만 저기 북쪽에서는 봤어요. 불이 바람을 일으키고, 그 바람이 불을 몰고 오죠."

"세상에!" 산 아래 어느 마을이 순식간에 불길에 휩싸이는 것이 보였다. 혹시 메레딘과 내가 장을 보러 갔던 그 마을이 아닐까?

카리는 산 위에 남았고 나는 이레네에게 내려갔다. 그녀는 잠에서 깨어나 있었다. "나도 알아. 평원 건너편 산에서 불이 난거지? 메레딘이랑 그 가족, 그리고 두 노인들이 어디로 대피해야 하나?"

"우리 집으로 오면 되지. 또 고속도로에는 차들도 다니니 얼마든지 피신할 수 있을 거야."

"그러면 동물들은?"

나는 아이들 중 한 명이 우리 집으로 끌고 온 동물들을 만으로 데려가고, 마침내 불길이 이곳까지 미칠 경우 물속으로 몰고 가는 것을 상상해보았다. 내 귀에는 이미 소들의 울음소리와 돼지들의 꽥꽥거림, 꼬꼬댁거리는 닭들의 소란이 들려왔다. 그러나 아무도 오지 않았다. 두 곳 농장의 거주자들도 그곳의 동물들도, 아무도 오지 않았다. 그들에게 무슨 일이 생겼는지, 나는 짐작도 할 수 없었다.

우리는 전혀 걱정이 없다고 생각했다. 선착장에는 보트가 있고, 연료도 가득 채워두었고, 엔진을 가동시키자 규칙적인 소리를 내며 듬직하게 잘 돌아갔다. 나는 매트리스 하나를 보트로 옮겨 조종석 앞에 침대를 조립했다. 내가 찾아낸 수건과 린넨 천을 전부 해변의 집으로 가져다 놓았다. 만약 불길이 여기까지 올 경우 물에 적셔서 지붕과 포치, 창틀의 목재를 보호하기 위해서였다. 또한 생필품들도 아래쪽 낡은 집으로 옮겼다. 불길이 여기까지 올 경우 우리는 바다로 나가서 화재가 사그라지기를 기다릴 것인데, 아마도 그 다음에는 위쪽의 집에서는 살지 못하고 아래쪽 집으로 이사할 가능성이 높았기 때문이다.

늦은 오후가 되자 연기가 만을 뒤덮었다. 아주 곱고 가벼운 재가 비처럼 쏟아져 내렸고, 우리의 피부와 옷 주름 사이, 이에까지 쌓여 쓰디쓴 맛을 남겼다. 나는 산 위로 올라가 카리 곁에 웅크리고 앉았다. 누렇게 탁해진 하늘 아래 평원의 가장자리가 화염에 싸여 있었다. 불길이 결국 고속도로를 넘어버린 것이다. 숲은 주황색으로 불타올랐고, 간혹, 마치 보이지 않는 손이 불덩이 하나를 저 앞으로 내던지기라도 한 듯, 불길에서 멀찌감치 떨어진 나무 한 그루 혹은 덤불 하나가, 순식간에 화르륵 화염에 휩싸여버렸으며, 그러면 금세 주변의 풀들로 불길이 번져갔다.

"불이 언제쯤 여기 도착할까?"

마치 내 질문에 대답이라도 하듯 바람이 일었다. 바람은 불을 부채질했고, 앞으로 몰아댔고, 검은 연기를 커다란 검은 구름으로, 살아 있으며 점점 자라나는 광폭한 괴물로 피워 올렸다. 그 안에서 불꽃이 튀고 화염이 이글거렸다. 한 번은 구름의 배에서 불덩어리가 튀어나오더니, 마치 투석기로 쏘아올린 듯 커다란 만곡을 그리며 우리 앞쪽의 산 아래로 날아가, 나무들을 불길에 휩싸이게 만들었다. 재와 연기가 우리의 얼굴로 날아들었다. 바람은 간혹 유칼립투스의 향기를, 어떨 때는 불덩이를 실어 보냈다.

갑자기 일었던 바람은, 마찬가지로 갑자기 잦아들었다. 불길은 더 이상 전력 주자처럼 앞으로 몸을 숙이고 달려들지 않았다. 대신 다음 지시를 기다리는 자세로 그 자리에 서서 타올랐다.

"이만 내려가도 돼요. 위험해지면 나도 내려갈 테니까요. 내가 오지 않는데 불길이 산을 넘어버리면, 둘 다 보트를 타고 바다로 나가세요. 나를 기다릴 생각은 하지 말고. 그쪽으로 가는 길이 끊기면 나는 다른 길로 갈 수 있거든요."

19

이레네는 내가 떠나올 때와 마찬가지 자세로 누워 있었다. 나는 그녀에게 평원에 불이 옮겨 붙었다는 것, 바람이 불었다는 것, 그리고 카리가 한 말을 전해주었다. 그녀는 귀 기울여 듣고는 있었으나 눈꺼풀이 무거웠다. "나 좀 씻겨줄래?" 나는 매트리스를 하나 꺼내와 시트를 씌우고 이레네의 옷을 벗긴 다음 씻기고 옷을 입히고 침대를 바꿔 눕혔다. 이번에도 역시 그녀는 옷을 벗기고 입히고 침대를 옮길 때 두 팔을 친근하게 내 목에 둘렀으므로 나는 행복했다.

"만약 오늘밤에 불이 산을 넘어 오면 우리 함께 보트로 가자."

"나는 보트로 안 갈 거야."

여기서 할 말을 찾지 못하다니, 나는 얼마나 한심한가. "그러면 집에서 죽겠다는 거야? 사람은 죽고 싶을 때 죽는

게 아니야. 죽을 때가 되어야 죽는 거지."

"집에 불길이 옮겨 붙으면, 그게 바로 죽을 때가 된 거지. 나는 타죽는 게 아니야. 연기에 질식해 죽는 거지. 그건 손쉬운 죽음이야." 그녀는 아이가 칭얼거리듯 고집스럽게 말하며 손가락 관절이 하얗게 드러날 정도로 발코니 난간을 꼭 붙들었다. "나는 록 하버로 가지 않을 거야, 시드니로 가지 않을 거야, 병원에도, 하얀 병실에도 가지 않을 거야. 나는 여기서 죽을 거야."

나는 그녀 위로 몸을 구부리고 그녀를 꼭 끌어안았다. "네가 하얀 병실에서 죽도록 내버려두지 않겠어. 너는 여기서 죽을 거야. 그럴 때가 된다면 말이지. 불길이 번져오면 함께 보트로 가서 있다가 화재가 지나간 다음에는 낡은 집으로 가서 지내면 되잖아. 우린 아직 시간이 조금 더 남아 있어. 우리가 그동안 허비한 세월을 생각해봐. 이제는 단 하루라도 헛되이 보낼 수는 없어."

"무슨 일이 있어도 내가 여기서 죽게 해주겠다고 약속해줄래?"

나는 약속했다. 그러자 그녀는 난간을 붙잡고 있던 손을 풀었고 내 품에서 잠이 들었다. 산 위로 검은 연기가 밀려오더니 만을 뒤덮었다. 태양이 흐릿한 하얀 원반 같은 모양으로 연기의 장막 뒤 하늘에 떠 있는데도, 세상은 밤처럼 어두워졌다. 그때 내 눈에 산을 집어삼키는 화염이 보였다. 나는 이레네를 일으켜서 보트로 데려갔고, 해변 낡은 집에서 수건을 물에 적셔 목재 주변에 걸쳐 놓았다. 강한 바람이 산위에서 불어와, 나무들을 쓰러뜨리고 광폭하게 휘저었다. 산 위의 집이 삐걱삐걱 소리와 함께 부르르 떨었다. 바닷물이 용솟음치면서 파도가 선착장을 때렸다. 공기 중에는 연기 냄새와 소금 냄새가 진동했다.

화염은 무서운 기세로 산을 내려왔고, 나무줄기들을 태우다가 금세 꼭대기까지 집어삼켰다. 나무들은 횃불처럼 활활 타오르다가 쓰러져갔다. 혹은 통째로 터져버리면서 불붙은 껍질을 온 사방으로 흩뿌렸다. 나는 보트로 달려가 시동을 걸었다. 만의 바다도 화재의 영향으로 사납게 요동치고 있었으며 재와 불꽃 덩어리가 공중에서 어지럽게 휘날렸다. 화염이 산 위의 집을 집어삼켰다. 집의 가장자리와 윤곽선을 따라 주황색 불꽃이 순식간에 화르륵 이어지면서 창문 밖으로 불의 혓바닥이 날름거렸다. 집을 받치고 있는 구부정한 나무줄기들이 불길에 휩싸여 타닥거리며 부러졌고, 마침내 우지끈 소리와 함께 몽땅 무너져 내렸다. 불길은 해변의 집까지도 덮쳐버렸다. 집 골격들이 빠지직거리며 타들어가더니 창문이 터져버렸고, 지붕이 풀썩 주저앉았다.

만 전체가 불타고 있었다. 나는 뜨거운 열기 속에서 사방으로 날리는 불붙은 나무껍질, 재와 불똥을 피해 보트를 저어 만 바깥의 바다로 빠져나왔다. 화재가 얼마나 더 오래 광폭하게 날뛸지 알 수 없었다. 한 시간, 아니 두 시간?

얼마 뒤 아직 화염이 완전히 지나가지 않았고 붉은 달빛 아래 오렌지색 불꽃이 아직도 이글거리고 있었지만 나는 완전히 지쳐버렸다. 이레네는 화재가 계속될 때도 잠에서 깨지 않았고 지금도 여전히 잠들어 있었다. 그녀 곁에 몸을 눕히자, 그녀는 잠결에 가까이 다가왔고, 내가 팔로 안자, 그녀는 몸을 구부리며 내게 밀착해 왔다. 그렇게 나는 잠이 들었다.

20

다음 날 잠에서 깨어나자 날은 환했다. 해는 하늘 높이 떠
올랐고, 보트는 만의 입구에서 흔들리며 떠 있었다. 나는
몸을 일으켰다. 산의 나무들은 새까만 뼈대만 남았고, 곳
곳의 우듬지에는 아직 꺼지지 않은 불이 빨갛게 이글거렸
다. 나무들은 굵거나 가느다란 토템 기둥으로 서 있거나,
여러 그루들이 한꺼번에 타면서 엉겨 붙어 시커먼 덩어리
가 되었다. 산 위의 집은 숯처럼 새카맣게 탔다. 해변의 집
은 지붕과 포치를 연결하는 기둥, 그리고 벽들만 새까맣게
그을린 채 남아 있었다.

　이레네는 없었다. 처음에는 이레네가 없다는 사실을 잘
인식하지 못했다. 도저히 상상할 수 없었고 또 인식하고
싶지도 않은 사실이었기 때문이다. 내 곁의 매트리스는 비
어 있었다. 이레네는 보트 앞쪽에 앉아 있는 것도 아니고,

조종석에 있는 것도 아니고, 소리쳐 불러도 대답이 없었으며, 물속에서 수영하고 있다가 내 부름에 손을 흔들며 대답하지도 않았다. 그녀가 수영할 수 있는 몸이라면 말이다. 나는 엔진의 시동을 켜고 선착장으로 가서, 회색 재가 따뜻한 양탄자처럼 덮인 바닥을 디디고 해변 집으로 가서 이레네를 불렀다. 바닷가를 향해서, 산 위쪽을 향해서도 불렀다. 마치 그녀가, 내가 잠든 사이 선착장으로 보트를 몰고 와서 정박한 뒤, 홀로 육지로 올라갔고, 나를 태운 보트가 바다로 떠내려가게 내버려둘 수 있는, 그런 상태인 것처럼.

　나는 무너진 벽돌 사이, 첫날 이레네가 나를 깨웠고 우리가 처음 재회했던 포치의 긴 의자로 가서 앉았다. 이 상황을 어떻게 감당해야 할지 알 수가 없었다. 그녀가 없다. 그녀의 얼굴을 볼 수가 없다. 그녀의 목소리가 들리지 않는다. 그녀를 만질 수 없다. 그녀의 손을 잡을 수 없다. 아침에 잠에서 깨어난 그녀는 불타버린 집을 발견했고, 그래서 이제 록 하버로, 시드니로 가서 하얀 병실에서 죽는 길만 남았구나, 하고 생각한 것이다. 나를 믿지 않았던 것이다. 하지만 나라고 달리 방법이 있었을까? 그녀를 병원으로 데려가지 않을 수 있었을까? 그녀가 죽음을 맞을 때까지 보트 위에서 생활하는 것이 가능했을까?

　아침에 잠에서 깨어난 그녀는 보트 난간에 기대 고통스럽게 고민하다가, 물속에 몸을 던졌다. 그 전에 나에게 입맞춤을 했을까? 내 머리카락을 쓰다듬었을까? 마지막 말을 내 귀에 남겼을까? 그러면 나는 잠에서 깰 수도 있지 않았을까? 하얀 병실에서 죽고 싶지 않다는 그녀의 바람을 나는 충분히 이해했다. 하지만 내가 밤낮으로 그녀 곁에 붙어 있었을 것이다. 우리는 한순간도 떨어지지 않았을 것이고, 우리는 서로 사랑했을 것이다.

　죽음보다 더 나은 일이 얼마든지 많이 있었을 텐데. 이레네는 그것을 몰랐단 말인가? 죽음보다 더 나은 일이 얼마든지 많이 있었을 텐데. 오스트레일리아 시골 병원의 하얀 병실이건 아니면 시드니 병원의 하얀 병실이건 상관없이. 어쩌면 그녀의 병세가 내 생각보다 더 빠르게 진행되었을 수도 있다. 최근 며칠 사이 그녀는 평소보다 자주 속이 안 좋았는데, 오늘 아침에도 그래서 보트 난간에서 구토를 하려다가 균형을 잃고 물에 빠졌을지도 모른다. 너무도 쇠약해진 상태이므로 나를 부르거나 수영을 하기란 불가능했을 것이다.

　카리가 나타났다. 이레네가 없는 것을 보았지만 그는 아무것도 묻지 않았고, 아무 말도 하지 않았다. 홀로 해변에 웅크리고 앉아서 바다를 바라볼 뿐이었다. 내 시야의 바깥, 그가 있는 곳에서, 비통한 울음소리가 들리는가? 시간이 어떻게 흘러갔는지 알지 못한다. 얼마나 오래 내가 긴 의자에 앉아 있었는지, 얼마나 오래 카리가 해변에 웅크리고 있었는지. 간혹 고통의 흐느낌이 바람에 실려 왔다는 것 뿐. 내가 자리에서 일어나 카리가 있는 곳으로 갔을 때, 그는 이미 사라진 후였다.

나는 보트로 가서 매트리스를 꺼내 해변 집의 폐허에 가져다놓았다. 보트의 노 사이에는 낚시도구, 깡통, 호스, 브러시와 걸레, 그리고 운전석의 핸들을 고정하여 보트가 똑바로 나가게 할 만큼 긴 끈이 있었다. 해변에 옷을 벗어둔 나는 보트로 가서 시동을 켜고, 실제로 보트가 저절로 똑바로 전진하는 것을 눈으로 확인하고는, 만 입구를 벗어날 즈음에서 물로 뛰어들어 선착장까지 헤엄쳐 돌아왔다.

처음에는 보트를 침몰시킬 생각이었다. 내가 아침에 잠에서 깨어난 자리, 그리고 아마도 추측컨대 이레네가 물로 뛰어 들어간 그 자리에 말이다. 보트가 관이 되고, 묘비가 되고, 부장품이 되어 애도와 작별의 장소에 가라앉도록. 하지만 그렇다면 이레네의 죽음은 보트의 침몰과 더불어 더욱 견디기 힘든 일이 될 것이다.

다시 긴 의자에 앉아 오랫동안 보트를 바라보고 있었다. 보트는 잔잔한 만의 한가운데를 직선으로 관통하여, 탁 트인 대양으로 나갔고, 그곳에서 높은 파도와 바람에 휘청이며 춤을 추었으나, 그래도 코스를 잃지 않고 계속해서 앞으로 앞으로 멀리 전진했다. 바다에는 아무것도 없었다. 컨테이너 선박도 요트도 없이, 오직 오후의 햇빛 속에서 점점 작아지고 있는 이레네의 보트 한 척뿐이었다. 이제 보트가 실제로 보이는지, 아니면 보인다고 착각하는 것인지도 알 수가 없었다. 수평선 멀리 가물거리는 작고 검은 점 하나. 저것이 정말 이레네의 보트일까?

21

바다를 바라보면서, 이레네와 함께한 날들을 세어보았다.
내 숫자는 열 넷에 멈추었다. 그날은 화요일이었다. 그리
고 내가 이곳에 도착한 날도 화요일이었다. 그러니 우리는
일주일만 함께 보낸 것이 아니고, 그렇다고 3주일을 함께
하지도 못했다. 내 아이들이 숫자를 10까지, 혹은 100까지
처음으로 세었을 때 얼마나 신나했는지 기억이 났다. 하지
만 아이들은 곧 숫자란 끝이 없다는 것을 알아차렸고, 그
리하여 영원의 개념을 인식하게 되자 숙연해졌다.

　나는 이레네의 딸을 찾아보리라. 그 애에게 이레네 어머
니의 남은 유산이 돌아가도록 할 구체적인 방법은 알지 못
했다. 분명 독일에는 이레네가 연락을 취하던 은행이나 변
호사가 있을 것이다. 그것을 어떻게 찾아낼 수 있을까? 찾
아내다 해도 이레네의 마지막 뜻을 어떻게 입증할 수 있을

까? 그 문제의 해법을 곰곰이 생각해보려고 했으나 쉽지 않았다. 또한 내 아이들과 가까워질 수 있는 방법 역시 찾지 못했다. 사업적인 방법을 써서, 즉 이레네가 추천한 대로, 아이들과 공동법률회사 설립을 제안해야 할까? 아니면 점차 아이들과 손자들에게 관심을 보이며 우리 사이에 서서히 새로운 관계가 구축되도록 시도해야 할까? 아니면 아이들에게 내가 겪은 일을 그대로 다 털어놓아야 할까?

생각을 해도 아무런 결론을 낼 수가 없지만, 그래도 나는 생각을 멈추지 못했다. 그러나 이레네가 죽었다는 사실, 그것은 생각으로 제방을 쌓으려는 내 필사적인 의도를 무너뜨린 채, 격렬한 파도가 되어 의식 속으로 밀어닥쳤다. 그녀 없이 어떻게 살아가야 하는가? 그녀 없이, 그녀와 함께 지내면서 익숙해진 것들 없이 어떻게 살아야 하는가?

나는 화재를 피해 보트에 미리 가져다 놓았던 사과를 베어 물었다. 분명 며칠 안에 우리가 어찌 됐는지 살펴보려고 록 하버에서 보트가 올 것이다. 나는 여기서 죽음을 맞지는 않으리라. 그런데도 이상하게 내가 이미 죽었다는 기분이 드는 까닭은 무엇인가. 그것이 맞는다는 생각이 드는 건 또 왜인가. 지나간 삶을 청산하고 싶기 때문이다. 나는 새로이 시작된 삶을 기뻐했었다. 그녀와 함께 새로운 삶을 시작할 것 같이 꿈에 부풀었다. 나는 그녀가 곧 죽을 거라는 사실을 인정하고 싶지 않았다.

저녁이 되고, 이어서 밤이 찾아왔다. 나는 해변 집의 폐허에 잠자리를 꾸미다가 동전 몇 개와 내 집의 열쇠, 그리고 렌터카의 열쇠를 찾아냈다. 신분증, 신용카드, 돈은 모두 불에 타버렸다. 상관없었다. 나는 누워서 파도가 해변으로 밀려오는 소리, 자갈들 사이로 흐르며 바다로 되돌아가는 소리를 들었다. 그처럼 바다와 가까운 곳에서 잠들어보기는 처음이었다. 그처럼 크고 생생하게, 밀려오고 물러가는 파도 소리를 들어본 적은 처음이었다. 아직 공기 중에는 연기 냄새가 났고, 여전히 거세기만 한 바람은 불에 탄 나무 냄새를 몰고 왔지만, 그 사이사이에 간혹 유칼립투스 향기가 살짝 쉬여 있기도 했다. 바람에 실려 온 재나 먼지가 내 몸에 떨어졌다. 다음 날은 첫 햇살이 비칠 때 금방 눈을 떴다. 바다 위로 붉은 태양이 막 떠오르고 있었다. 떠오른 태양은 오렌지 빛으로 변했고, 다시 노란색 원반이 되어 하늘의 길을 따라가기 시작했다.

나는 산을 올라가 숯덩이가 되어버린 집 안을 이리저리 들쑤시다가, 완전히 타버린 지프를 발로 한 번 찬 뒤, 새까맣게 그을은 죽은 나무줄기 앞에 섰다. 그때 내 눈에 들어온 생명이 있었다. 죽은 나무 사이에서 초록으로 남아 있는 몇 줄기의 풀포기, 그리고 덤불의 초록 가지 몇 개. 재앙은 그토록 사납게 온 숲을 완전히 쓰러뜨리고 그토록 맹렬한 기세로 숲 전체를 휩쓸고 지나갔지만, 작은 생명들을 모두 죽이지는 못하고 큰 것들만 몽땅 전멸시켰다. 나는 산 정상으로 올라갔다. 눈앞의 산들, 평원, 그리고 그 너머 멀리 있는 산까지, 눈에 보이는 모든 세상이 시커멓게 타버렸다. 하지만 눈을 크게 뜨고 자세히 들여다보면, 곳곳에 작은 초록빛 흔적이 있었다. 고속도로에는 차들이 다녔다.

드디어 만에 보트가 나타났다. 나는 산을 달려 내려갔다. 보트를 타고 온 건 마크가 아니라 그의 아버지였다.

"당신 혼잡니까?"

"이레네는 죽었어요."

그는 고개를 끄덕였다. 이미 이레네의 죽음을 예견하고 있었다는 듯이. 그리고 물었다. "어떻게요?"

"병들어서 몸이 아주 쇠약했어요. 구토 증세도 자주 있었고요. 화재가 나던 날, 나는 그녀를 보트로 데려와 함께 만으로 나갔죠. 내 생각에, 아마도 그 밤에 구토가 나서 보트 난간에 대고 토하려 한 것 같아요. 그러다가 바다에 빠진 거죠. 다른 가능성은 상상할 수가 없군요. 나는 잠들어 있었고, 다음 날 아침에야 그녀가 없는 걸 발견했어요."

"보안관에게 그대로 이야기하면 되겠네요. 이레네는 비록 합법적 체류자는 아니었지만 그래도 그녀가 여기 산다는 걸 다들 알고는 있어요. 그러니 아마 조사가 나올 겁니다." 그는 주변을 둘러보고, 다시 내 얼굴을 보더니 미소를 지으며 물었다.

"짐이 없습니까?"

나도 미소로 대답했다. "없습니다."

"그럼 떠나죠."

22

록 하버에는 내 렌터카가 서 있었다. 조수석 서랍에서 전
화기를 꺼내 수십 개나 되는 메시지를 확인했다. 나는 메
시지를 하나하나 다 들었다. 법률회사 동료로부터의 질문
하나, 내가 없는 사이 집을 살펴주는 청소부 여자에게서
온 메시지 하나, 귀국 편 비행기를 얼른 연기해야 한다는
여행사 대표로부터의 독촉. 나는 읽은 메시지를 지웠다.
나는 모든 메시지를 다 지웠다.

　보안관에게 이레네의 죽음에 대해서 진술했고, 그는 내
이름과 주소를 기록했다. 이레네를 본 적은 없이 그녀가
거기 산다는 것 정도만 알았던 보안관은, 이외의 별다른
조사를 하지는 않았다. 그는 시간이 지나면 자연히 해결될
거라고 혼잣말로 중얼거렸다.

　나는 기업합병 준비를 함께 했던 오스트레일리아 동료

변호사에게 전화했다. 그는 내게 기꺼이 돈을 빌려주겠다면서, 록 하버의 한 부동산회사를 통해서 돈을 전달하도록 하겠다고 했다. 시드니의 독일 총영사관은 내 신분증을 만들어주겠다고 약속했다. 여행사 대표는 내 대답을 듣기 전에 이미 제때에 비행기 표를 연기해두었는데, 그것을 또 한 번 더 모레까지 연기했다.

나는 이곳에 올 때 도중에 묵었던 바닷가 호텔에서 다시 하룻밤을 묵었다. 다시 테라스에 앉아 밤이 내리는 광경을 지켜보았다. 요트가 가득 정박한 항구와 레스토랑의 번잡한 소음이 들려오는 이곳의 밤 풍경은 이레네의 만과는 너무도 달랐다. 나는 슬펐고, 이대로 눈물이 터질까 두려워 서둘러 방으로 들어갔다. 그러나 눈물은 터져 나오지 않았다. 이번뿐만이 아니라 수없이 많이 그랬던 것처럼, 목에 걸려 있을 뿐이었다.

시드니에서도 나는 록 하버로 떠나기 전에 묵었던 그 호텔로 갔고, 그곳에서 역시 오페라하우스와 만, 그리고 길쭉한 육지의 끝과 그 너머의 대양이 보이는 방을 얻었다. 오스트레일리아의 동료 변호사는 나를 저녁식사에 초대했고, 그 자리에서 나는 이레네에 대해서 말하는 실수를 저질렀다. 그는 내게 공범자의 윙크를 보내더니, 몇 주일 전부터 자신과 모종의 관계에 돌입한 젊은 여비서 이야기에 열을 올리는 것이었다. 나를 친히 맞아준 독일 영사는, 어쩌다 화재를 당하게 되었으며 어떻게 빠져나왔는지를 친절한 태도로 물어본 뒤 임시 신분증을 만들어주었다.

아트갤러리로 가서 그림을 봐야 하는지 아닌지, 한참 동안이나 나는 결정을 내리지 못했다. 종종 모든 것이 시작되던 처음으로 돌아가는 꿈에 사로잡히곤 했다. 나는 아트갤러리로 가고, 그림을 발견하며, 갑자기 과거와 맞닥뜨린 느낌을 갖지만, 실제로는 미래와 조우한 그런 꿈이다. 나는 간절히 이레네를 다시 한 번 더 보고 싶었다. 아마 또다시 눈물을 흘리게 되겠지만 그건 상관없었다. 종종 견딜 수 없는 강도로 밀려오는 슬픔이 두려울 뿐이었다. 내 그리움의 대상은 젊은 이레네가 아니라, 나를 향해 계단을 내려오던 나이 든 이레네였다. 그리하여 나는, 아트갤러리로 가지 않기로 결정했으나, 그래도 결국 아트갤러리로 갔고, 하지만 그림을 보지는 못했다. 그림은 뉴욕으로 보내졌다고 했다.

나는 내 도착을 알리지 않았다. 회사의 자동차는 나를 실으러 오지 않았고, 운전을 하면서 그동안 프랑크푸르트에서 일어난 일들, 법률회사에서 있었던 일들을 말해주는 운전수도 없었다. 회사의 내 책상에는 꽃다발도 놓여 있지 않으리라. 택시에서 내린 나는 열쇠로 문을 열었고, 낯선 사람처럼 집 안을 가로질러 갔다. 이것들은 모두 아내와 내가 마련한 가구들, 우리가 친하게 지내는 프랑크푸르트의 갤러리스트를 통해 주문한 그림들, 그리고 함께 부에노스아이레스를 여행할 때 발견한 목재 성인상이다. 그리고 이 방들, 아이들이 이곳에 올 때면 아직도 침실로 사용하긴 하지만, 그 애들에게 소중한 물건은 이미 더 이상 이 방에 없다. 이곳은 우리의, 내 침실이다. 아내의 옷들은 옷장에서 치워버렸다. 그것 말고는 달라진 점이 없다. 청소부 여자는 침대 위에 집 안에서 입는 가운을 펼쳐놓았다. 나는 여행에서 돌아오면, 짐을 풀고 샤워를 한 다음, 가운 차림으로 앉아 그동안에 온 우편물들을 살펴보곤 했다. 우편물들이 무척 많았다. 책상을 한가득 덮는 분량이었다.

회사에는 내일에나 가볼 예정이다. 오늘은 묘지로 가서 아내와 얘기를 나눌 것이다. 나는 용서를 빌고 싶었다. 그리고 작별의 인사를 하고, 내가 왜 더 이상 우리들의 집에서, 우리들의 물건과 함께 살 수 없는지, 그 이유를 설명할 것이다. 아내에게 이레네 얘기를 할 것이다. 아이들에게 전화할 것이다. 카르힝어와 다른 파트너들에게 할 이야기를 준비할 것이다. 그들이 퍼붓는 수많은 질문에 나는 대답할 말이 없을 것이다. 하지만 그것이 뭐가 중요하겠는가.

계단을 내려오는 이레네의 그림에서 많은 독자들은 게르
하르트 리히터의 〈에마, 계단 위의 나체〉를 연상할지도 모
른다. 실제로도 이미 몇 년 전부터 리히터의 작품 그림엽
서는 다른 엽서나 사진 작품들과 번갈아 가며 내 책상 위에
자리 잡고 있었다. 그러나 게르하르트 리히터와 이레네의
그림을 그린 화가는 아무런 공통점이 없다. 카를 슈빈트는
창조된 인물이다.

옮긴이의 말

40년이 흐른 뒤 당신이
그녀를 다시 만난다면
어떻게 하겠는가?
이 책을 번역하는 내내
나는 당신에게
묻고 싶었다.

베른하르트 슐링크는 법학교수이자 판사였다. 그래서인지 그의 작품들은 법과 인간의 딜레마를 다루는 테마가 종종 등장한다. 여기서 법은 조항에 얽매이는 법이라기보다는 도덕이나 인간애와 같은 상위의 광범위한 법이며, 개인이 저지른 과오만을 문제 삼는 것이 아니라 역사적인 죄로 확장되곤 한다. 독일의 진지한 문학 작품들이 끈질기게 상기하고 반추하며 매번 새로운 방식으로 다루기를 시도하는 나치의 역사는 그러므로 슐링크의 작품에서도 큰 비중으로 자리한다. 그의 작품《책 읽어주는 남자》가 그것을 대표한다. 이 작품《계단 위의 여자》에서는 68 독일학생운동과 관련한 테러 사건이 배경에 있다. 68년 프랑크푸르트 백화

점 테러 사건, 70년의 적군파 결성 들을 연상시키는 일화가 등장한다.

화자인 "나"는 젊은 변호사 시절, 한 여인을 알게 된다. 그녀의 이름은 이레네. 그녀는 두 명의 남자들을 커다란 분쟁과 불화로 끌어들인 장본인이다. 부유한 기업가인 군트라흐와 결혼했으나, 그녀의 그림을 그린 화가 슈빈트와 사랑에 빠져서 남편을 떠나버린 것이다. 두 남자들 사이에는 이레네와 이레네를 그린 그림을 놓고 끊이지 않는 싸움이 벌어졌고, 그 사이에 신참 변호사인 화자가 개입하게 된다. 화자는 슈빈트가 그린 그림을 보는 순간, 그림의 주인공인 이레네를 향한 사랑에 빠져버리게 된다. 그래서 이레네가 남편과 슈빈트 모두를 떠날 수 있게 도와주었다. 그는 순진하게도 이레네가 자신의 사랑에 화답해 줄 것으로 기대했으나 그녀는 그림과 함께 그대로 사라지고 말았다.

40년이 흐른 뒤, 이제 노년의 성공한 변호사가 된 화자는 시드니 아트갤러리에서 과거의 그 그림과 맞닥뜨린다. 40년 전 이레네가 갖고 사라진 그림이며 이제는 세계적으로 유명 화가가 된 슈빈트가 무명 시절 그렸으며 수십 년 동안 아무도 보지 못했던 그림 〈계단 위의 여인〉. 화자는 이레네가 오스트레일리아에 살고 있음을 직감하고, 사설 탐정의 도움으로 주소를 알아낸 후 그녀를 찾아가보기로 한다. 그녀는 오스트레일리아의 한적한 해변, 길도 없고

정기선도 가지 않는 야생에서 살고 있다. 그녀는 늙었고 육체는 주름졌으며, 게다가 치명적인 병에 걸린 상태이다. 화자는 그녀가 왜 자신을 떠났는지, 왜 자신을 이용하고 버렸는지, 그 이유가 궁금했을 뿐이다. 이레네는 젊은 시절 모든 것을 거는 사랑, 목숨까지도 바치는 그런 절대적 사랑을 원했으나 그녀의 남자들은 그녀를 트로피 아내로, 자신의 영감을 위한 뮤즈로, 그리고 스스로의 판타지를 충족시키기 위한 공주로만 받아들였다고 항변한다. 그녀는 자신이 되고 싶었던 것이다. 그런 남자들을 떠나 스스로의 신념에 따라 행동하던 그녀는 정치적 테러 사건에 연루되고, 동독으로 탈출해 그곳에서 살았다. 독일 통일 후에는 오스트레일리아로 와서 불법체류자로 살았다. 그래서 화자는 그녀를 찾을 수 없었던 것이다.

어느 날 밤, 그녀는 그의 눈앞에서 계단을 내려온다. 슈 빈트가 그린 그림과 똑같은 자세로. 나체로, 금발로, 넘치는 빛 속에서 창백한 모습으로. 그들은 40년 전에 머뭇거리며 실행하지 못했던 사랑을 40년 만에 행동으로 옮긴다.

이 이야기의 주요한 모티브인 그림 〈계단 위의 여자〉는 원래 게르하르트 리히터의 그림 〈에마, 계단 위의 나체〉이다. 독자들은 구글에서 이것을 찾아볼 수 있다. 그리고 그림 속 여자의 이미지가, 이 소설의 여주인공 이레네와 너무도 흡사함을 깨닫고 좀 놀랄지도 모른다. 하지만 작가가 밝혔듯이 그림은 이 이야기가 시발된 모티브일 뿐이고, 화가 게르하르트 리히터와는 아무런 관련이 없다. 슈빈트는 철저하게 가공의 인물이다.

화자와 이레네는 서로의 사랑을 마침내 확인할 수 있었지만, 이레네는 시한부의 삶이다. 하지만 그녀는 암병동에서 죽기를 거부했다. 문명 없는 야생에서, 바다를 보며 죽기를 원했다. 소설의 마지막 부분에서 그들은 매우 인상적인 대화를 이어나간다. 이레네가 화자에게, 만약 우리가 40년 전 그렇게 헤어지지 않고 계속 함께 했더라면 어떻게 되었을까? 그 이야기를 들려줘, 하고 부탁한 것이다. 화자는 그들의 가상 과거를, 실제의 일인 양 가정법 없는 시제로 이야기한다. 그들의 대화는 몇 날이고 계속 이어지고, 마침내 대화재가 일어나고 모든 것이 불타고, 그녀가 그를 떠나 죽음을 향해 가버릴 때까지 계속된다.

그의 다른 소설들과 마찬가지로 이 작품도 건조하고 담담한 톤으로, 허식이나 과장, 과도한 감상은 찾아볼 수 없다. 그의 언어는 반듯하고 무난하여, 독자들이 줄거리나 인물들의 심리를 따라가기에 무리가 없다는 장점이 있다. 마치 이 소설의 화자인 변호사가 살아온 일생처럼, 그렇게 절제되고 표준적이며 요란함을 싫어하는 언어라는 생각이 든다. 물론 이것은 스토리텔링보다 문학적인 효과를 더욱 중시하는 독자들에게는 불만의 요소로 작용할 수도 있을 것이다. 사실 슐링크는 "스토리 중심 문학"이란 장르의 가장 능숙한 대표자로 꼽히기도 한다. 감상적이지 않다는 점에서 대중문학과 다르며 기존의 장르 문법을 따르지는 않기 때문에 추리나 역사물 등의 범주에도 속하지 않는다. 어디에 속하든, 독자들을 차분하게 이야기에 빠져들게 한다는 점에 그의 장점이 있을 것이다.

배수아

옮긴이 배수아

소설가이자 번역가. 지은 책으로 《푸른 사과가 있는 국도》《바람 인형》(소설집), 《철수》(중편소설), 《일요일 스키야키 식당》《에세이스트의 책상》《올빼미의 없음》《독학자》《알려지지 않은 밤과 하루》(장편소설), 《처음 보는 유목민 여인》《잠자는 남자와 일주일을》(에세이) 등이 있고, 옮긴 책으로 페르난두 페소아의 《불안의 서》와 《불안의 글》, 프란츠 카프카의 《꿈》, W. G. 제발트의 《현기증. 감정들》, 크리스티안 크라흐트의 《제국》《나 여기 있으리 햇빛 속에 그리고 그늘 속에》, 막스 피카르트의 《인간과 말》, 사데크 헤다야트의 《눈먼 부엉이》, 마르틴 발저의 《불안의 꽃》 등이 있다.

계단 위의 여자

2016년 8월 18일 초판 1쇄 발행
2017년 4월 10일 초판 2쇄 발행

지은이 | 베른하르트 슐링크
옮긴이 | 배수아
발행인 | 이원주
책임편집 | 정은미
책임마케팅 | 임슬기

발행처 | (주)시공사
출판등록 | 1989년 5월 10일(제3-248호)

주소 | 서울특별시 서초구 사임당로 82(우편번호 06641)
전화 | 편집 (02)2046-2851 · 영업 (02)2046-2800
팩스 | 편집 · 영업 (02)585-1755
홈페이지 | www.sigongsa.com

ISBN 978-89-527-7681-5 04850
ISBN 978-89-527-6855-1 (set)